KB057739

향수병에는 향수가 없다

향수병에는 향수가 없다

성 지 혜 소설

문이당

작가의 말

박경리 선생님을 처음 뵌 건 내가 진주여고 2학년 10월이었다. 선생님은 진주여고 17회 졸업생이고 나는 졸업하면 34회가 되는 선후배였다.

대선배님은 단아하면서도 잘생긴 외모, 조리 있는 대화 속에 드러난 문학의 뜨거운 열정을 품은 분이셨다. 더불어 내가 소설가가 되리란 작심을 굳힌 진정 아름다운 만남이었다. 그 끈끈한 인연의 실타래는 시인이 되라던 청마 선생님, 시조시인이 되라던 정운 선생님, 아동문학가가 되라던 이원수 선생님의 권유를 물리치고 내가 소설가가 된 결정적인 연유였다. 진주 월성여관 별실에서 자색 만년필로 글을 쓰시던 대선배님의 기품어린 자태와 교자상 옆에 쌓인 『시장과 전장』 원고가 지금도 찬연히 떠오른다.

김동리 선생님도 내게 孝章효장이란 필명을 지어 주셨다. 더

붙어 〈採菊東籬下悠發見南山채국동이하유발견남산〉, 〈登東鼻叭舒嘯등동비팔서소〉, 〈蘭有靑香난유청향〉이란 붓글씨를 써서 용기를 북돋아 주신 것도 잊을 수 없다.

지나 온 발자취를 더듬어 보면, 누구와의 만남은 나의 일생에서 지울 수 없는 아름다운 인연으로 각인된다. 어쩜 한 순간의 만남이 일생의 그리움으로 가슴에 각인된 건 아닌지.

「나를 이겨라」는 박경리 선생님과 나의 첫 만남의 생생한 기록이다. 그리고 대선배님의 알려지지 않은 일화의 산 증거이기도 하다.

진정 나의 참 모습은 그 신실한 그루터기에 씨앗을 뿌려 거둔 알곡일 것이다.

「향수병에는 향수가 없다」는 고미술에 매료 돼 쓴 글이다. 열 살 때부터 진주성 아래 고미술 가게를 드나들던 게 버릇이 되었다. 지금도 골동품이라 하면 자다가도 벌떡 일어나 현장으로 달려갈 용기를 지녔다. 친구도 그러했다. 우리는 자주 서울 인사동, 청계천, 장안평을 드나들고 여러 박물관 견학도 하며 즐기곤 했다. 친구는 민속 박물관을 차릴 정도의 고미술 수장가가 되었다. 나도 마냥 좋아 동행하곤 했다. 나의 작품에 고미술의 감각이 무르녹았다면 반세기가 더 지난 발자취의 알곡일 것이다.

「결을 향한 단상」은 이스라엘 성지 순례 당시, 갈릴리 호숫가에서 본 무지개가 너무 아름다워 쓴 글이다. 팔복교회에서부터 비친 무지개가 갈릴리 호숫가에 이르기까지 하늘다리를 장식하자, 순례자들이 탄성을 지르며 환호하던 감격을 잊을 수 없다. 그 순간 나는 기적은 먼 데 있는 게 아니라 바로 곁에서 숨 쉬는, 전능자의 숨결을 통감했던 기억이 새롭다.

「청백리의 숨결」은 경기도 광명시 '오리문화제' 때 '충현박물관'을 견학하고 난 뒤 쓴 작품이다. 오리 이원익 재상과 손녀사위인 미수 허목 선생과의 도타운 정과 비화를 그렸다. 오리 재상의 직계손인 이승우 교수님과 함금자 관장님의 배려가 얼마나 고마웠던지. 더불어 미수 선생의 직계손인 허찬 양천 허씨 명예회장님의 배려도 그렇다. 이미 4백여 년이 지났는데도 모습과 인품이 그분들을 닮은 이승우 교수님과 허찬 명예회장님을 뵈옵고, 유전인자란 도도히 흐르는 강물처럼 명품을 전수한다는 걸 헤아렸다.
　엘리자베스 영국 여왕이 하회마을을 방문했을 때 생신상을 차린 담연재澹然齋 안주인 김혜영 여사의 배려도 참 고마웠다. 코스모스처럼 향기를 발한 친구가 세계 제일 귀빈을 맞이한 장면이 세인들에게 알려진 축제를 작품에 담아보았다.

지난 해 7월, USB 2개를 잃었다. 긴요한 서류를 꾸미기 위해 모 대학 앞 전산실로 가서 할 일을 마치고 귀가해 보니, 그것들이 없어졌다. 하나만 가지고 가려다 하도 중요한 서류 작성이라 어쩔까 싶어 2개를 가져 간 게 엄청난 실수를 하게 되었다. 그 전산실에서부터 지하철과 시장을 거쳐 우리 집으로 오기까지 수십 번을 찾아 헤맸지만 오리무중이었다. 다행히 CD와 오래 된 USB 2개가 있어 내가 쓴 글 80%를 건졌지만 나머지 20%는 그러지 못해 지금 이 순간도 가슴을 태운다. 그 기간이 반년 넘게 흘렀다. 모든 게 허망하고 나 자신이 싫었다. 그렇긴 해도 글쟁이 습성을 버리지 못해 아낌없는 두뇌 회전과 컴퓨터 놀린 걸 기꺼이 받아들여야 한다며 나 자신을 달래곤 했다. 어디선가 버려진 USB에선 아파 아파 아파, 탄식이 들려온 양 꿈에서도 나타나 나를 괴롭혔다.

한동안 우울증에 시달렸다. 모든 일에 기쁨이 사라지고 맥없는 나날이 계속되었다. 이 세상에 나 홀로 존재 한다는 위기위식에 휘말렸다. 더욱이 '코로나 19'의 역병이 세계를 휩쓸어 행동이 제약된 과정에서 빚온 홀로 서기의 몸부림은 참담함의 연속이었다. 그런 침잠의 늪에 빠졌을 때, 구원의 손길을 뻗친 게 역시 글쓰기란 작업이었다. 정말 글쟁이가 아니었다면 난 아무 것도 아니란 자책감이 일었다.

새로운 소설집을 선보인다. 괜찮은 작품들이라고 자위하지만 출간하고 나서 살펴보면, 이게 아닌데, 라며 또 자책감에 시달릴 것이다. 그래도 그 자책감을 지녔기에 내가 발전한다는 걸 새김질해 본다.

이번 소설집을 사랑으로 보살펴 주신 이덕화 교수님과 소설집을 정성껏 출간해 주신 문이당출판사 편집부에 감사한 마음 이를 데 없다.

2021년 7월
孝章 성지혜

차례

작가의 말

나를 이겨라

오늘도 진리의 휘영청 푸르름 아래
비봉산 초목들이 피고지고 겸양하듯

ㅈ여고의 교가가 비봉산 봉우리를 향해 울려 퍼졌다. 교사 입구에 마련된 박 선생의 분향소에는 향이 피어올랐다. 더불어 소녀들의 합창이 오월의 푸른 잎새에 가락을 그렸다. 선배를 기리기 위해 후배들이 나뭇가지에 매달아 놓은 옥양목 리본들도 하얀 꽃으로 핀 듯하다.

교가 작사자는 청마 선생이다. 예나 지금이나 내가 그 교가를 즐겨 부른 건 내용도 내용이려니와 시심을 일깨워준 분이라서 그럴 것이다.

해마다 시월이면 진주에는 개천예술제가 열렸다. 문인들이 초

청되어 백일장 심사도 하고 문학을 갈망하는 청소년들과의 만남
도 이루어졌다.

청마 선생은 백일장에서 내가 쓴 시를 기억했다. 비록 당선권
에선 밀려 났지만 시의 감수성이 뛰어나다며, 나의 시작 노트를
훑어보고 시인이 되라며 용기를 북돋웠다. 굳게 다문 입술과 번
뜩이는 눈빛, 우직하면서도 미더운 인상을 풍겼다. 정운 선생은
내가 어릴 때부터 아버지에게 고전과 시조를 익힌 걸 입소문으로
듣고, 시조시인이 되기를 바랐다. 나의 왕고모가 경주 이씨 집안
으로 시집가서, 아버지는 정운 선생의 오빠인 이호우 선생과 친
애를 다져온 사이였다. 정운 선생은 시조의 은밀함과 압축미가
단연 시의 결정체이며, 시인은 많은데 시조 시인이 드물다고 안
타까워했다. 타래머리에 한복을 입은 본새가 귀품이 일었지만 손
이 투박했다. 청마 선생이 저런 손을 잡고 싶을까, 의구심이 들었
다. 두 분의 로맨스를 알던 나는 안 해도 될 걱정까지 하며, 그분
들의 뜻을 귀담아 듣곤 했다.

아버지가 경영하던 만화당萬和堂 한약방에는 퇴기돌이 자주 들
락거렸다. 몬로 워커를 흉내 내며 선정적인 몸매에 손이 섬섬옥
수였다. 남정네들의 관심을 끌던 기녀들도 손이 예뻤잖은가. 시
인의 사랑을 받은 귀인이라면 손이 섬섬옥수여야 한다는 걸 나는
미의 우선순위로 꼽았다. 남강의 진흙으로 손에 마사지 하고 퇴
기들이 준 '동동 구리무'를 손에 발라 면장갑을 끼고 밤을 새운 노

력도 예쁜 손을 지니기 위해서였다. 하지만 정운 선생을 만나면 만날수록 나의 손을 잡은 뚝배기손이 따스해, 이웃 아줌마 같은 포근함을 심어주었다.

아동문학가 이 선생은 우리 집 이웃에 사는 영수 오빠의 안내로 만화당 한약방에도 들렀다. 영수 오빠도 이 선생의 추천을 받은 아동문학가였다. 그가 스승을 '고향의 봄' 작사자라 소개하자, 아버지는 귀빈이라며 예우했다. 이 선생이 위장병으로 고생한다고 하자, 아버지는 당신이 복용하던 환약을 선물했다. 당신의 지병을 위해 지은 약이라 그런지, 소제 선생이 지은 위장약이 특효약이라며 손님들의 발걸음이 잦았다. 나는 미리 영수 오빠의 귀띔을 받았던 터라 '습작 노트'를 이 선생에게 건넸다. 시와 수필이 담긴 노트를 훑어본 이 선생은 나를 앞으로 동화작가가 되라며, 안경 속의 눈동자를 굴렸다. 영수 오빠도 내가 경남일보에 발표한 시와 수필을 꼼꼼히 살피고는 산문에 더 소질이 있음을 이미 내게 알렸다.

분향소를 향해 고개 숙인 문상객들의 머리 위로 향이 매캐하게 피어올랐다. 땅거미가 비봉산 자락을 타고 내려와 사위가 거멓게 물들었다. 들락거리는 발소리에 금세 박 선생이 영정 액자에서 나올 것 같았다. 채소가 든 비닐봉지를 들고 미소 띤 얼굴로 허리를 구부린 모습이었다. 그 영정은 서울 아산병원 영안실에서도, 원주 매지리 작업실과 토지문학관 노제에서도 놓였던 것이다.

어느 가을, ㅈ여고 재경 동창회 회원들이 토지문학관을 방문했다. 당신이 이화여대에서 명예문학박사 학위를 받을 때와 토지문학관 개관 때 등 중요한 행사마다 후배들이 와서 축하해 주어 고맙다는 뜻의 초청이었다. 박 선생은 당신이 손수 가꾼 붉은 고추를 비닐봉지에 담아 우리 일행에게 나눠주었다.

서울 아산병원 영안실에는 고위 관료들과 재벌 회장들, 문화계 인사들과 문인들도 분향하기 위해 줄을 이었다.

원로소설가 조 선생에게 방송기자가 질문했다.

"고인에 대해 한 말씀 하신다면?"

"내가 무슨 말이라도 하면 귀하신 분의 내력에 먹칠하는 거니, 달리 표현할 말이 있겠습니까."

원로소설가 정 선생도 기자 회견에 응했다.

"유방암 수술을 받고도 『토지』 대하소설을 완성 하신 건 죽음보다 더한 고통 아니겠습니까. 당신이 손수 재배한 푸성귀와 고추를 경기도 삼죽의 우리 집까지 보내셨지요. 그린 자상한 마음씨는 문단 후배들의 귀감이 되었고요."

동기동창 박산매 시인도 고인의 죽음을 애도했다.

"남편을 일찍 여의고 아들도 잃고 생활고에 허덕이며 소설가로 자리 굳힌 억척스런 동창이었지요. 토지문학관에 수시로 드나들던 문화계 인사들의 식사와 잠자리, 강연과 문화 행사를 일일이 점검했고요. 병고에 시달리며 피를 토하면서도 글을 썼던 자세는 길이 본받을 만합니다."

박산매 시인은 아리랑을 주제로 한 『나도 아라리』란 시집을 동창회 간부들에게 선물하며 대작가 동기동창이란 게 마냥 부끄럽다며, 고인을 기렸다.

동기동창 강봉수 선배도 학창 시절의 박 선생을 추모했다.

"군더더기 없는 깔끔한 성격이었지. 예능에는 타고난 재주꾼이라 연극을 하면 불꽃 튀는 듯했고요. 그림도 잘 그려 동무들의 초상화도 그려주었죠. 나혜석 화가가 부러워 그림을 공부하기 위해 동경 유학을 꿈꿨지만 부모님의 반대로 여의치 않았다고 하더군요."

강봉수 선배는 『미용 식이요법』이란 책을 출간해, 그 책과 함께 손수 만든 비누와 화장품을 선후배들에게 선물했다.

그들 뒤를 이어 나도 영정 앞에 섰다. 흰 국화 속에서 미소 짓던 박 선생이 구부린 허리를 펴고 나와 마주치자, 활짝 웃음을 터뜨렸다. 아우가 올 줄 알았다, 라고. 나는 누군가의 플래시 터뜨린 소리에 영정을 향한 묵념에서 깨어났다. 뒤이어 상주 부부와 인사를 나눴다. 사위는 침울한 표정으로 고개 숙였다. 불의에 항거하며 시로 사자후를 토하던 대시인다운 기개는 사라지고 겸허

한 모습이었다. 고인 뒤를 이어 토지문학관 관장 자리를 이은 딸은 나의 손목을 잡았다. 사흘 전, 박 선생이 위독하다는 신문 기사를 읽고 나는 부랴부랴 아산병원으로 향했다. 관장은 나의 손을 잡고 울먹였다. 이미 산목숨 아니다. 누구와도 면회할 수 없노라고.

사위가 감방살이 할 때였다. 박 선생이 업고 달래던 모습이 신문에 실려 독자들의 눈시울을 적시게 했던 큰 손주는 어느 새 청년이 되어 허리를 조아렸다. 나는 그 신문을 오려 책상 머리맡 벽에 붙여 두곤 주님께 기도드렸다. 부디 대시인님이 감방에서 풀려나와 그분 아들이 아빠 품에서 자라게 하옵소서.

나는 낯익은 시인의 안내를 받으며 귀빈실로 들어갔다. 아마도 고인의 여고 후배라서 그럴 것이다. 귀빈실은 꽤나 넓었다. 칸막이 저쪽에는 장례위원장과 문단 원로들이 담소를 나누고 이쪽은 귀빈들과 인터뷰하며 사진 찍는 곳이었다. 시인은 내게 쪽지를 건넸다.

"만장에 쓸 내용을 20자 이내로 부탁드립니다."

나는 망설임 없이 적었다.

'천국에서도 고추 농사 잘 지이 길손들에게 나눠 주세요.'

그 내용을 살피던 시인이 나긋하게 굴었다. 과연 대선배님의 후배답군요.

대형 카메라를 어깨에 멘 사진기자가 나를 소파로 이끌었다.

여당과 야당 당수를 차례로 회견한 뒤였다. 나는 귀빈 대접 받는게 황공했지만 곧 인터뷰에 응할 자세를 취했다. 아직도 덜 알려진 사실을 알려야 한다는 사명감이 걷잡을 수 없이 일었다.

중년 사진기자는 카메라 앵글을 나의 얼굴 가까이 대고 질문을 던졌다.

"고인을 처음 뵌 건?"

"여고 이학년 시월이었죠."

1961년 10월, 마지막 토요일 오후였다. 나는 박 선생이 진주에왔다는 경남일보에 실린 기사를 읽고 선뜻 찾아 나섰다. 대선배가 자리를 비웠거나 바빠 시간 낼 짬이 없다 하면 다시 찾아가겠다는 의지를 다지고 나선 길이었다. 중간고사 기간이라 시간의여유가 없었지만 흠모하는 작가여서 발걸음을 가볍게 했다. 오전에는 학교에서 공부하고 점심시간 지나 오후 두 시쯤 되었다. 나는 가방을 든 채 박 선생이 묵고 있던 월성여관으로 향했다. 전날 집에서 월성여관으로 전화를 걸었다. 여관 안내원이 박 선생은 외출 중이고 누구와도 면담을 허락지 않는다는 냉담한 반응이었다. 그건 아무래도 좋았다. 내가 이모라 부른 엄마 재종여동생이 우리 집 근처에서 보석상을 경영하며 월성여관 주인김 여사랑 친한 사이였다. 엄마도 그분들과 계모임 회원이라 자신감이 생겼다.

우리 집은 시에서 가장 번화가인 중앙로터리 옆이었다. 중앙시장이 우리 집 뒤였다. 좀 더 북으로 가면 월성여관, 좀 더 서북쪽으로 가면 ㅈ여고 교사가 보였다. 나는 중앙시장 과일가게로 가서 대봉 일곱 개를 샀다. 사과보다도 빛깔 좋은 대봉이 눈길을 끌었다. 일곱은 러키세븐, 대선배와의 만남이 뜻 깊게 이루어지리란 기원이 담긴 거였다. 나는 월성여관 한옥 뜰로 들어섰다. 석류나무 아래 연못, 그 옆의 장독대가 눈에 잡혔다. 오지항아리에 행주질 하던 김 여사가 인기척에 뒤를 돌아봤다. 엄마 심부름으로 계주에게 계금을 갖다 줘 김 여사는 나를 밝히 알았다.

"박 선생님을 뵙고 싶어요."

"어느 누구도 면회 사절이야."

김 여사가 손을 홰홰 저었다.

그때, 연못 뒤 별실 문이 드르륵 열렸다.

"들어오라 하세요."

사람은 안 보이고 목소리만 들렸다.

별실에 들어서자, 박 선생이 방석을 내밀며 앉기를 권했다.

"선생님의 여고 후배입니다."

나는 공손히 아뢰었다. 신문이나 문예지에 실린 사진을 통해 낯익었고 여고 선배란 사실이 친척 언니처럼 정다움을 일깨웠다.

"난 17회 졸업생이랍니다."

"말씀 낮추세요. 제가 졸업하면 34회가 됩니다."

교자상 위엔 원고가 놓였다. 만년필 뚜껑이 열려 있어 금세 글을 쓰다 나를 맞이한 것 같았다. 선배가 그 원고를 정리하는 사이, 나는 부엌으로 가서 대봉을 씻어 채반에 담아왔다.

"어떻게 알았을까. 내가 감을 좋아하는 걸."

박 선생은 대봉 하나를 집어서 내게 건네고, 하나는 껍질도 안 벗긴 채 베어 물었다.

"아직 설익어 떫을 텐데 체하면 어떡하게요."

감격한 나머지 나는 안 할 염려까지 했다.

"물컹한 홍시보다도 이게 더 맛있는 걸."

"전 떫은 건 못 먹거든요."

나도 감을 좋아하지만 선물한 걸 먹는다는 게 예의가 아니란 생각이 들어 채반 위에 놓았다.

"우리 때는 '진주여고'가 아니라 '일신고녀'라 불렸지."

대선배의 눈빛이 소녀처럼 밝게 빛났다. 머리를 짧게 자르고 자색 저고리에 회색 치마를 입은 자태가 단아하면서도 기품이 일었다. 사람 됨됨이나 인품을 헤아릴 나이가 아닌데도 박 선생은 해맑은 피부에 고운 자태가 진정 내가 꿈꾼 문인다운 모습이었다. 그 기품에 보탤 게 있다면 단연 잘생긴 외모였다. 눈썹은 짙고 눈 두둑은 얇아 쌍시울 질 듯하면서도 눈동자는 크고 오뚝한 콧날에 입술도 붉었다.

"교복만큼 좋은 옷은 없어요. 깔끔하고 싱싱해 보이거든."

선배가 교복에 관심을 가져서 나는 교복을 입고 온 걸 잘했다 싶었다. 감청색 윗도리에 흰 칼라와 감청색 폭 넓은 스커트였다.

"내가 아우만한 나이 때는 세라복을 입었지."

"세라복을 입으신 선생님은 얼마나 멋졌을까요."

나는 우리 학교 내력이 실린 책자를 볼 때마다 세라복 입은 선배들에게 나 자신을 오버랩 하기를 즐겼다. 세라복은 낭만을 일깨웠고 낭만은 꿈과 환상으로 이끈 윤활유였다.

교복 이야기와 감이 훈훈함을 일깨웠던가. 박 선생의 목소리도 정답게 이어졌다.

"일본 고녀생들은 멜빵가방을, 우리 고녀생들은 손잡이 가방을 들고 다녔어요. 파란 바탕은 희망을, 손잡이 아래 흰줄이 그어진 건 고녀생들의 한마음을 뜻했고."

선배는 내 옆에 놓인 책가방에 눈길을 주었다. 창으로 스며든 가을 햇빛이 파란 면책가방을 한결 밝게 비췄다.

박 선생의 눈빛이 생생해졌다.

"먹점 떠 봤어요?"

"아입니더. 제 몸에 상처 입는 거라 마음까지 검게 물들 것 같아서예."

"하모, 나도 그런 맴이 일어 선배님들이 의형제 맺자 해도 거절했지."

그 당시 학제는 4년제였다. 학년마다 3반으로 일본 고녀생들은 오십 명, 조선 고녀생들은 일백 명이었다. 교사 본관은 적벽돌 이층 건물이고, 본관 옆 강당에는 그랜드 피아노가 놓였다. 입학식 날 선배들은 의동생을 찾기 위해 설쳤다. 나도 선배들이 그룹 모임에 들자고 했지만 거절했다. '송죽'은 일본 냄새가 풍겨 싫었다. '머루'는 순수 한글이라 정다웠다. 그래도 모임에 들면 자주 만나야 하므로 내 시간을 가질 수 없어서였다. 기숙사는 교사 본관 서쪽의 이층 목조건물이었다. 기숙생들은 사감보다도 부엌 아줌마에게 더 잘 보여 누룽지나 구운 오징어를 얻어먹는 걸 좋아했다, 한창 자라던 소녀들이라 배가 고팠을 것이다. 전시중임으로 땔감이 부족해 추웠다. 부엌 아줌마에게 밉보이면 밤새 추위에 시달렸다. 약삭빠른 기숙생들은 집에 갔다 오면 부엌 아줌마에게 선물을 했다. 영어 과목은 시간표에 들었지만 '영미 박멸'을 내세우던 시기라 그 시간에 간호학을 배웠다. 도립병원에 가서 실제 의사들이 환자들에게 수술하는 걸 지켜보았다. 틈만 나면 일본 군인들에게 보낼 대나무 도시락을 만들었다. 공장에서 목장갑을 수레에 실어 오면 손가락에 너덜너덜 붙은 걸 바늘로 꿰매는 일도 했다. 다른 무엇보다도 책 읽는 게 좋아 손에 잡힌 족족 읽었다. 밤이면 잡지는 『개벽』과 소설은 이광수 선생과 이태준 선생의 작품들을 읽으면서도 가슴을 조였다. 한글 책을 읽다 사감에게 들키면 정학 당하거나 경찰서에 잡혀 가서 몰래 읽고는 벽장 이불 속에 감췄다. 운동장 조례 때는 교사들이 전교생들에게 교복과 차림새를 점검했다. 그 시간에 사감들이 기숙사 안을 뒤지며 한글로 된 책이나 야한 옷들을 가려냈다. 나는 일어『헬렌 켈러』전기를 고리짝 안에 넣어 두었다. 다행히 숨겨둔 한글 책들은 들키지 않았다며, 선배는 은밀한 목소리로 물었다.

"요즈음 무슨 책을 읽으시나?"

"『가을에 온 여인』"

나는 선생님이 쓴 그 소설을 읽기 위해 연재 중인 신문을 구독했다는 것까지 밝혔다. 선배와 후배는 그 작품의 주인공에 대해 의견을 나눴다. 박 선생은 오 여사, 나는 의화에게 더 정이 간다고 평했다. 선배는 그 작품을 쓸 때 오 여사의 성격 묘사가 잘 풀리더라고 했다. 독자인 나는 나이 많은 오 여사보다도 젊은 의화가 더 관심을 끌었다.

김 여사가 차를 채반에 담아 왔다.

"향이 좋군요."

박 선생이 고마워하자, 김 여사가 생색냈다.

"지리산에서 따온 작설차 세작이지. 귀빈 아니면 대접 안 하는 거라네."

김 여사와 이모도 ㅏ의 여고 선배였다. 이모가 경영하는 보석상 이름을 '일신당'이라 부른 것도 모교의 옛 이름을 따서였다. 이모는 월성여관으로 전화를 걸어, 박 선생과의 면담을 원했지만 거절당했다.

"얘, 소설이 밥 먹여 주냐. 글쟁이들의 야망이 하늘을 치솟는 다더니, 어쩐다고 후배가 선배의 청을 깡그리 무시하노."

전화 건 사람이 선배라 해도 전화조차 받지 않았다고, 이모는 불평을 늘어놓았다. 소도시에서 선후배 사이는 친밀한 유대 관계를 맺어, 후배는 선배를 성님이라 부르며 따랐다. 아우에 대한 성님의 자세도 부드러워, 이모의 불평은 무리가 아니었다. 친정이 일정 때는 독립군들에게 군자금을 대 준 부자였다. 그런데다 부자 아들에게 시집가서 금은방을 차려 부를 떵떵 울린 이모야말로 야망이 턱에 닿을 정도였다. 더욱이 이모는 모교 동창회 회장이고 김 여사는 총무였다. 나는 전해들은 사실을 실토하지 않을 수 없었다.

"이모, 소설이 밥 먹여 준 건 사실예요. 박 선생님은 인기작가라 저서가 많이 팔려 서울 정릉의 대지가 넓은 집까지 마련하셨는걸."

반쯤 열린 미닫이문 사이로 연못이 바라보였다. 방안까지 스며든 햇빛이 연못 주위를 날던 잠자리 떼가 석류 나뭇가지에 맴도는 게 별실 동쪽 벽에 무늬를 드리웠다.

"예전 고녀 교사 자리에 국민학교가 들어섰더군요."

박 선생은 어제 오후 외출해 그곳에 들렀다고 했다. 김 여사가 그곳이 '금성국민학교'이고, 그 앞 기숙사 자리는 문방구 가게와 여관이 들어섰다는 것도 들려주었다.

"난 천식을 앓아 학교를 한 해 쉬었다네. 집에선 난리가 났지. 남들은 못 보낸 고녀생인데 시집 못 가기는커녕 숨지기라도 한다면 집안 망신살 뻗친다며."

김 여사가 한숨을 토하자, 박 선생 얼굴에도 그늘이 졌다.

"저도 한 해 쉬었는걸요. 가슴이 답답하며 우울증에도 걸렸고."

김 여사의 눈빛이 싸늘해졌다.

"창씨개명에 주눅 들었군."

박 선생이 고개를 숙였다. 김 여사의 입술도 아래로 쳐졌다.

"내가 천식을 앓은 것도 창씨개명이 주원인이었거든. 김복자가 가네무라 운운이라니 당키나 해? 일본 선생들이 조선 여학생들을 업신여긴 것도 비위가 틀어졌고."

박 선생이 자세를 고쳐 앉았다.

"요네다 레이꼬米田禮子가 저의 일본 이름이었죠. 아버님은 창씨개명을 못하겠다고 완강히 버티셨는데 사촌오빠와 어머님이 의논해 그 이름을 지었지요."

그 오빠는 동경 유학한 지성인이라 제가 무척 따랐어요. 그분들이 지은 서너 개의 이름 중에 하나를 골라라 하여 제가 그 이름을 가리켰거든요. 사촌오빠는 토지에 대한 경애는 바로 나라 사랑이다. 어머님은 쌀만큼 확실한 복은 없는 거라며 저를 기특히 여기셨습니다. 통영의 들에 알알이 영근 벼이삭이 좋아서.

박 선생은 부친이 일제 때 만주에서 자동차 정비 사업을 하셨다. 일인의 횡포로 그 사업이 망해 빈손으로 귀국해 어려움을 겪으셨다. 일인들에 대한 분노로 딸을 학교에 안 보내기 위해 창씨개명을 거절하셨다고, 낯빛을 흐렸다.

"창씨개명 안하고는 학교에 얼씬도 못했으니."

김 여사가 주먹을 불끈 쥐었다.

"제가 더 이상 고녀에 안 다니겠다고 귀가 했지요. 어머님이, 학업을 도중하차 하다니, 마음을 독하게 먹고 세파를, 너 자신을 이겨야만 한다고 호되게 나무라셨습니다. 사촌오빠도 호랑이를 잡기 위해선 호랑이굴로 들어가야 한다. 그런 뚝심을 지녔기에 내가 동경 유학까지 하여 의사가 되지 않았느냐며, 충고했고요. 마음 다잡고 삼학년에 복학 했지만 우울증은 쉬이 사라지지 않았어요."

"조선 사람들이라면 누구나 겪어야 했던 가슴앓이였잖아. 가마못까지 가셨다며?"

가마못은 비봉산 서쪽에 있는 큰못이었다. 그 못 둘레에는 수양버들이 드리워 새벽이면 짙은 안개가 초가 주막을 감돌아 몽환적인 분위기를 연출했다. 수심도 깊고 장마가 지면 그 아래 도로까지 물이 흘러내렸다.

"그냥 가보고 싶어서요. 고녀 시절 틈만 나면 산책한 곳이었으니."

박 선생이 옛 시절을 떠올렸다.

"칠면조 무용선생님 말이야. 최승희 무용가의 수제자인데다 인물은 좀 예뻤냐. 어느 날 사라져 학우들은 가마못에 빠져 숨졌다느니, 서울제국대학 다닌 연인의 애를 뱄지만 기혼남이라 그랬다고들 하고, 연인 따라 평양으로 갔을지도 모른다는 소문도 분분했잖아. 아우는 미인이라 이웃 남고생들이 애간장 태우진 않았을까?"

김 여사가 은근슬쩍 물었다.

"어느 남고생이 찹쌀떡 장수로 변장하곤 기숙사 뒤 창문을 두들기며 괴롭혔습니다만, 제가 워낙 차가운 성격이라 연애 따윈 저리 가라였지요."

"망토자락 휘날린 동경제국대학생이라면 몰라도, 나 또한 이웃 남고생 따윈 새파래서 눈에 안 들어오더라. 가마못 가는 길에 왜 모교엔 안 들렀지? 유명 소설가가 모교를 방문하면 후배들도 교사들도 대환영일 텐데."

"장편을 마무리해 출판사로 넘겨야겠기에 모교를 지나치면서도 못 갔지요. 가마못으로 간 것도 실은 작품에 도움 될까 싶어서였죠. 동창회 회장님께 죄송하다고 전해 주세요. 전화로 저를 만나자고 하셨는데."

그제야 나는 박 선생이 이모를 만나지 않은 이유를 알았다.

"풍수가들에 의하면 우리가 다녔던 교사보다도 새로 옮긴 교사 터가 땅 기운이 훨씬 좋다고들 합디다. 국모가 날 명당이라나. 부디 후배들이 기예를 연마해 진짜 대한민국을 빛낼 명사들이 죽순처럼 뻗어나야 할 텐데."

김 여사가 나의 등을 토닥였다. 불혹 넘긴 당신의 세대는 이미 물간 생선이고 풋풋한 소녀야말로 그만한 반열에 오르지 않겠느냐는 격려였다. 김 여사는 인사성이 밝고 음식 솜씨도 좋아 월성여관에는 명사들의 발길이 잦았다. 월성여관 뒤는 법원이 있어 법조인들도 자주 드나들었다. 별실 옆방은 법 관련 서적과 문학 서적들이 진열된 서재였다.

"모교 교지 『일신』 편집장이 '후배들에게 한 말씀 하신다면' 이란 원고 청탁을 제게 보냈지요. 그래서 '만인의 가슴을 울릴 명작을 쓸 대 작가가 탄생하기를 기원한다.' 라는 글을 올렸습니다. 교지에 실린 그 내용을 보고, 동창회 회원들 사이에 말이 많았다면서요? 무슨 여고 교지에 실을 내용을, 더구나 후배들에게 할 말도 많을 텐데 하필이면 '명작과 대작가' 운운 했느냐구요."

"나도 그 자리에 있었다네. 만인의 가슴을 울릴 명작을 쓴 대작가야말로 국모 중의 국모 아니냐고, 입버릇 나쁜 그 후배에게 눈총을 쏘았지."

작가에게 명작을 쓰는 게 최상의 책무라 후배들에게 그런 격려사는 당연한 게 아니냐고. 강명희 변호사 있잖아. 그인 '국민의 존경 받는 대법원장이 탄생하기를 기원 한다'고 했는데 그에 대한 토는 안 달고. 남편에게 내조 잘한 아내, 가화만사성 운운은 너무 흔한 거잖아. 이왕 입질에 올랐으니, 박 선생이 만인의 가슴 울릴 명작을 쓴 대작가가 되어 고개를 아래위로 흔들며 째려보라고. 『김약국의 딸들』을 읽었는데 어쩜 그리도 통영의 정경과 딸들 성격 묘사를 잘 했을까. 일찌감치 명작 씨를 뿌렸으니, 고전의 반열에 오를 명작에 도전해 봐야지. 아직도 삼십대인데, 얼마든지 기회가 많잖아.

박 선생은 37세였다.

"그 작품은 통영을 배경으로 한 풍속화예요. 또 선배님이나 저나 새 교사에서 공부한 건 아니잖습니까."

별실 안을 맴돌던 잠자리가 왁자한 웃음소리에 놀라 휑하니 날아 바깥으로 사라졌다.

"밉쌀 떠네. 만석꾼의 위용이 만 리 밖에도 땅김을 떵떵 울린다잖아. 이사해 봤자, 비봉산이 병풍처럼 두른 거기가 거기라 명당의 땅김이 어디로 도망간대."

삼 년 전인가. 펄벅 여사가 한국에 오셔서 기자회견 한 내용을 기억할 테지. 코리아 작가들은 6·25란 전쟁을 겪었으니 호재를 만난 거라며. 난 아우가 『대지』 못잖은 명작을 쓰리란 걸 믿어 의심치 않아.

유들유들한 김 여사에 비해 박 선생의 표정은 진지했다.

"지금 쓰는 이 원고가 6·25를 배경으로 한 거지만, 제가 감히 어찌……."

"그 참 반가운 소식이군. 부디 아우가 대승해 우리 모교를 빛내 주게. 난 아우가 월성여관에 묵는 걸 영광으로 여기거든. 앞으로도 여관비는 받지 않을 테니 자주 들리게나."

김 여사가 밖으로 나간 뒤였다.

교자상 옆에는 쓴 원고지가 켜켜이 쌓였다. 나는 그 원고 내용을 보고 싶어 손이 근질근질해졌다.

"쓰신 원고 좀 볼 순 없는지요?"

"미완성 작품을 보여 줄 순 없답니다."

박 선생의 표정이 굳게 변했다.

"제가 괜한 부탁을 드렸나 보죠?"

나는 무안쩍어 비시시 웃었다.

"대신 이걸 드릴게."

박 선생은 『김약국의 딸들』 책자에 사인하기 위해 만년필을 들었다. 내가 이룰 성, 목숨 명, 맑을 숙이라고 띄엄띄엄 나의 성명을 밝혔다. 선배는 明이 아니고 命이라, '명숙'을 낮게 발음하고 책에 사인했다.

손목시계를 보니 대화를 나눈 지 두 시간이 지났다. 반시간을 넘기지 않으려 했는데. 내가 일어서자, 선배가 손짓으로 말렸다.

"지리산 법계사는 어떻게 가는지."

나는 박 선생이 내민 원고지 뒷면에 약도를 그렸다. 시외버스

정류장에서 지리산 밑 중산리까지는 하루에 버스가 오전과 오후 두 번 드나든다. 진주에서 그곳으로 가려면 한 시간 넘게 걸리고 중산리에서 법계사까지도 걸어서 한 시간쯤 걸린다고 했다.

"제가 모시고 싶지만 시험 기간이라서."

하필이면 중간고사랑 맞물릴 게 뭐람. 문학소녀가 유명 선배 작가랑 지리산 등산 하는 건 행운 중의 행운일 텐데.

"얼른 가서 공부해야지."

박 선생이 나를 일으켜 세웠다.

남가람 고운 물이 흘러흘러 한결 같듯

교가의 가락이 슬픔을 띠었던가. '삼가 고인의 명복을 빕니다.' 라고 써진 검은 플래카드가 가늘게 흔들렸다.

안내를 맡은 여고생들이 문상객들을 영안실 옆으로 이끌었다. 나는 서울아산병원에서부터 동행한 명자 언니랑 방명록에 사인을 했다. 이미 등단 40년을 넘긴 명자 언니는 나보다 나이가 2살 많은데도 여고시절부터 십 년 웃돌 선배일 정도로 행동이 반듯해 잘도 따랐다. 지금은 한국어류문학회 회장이며 결혼 주례도 서는 저명인사였다. 나 또래의 ㅈ여고 졸업생들은 3·1절 기념식 때 명자 언니가 교정에 모인 전교생들 앞에서, '아아, 님은 갔습니다.' 한용운 선생의 시를 읊조리던 당찬 모습을 기억할 것이다.

여고에 입학한 그 해 봄, 나는 선배 언니의 인도로 '성에문학회' 동인이 되었다. 성에란 얼음덩이가 눈꽃처럼 피어난다는 이름이었다. 글도 갈고 닦으면 모진 비바람을 견디고 그와 같이 피어난다는 뜻이었다. 토요일 오후면 남녀 고교생들이 모여 서로의 작품과 명작을 평하고 친목을 다지며 문학을 향한 꿈에 부풀었다.

카메라는 점점 가까이 나의 코앞에 이르렀다. 나의 입김이 피사체에 서리고 사진기자의 눈동자에 내가 비친 순간, 다음 질문이 뒤를 이었다.

"청마 선생님은 시인, 정운 선생님은 시조시인, 이원수 선생님은 동화작가가 되라고 하셨는데, 선생님이야말로 문운을 타고 나신 분이군요."

"문운?"

나의 되물음이 거셌던가. 사진기자의 눈동자에 비친 나의 얼굴이 꿈틀거렸다.

어떻게 설명해야 할까요. 원고지랑 겨루던 숱한 나날들을. 쌓이고 쌓인 원고지를 불태울 때 활활 타오르던 불길마저 원고지로 화해 저의 피와 땀이 되살아나 원고지에 글로 빼곡히 채워지던 순간들을. 저는 절망하고 좌절하며 넘어져도 오뚝이처럼 일어나 다시 원고지와 씨름해야만 했지요. 이게 아니구나, 되뇌며 원고지랑 담쌓을 때도 저의 두뇌는 글로 채워졌고요. 원고지를 찢을 땐, 나의 몸인 양 아파 아파 아파 비명이 들렸고요. 원고지를 가위로 오릴 땐 저의 목을 자른 듯해 그 가위를 남몰래 한강에 빠뜨리기도 했다니까요. 먼 훗날 누군가에 의해 그물에 그 가위가 건져졌을 때 저의 피가 뚝뚝 흘러내릴까요? 아니면 저의 글이 아로새겨질까요? 겨우 오십 줄에 들어서서야 소설가의 명단에 저의 이름을 올렸지요. 나는 탄식을 삼켰다.

"물론이죠."

경쾌하게 수긍하며 목을 가다듬었다.

무언가를 이루려면 결과만 중요한 게 아니다. 그 과정이 결과를 윤택케 할 시금석일 것이다. 그리고 그분들의 사랑을 받았다면 나는 타고난 행운아인지도 모른다고 되뇌었다.

"소설 쓰게 된 동기는?"

아무래도 사진기자는 그게 궁금한가 보다.

사람의 변화는 사람과의 만남에서 이루어진 게 아닐까요. 어쩌면 한 순간의 몸짓이 평생의 그리움으로 가슴에 각인되는지도 모르죠. 그날 월성여관 별실에서 나올 때였어요. 대선배님이 복도를 지나 현관에 이르러 허리를 구부렸어요. 기운 햇빛이 저의 운동화를 바로 돌려놓은 선배님의 목덜미와 양손에도 비춰, 그 빛이 저를 눈부시게 했지요. 아, 나도 소설가가 되어 후배에게 저런 아름다움을 심어 주어야지, 중얼거리며 일어선 대선배님의 양손을 잡았지요. 그러고선 이 세상에 태어나서 처음인 양 고운 목소리를 내었습니다.

"저도 선생님처럼 소설가가 되고 싶어요."

하아! 사진기자의 탄성이 울렸다.

그리하여 마침내 이내 몸이
큰 하나의 맷혔음을 배움으로 애오라지

여고생들 뒤이어, 유명 인사들도 속속 영안실로 들어와 영정을 향해 헌화했다. 모교 동창회 회장과 회원들이 명자 언니와 악수를 나눈 뒤, 동창회 회장이 나의 손도 잡았다.

"나이 타지 않은 젊음을 유지하셔서 보기 좋군요. 보내 주신 소설을 잘 읽었습니다."

예순 넘은 여자를 젊다고 하는 것만큼 살맛나는 게 있을까. 두어 달 전, 나는 동창회 회장에게 내 장편소설 『은가락지를 찾아서』를 선물했다. 미군 병사와 한국 미망인과의 사랑을 주제로 한 내용이었다. 미망인 아들이 엄마의 내력에 얽힌 은가락지의 사연을 알고, 그들 사이에 태어난 혼혈아 이복동생을 만난다는 줄거리였다.

사당동 '예술인 마을'의 이 선생 댁을 방문한 건 내가 삼십 세

된 봄이었다. 결혼해 서울로 이사 와서 삼 년 지난 뒤였다. 남강에서 일어난 일을 엮은 수필 묶음을 들고서였다. 서울에 오면 나를 찾아오라던 이 선생의 친절이 고마워 그에 대한 답례이기도 했다. 이 선생은 복숭아와 살구나무 아래서 내게 오미자차를 대접했다. 찹쌀부꾸미에 곁들인 진달래는 당신이 관악산에서 따 온 거였다. 소제 선생이 지은 환약이 당신의 위장을 순하게 하여 밥맛이 좋아 몸무게가 늘었다며, 소년처럼 웃었다. 태어나서 거짓말은 안 해 봤을 정도로 이 선생의 눈빛은 선했다. 악이라곤 못 품어 봤을 인자한 표정을 읽고, 나는 작품이 그 작가의 거울이란 누군가의 글귀를 되새겼다. 이 선생이야말로 타고난 동화작가라고 여겼다. 나의 작품을 읽어 본 이 선생은, 소설가가 되려면 동리 선생의 지도를 받으라고 권했다.

그 해 가을, 나는 명자 언니와 신당동의 동리 선생 댁을 방문했다. 명자 언니는 이미 대학 스승의 추천을 받아 신문에 소설을 연재할 정도로 작가의 자리를 굳혔다. 동리 선생은 '꽃물들이기'란 봉숭아를 주제로 한 수필을 읽어보고, 내용이 괜찮다며 새 작품을 써서 그 내용이 마음에 든다면 기꺼이 추천해 주겠노라 약속했다. 그 날 이후 가끔 신당동에서 청담동으로 이사 간 동리 선생 댁을 방문해 문장 지도를 받았다. 동리 선생은 나의 필명까지 지어 주었다.

"명숙이란 이름은 살아가는 덴 괜찮은 이름이지만 작가의 이름으론 합당치 않아. 효장孝章이라 함이 좋겠군. 여고 선배 금이를 경리라 지어주어 박경리朴景利가 되었고, 명자를 지연이라 지어 김지연金芝娟이가 되어, 지금 한창 문명을 떨치잖은가. 사람은 꿈을 품어야 돼. 소설가는 더욱 그래. 빠삐옹이 살아남기 위해 처절한 고통을 겪었듯이, 소설가도 명작을 쓰기 위해선 그만한 고통을 감수해야지."

'빠삐용 글쓰기'를 강조한 동리 선생은 다시 말했다.

"두 선배랑 더불어 삼두마차가 되어, 모교 교사를 비봉산 봉우리에 턱 올려 놓아야제."

무학대사가 태조의 명을 받고 비봉산에 올라 지맥을 두루 살폈다. 비봉산 서쪽에는 가마못, 동쪽엔 향교가 있어, 소문대로 과연 왕실을 뒤흔들 영웅이 날 명당이었다. 그리하여 비봉산 지맥을 끊었다는 이야기를, 동리 선생이 상기 시켰다. 그 순간 나는 박 선생이 김 여사에게 한 겸손한 자세를 떠올리고 다시금 되뇌었다. 제가 감히 어찌……

"효장이란 필명을 사용하셨습니까?"

사진기자는 나의 허점을 꼬집었다.

"아뇨. 전 너무 보잘 것 없기에, 도무지 그 필명을 사용할 수 없었어요. 어느 때는 사용 하리라, 모셔 두었다 할까요."

나의 열망과는 달리 글이 안 써지는 고통의 나날이 계속 되었다. 책상 앞에 앉으면 원고지는 둥지가 되고 볼펜은 비둘기가 되어 휠휠 날 듯 하던 가뿐함이 사라졌다. 머리는 무겁고 손마저 마음대로 움직여지지 않았다. 남편이 친구에게 빚보증을 잘못 서서 집마저 날려 보냈다. 나는 세상이 온통 노래지며 시들병에 시달렸다. 몸은 야위고 혀마저 굳어 말도 제대로 할 수 없던 고통의 나날이 계속 되었다. 밤마다 한강에 버린 가위가 살아 움직여 나의 목을 노린 꿈을 꾸었다.

나의 고백을 듣고, 동리 선생은 붓글씨로 〈採菊東籬下悠發見南山채국동이하유발견남산〉이란 시구를 적어 내게 건넸다. "중국 진나라 시인 도연명 선생은 국화를 좋아했느니라. 그분이 숨어 살면서 동쪽 울타리에 국화를 심었더니, 남산이 보이더란 내용이라네. 사람이 뜻한 바를 품고 부지런히 갈고 닦으면 길이 보여."라고 위로해 주었다.

서너 달이 지나 동리 선생은 글이 안 써진다는 나의 고통을 듣고선 또다시 〈登東鼻叭舒嘯등동비팔서소〉, 〈蘭有靑香난유청향〉이란 붓글씨를 내게 안겨주었다. '언젠가는 필히 대승할 거니 펜을 놓지 말고 때를 기다리면 향기를 뿜게 된다'고 격려했다. 한여름이라 날씨가 무더웠다. 붓글씨 쓰기에 열중한 탓인지, 동리 선생은 땀이 젖은 하얀 웃옷을 벗었다. 나는 울컥 치밀어 오른 눈물을 삼킨 채, 동리 선생을 향해 부채질을 했다. 일순 그분의 등허리에 물을 끼얹고 때밀이가 되고 싶을 정도로 정감이 일었다. 명자 언니도 '제자들에겐 무엇 하나라도 도와주고, 이웃집 아저씨 같은 따스함을 지니셨다. 선생님 이전에도 없었고 이후에도 없을 제자를 사랑한 참 스승'이시라며, 눈시울을 적셨다.

일 년 지나도 나의 질병은 치유 되지 않았다. 기도원으로 가서 금식하며 주님께 매달렸다. 시들병은 글을 못 쓰게 되어 생긴 병이란 걸 터득한 뒤였다. 이젠 글을 쓰고 싶으니 주님께서 저의 영안이 열리게 하옵소서. 기도 드렸다. 성경의 잠언 4장 7절이 나의 뇌리에 박혔다. '지혜가 제일이니 지혜를 얻으라. 그를 높이라. 그가 영화로운 면류관을 네게 주리라.'란 내용이었다. 이튿날 하산해 내가 다니는 교회에 들렀다. 수요예배 시간이었다. 마침 당회장 목사의 설교도 그 대목이었다. 강대상 벽에 붙은 대형 십자가가 불덩어리로 변하며 잉걸불처럼 타오르더니 '지혜'란 두 글자가 가슴에 안긴 환각으로 나의 몸이 나비처럼 훨훨 날 듯했다. '지혜'를 필명으로 사용하자 막혔던 글이 술술 풀려 작가의 길로 들어섰다. 갈수록 효장이란 필명이 좋아 사용하려고 하자, 선배 소설가가 일렀다. 이미 문단에 알려진 필명은 그대로 사용하고 호로 영접하는 게 좋겠다고 했다.

먼 후일을 기약하는 저희들

교가 가락이 비봉산의 산새 소리와 화음을 이뤘다. 바삐 들락거린 문상객들의 발길이 뜸해지자, 곧 장지 통영으로 갈 거니 버스에 오르라는 누군가의 목소리가 들렸다.

"난 내일 여류문학회 원로 회장님들과 간부들이 모여 긴요한 안건을 처리해야 하니 갈 수 없구나."

명자 언니는 너라도 장지까지 가라는 강한 뜻을 비쳤다.

"우리 가족이 이사하는 날이라 저도 갈 수 없는 걸요."

하필이면 이사 하는 날과 장례식이 맞물릴 게 뭐람. 장례식이 하루만 늦어도 괜찮을 텐데. 가슴에 멍울이 졌다.

선배님, 저는 통영까지 가서 선배님이 누울 자리에 누워 잠드신 모습을 보고 싶습니다. 이 무슨 꼬인 인연입니까. 나는 속으로 부르짖었다. 이만해도 됐네. 내겐 과분한 대접인 걸. 나의 장례식에 오신 모든 분에게 들려주고 싶은 거란다. 선배의 환영이 찬연히 떠오르며 사라졌다. 사실 그랬다. 서울 아산병원과 매지리 작업실, 토지문학관을 거쳐 모교에 오기까지의 과정, 어느 누구의 장례식이 그만큼 뜨거웠던가. 내가 보지 못한 하동 평사리 추모제도, 앞으로 있을 통영에서의 노제는 또 얼마나 뜨거울 것인가. 나는 그 장면을 내 눈으로 똑똑히 확인하고 싶었다. 그건 박선생이 지리산 법계사로 현장 취재 갔을 때 내가 동행하지 못한 아쉬움과 맞물려 괴로웠다.

박 선생이 법계사로 간 건 김 여사의 배려에 의해서였다. 영수 오빠가 외지 문인들의 안내를 잘한다는 걸 김 여사가 알고 당신의 승용차로 모시게 했다는 것도 나는 뒷날 알았다. 중산리에서 법계사까지 걸어가는데 박 선생의 발걸음이 빨라 영수 오빠가 뒤쳐지기도 했다. 승용차 앞자리는 운전사와 영수 오빠, 뒷자리는 박 선생이 앉았다. 그 옆 비어있는 자리가 못내 아쉽더라는 영수 오빠에게 나는 발을 동동 굴렸다. 나도 가야 했는데. 영수오빠는 나를 나무랐다. 중간고사는 어쩌누. 만일 네가 승용차에 탔다면 내가 끌어내렸을 거야.

"그 작품은 무엇인지요?"

사진기자의 물음이 흐릿해진 나의 시야에 맴돌았다.

"『시장과 전장』"

선배님은 그 장편소설의 마지막 장면을 쓰기 위해 지리산으로 가신 거죠. 그 다음 주 토요일 오후, 전 영수 오빠랑 '성에문학동인들'과 함께 중산리에 갔지요. 정기적인 모임이라, 선배님의 발자취를 더듬어보기 위해서였죠. 달빛 타고 법계사로 가는 길섶과 바위 틈새에 달맞이꽃들이 숨은 듯 쓸쓸히 피었더군요. 여름이면 그 둘레가 달맞이꽃들이 지천으로 피던 곳이래요. 두어 달 지났을까. 『시장과 전장』의 책 안내가 신문에 크게 실렸어요. 바바리코트 입은 선배님의 사진과 함께. 전 그 코트가 너무 멋져 양장점에 가서 그와 같은 걸 맞춰 입었어요. 그 작품에 나온 글 중에 「달맞이꽃」을 더욱 감명 깊게 읽었고요. 마치 내가 여주인공 가화인 양, 기훈을 사모하며 생을 마감한 전율에 떨곤 했죠. 가화라는 이름이 마냥 좋다며, 우리 집 옆에 '가화' 찻집이 생겼어요. 전 그 찻집 마담과 함께 차를 마시며, 「달맞이꽃」에 나온 장면들을 읊조리며 화제에 올렸지요. 그로부터 두어 해가 지나 제가 월성여관에 들렀더니, 김 여사가 그럽디다. 우리 모교가 명당이라더니, 땅김도 땅김이려니와 내 눈매가 보통 매운 줄 아느냐. 여관 경영 밑천이 뭔데, 눈치코치가 빨라 사람 하나는 제대로 볼 줄 알아. 박 선생은 일찌감치 거목이었어. 이젠 『시장과 전장』으로 명작의 싹을 틔웠으니 머잖아 『대지』 못잖은 대작이 나올 거라고. 김 여사는 박 선생의 대하소설 『토지』의 마지막 완간을 보고, '바로 이게 그 열매'라 하시고는 숨을 거두셨대요. 김 여사가 임종 전 이모에게 후렴까지 토했대요. 뭐라구? 쌀 미米 밭 전田 예우할 예禮 아들 자子, 요네다 레이꼬? 이름은 당사자의 운명과 통한다더니 『토지』의 주된 내용이 쌀을 향한 백성들의 염원 아니었냐고.

김 여사의 고백이 나의 귀에 쟁쟁거리는데, 사진기자의 질문이 뒤따랐다.

"고인을 자주 뵈었습니까?"

전혀 그렇지 못했어요. 『토지』를 집필하실 내는 당신이 외부와 담쌓아 계셨잖습니까. 토지문학관 개관 이후에도 관장 역할에 충실하시느라 저 개인에 대해 신경 쓰실 수가 없으셨을 테고요. 청탁 받은 글을 쓰랴, 국내외 기자들과 인터뷰하랴, 채소를 가꾸고 반찬거리 장만하랴, 좀 바쁘셨겠습니까. 몇 번 뵌 것도 무슨 행사가 있을 때였죠. 단둘이 마주쳐도 잘 있느냐, 하며 안부만 물을 정도였지요. 제가 쓴 장편소설과 중단편집을 올려도 성에 안 찼는지 그에 대한 평 하나 없었어요. 언젠가 하동 평사리 최참판댁 축제에 갔을 때였죠. 평사리가 황금들판에 알알이 영근 벼와 허수아비도 인상 깊었지만, 감이 익어 가는 마을이라 여기저기 우뚝 선 감나무마다 감이 주렁주렁 매달렸지요. 그 마을에 사는 노인이 감 농사를 짓는데 해마다 마음씨 고운 수필가가 스무 박스를 팔아 준다기에 동행했던 문인들이 너도나도 원했죠. 저도 한 박스를 주문하고 보니 대봉이라, 달게 잡수시던 대선배님이 기억났지요. 그래서 대봉 한 박스를 더 주문해 토지문학관으로 부쳤는데 그에 대한 인사말도 훗날 행사 모임 때 만났더니, 잘 먹었다. 하시더라고요. 전 아직도 그 문학관 작업실에도 못 들어갔는걸요. 문인들과 수많은 문화계 인사들이 들락거렸는데도. 기회가 있었지만 저의 시숙이 병원에 입원하고 돌아가시는 바람에 갈 수 없었어요, 남편과 아들을 뒷바라지하는 가정주부가 두세 달을 가족과 떨어진다는 게 걸림돌이 되었고요. 언젠가는 좋은 작품집을 들고 기자랑 함께 가서 대선배님과 인터뷰 하리란 꿈은 하루도 안 꾼 날이 없었답니다. 지난 번 아산병원으로 문병 갔다 되돌아오던 길에 지하철을 타기 위해 강둑을 걸으며 제가 뭐랬는줄 아세요? 선배님은 살아 계셔야 한다고. 저를 위해서도 살아 계셔서

이 아우가 문단에 우뚝 선 모습을 보고 눈을 감으셔야 한다고. 그 부르짖음은 앞으로 한없이 이어질 것만 같아요. 또 하나 있지요. 선배님이 돌아가신 날이 어린이날이었잖습니까. 그날 전 보라매 공원에서 손주랑 뛰놀다 갑자기 가슴이 울렁거려 풀밭에 드러누웠거든요. 뭉게구름 사이로 햇빛이 쩽 비치더니 선배님이 환히 웃으며 손을 흔드신 거예요. 저도 일어나 덩달아 손을 흔들며, 아, 선배님의 마지막 모습이구나, 여기고는 안 돼, 안 돼, 저를 위해서도 눈을 감으시면 안 된다니까요, 하며 부르짖었답니다.

"월성여관에서 나올 때, 들려주신 말씀은?"

"아우님, 잘 가시게. 참된 소설을 쓰기 위해선 나를 이겨야만 그 고되고도 어려운 열매를 딸 수 있다네, 라며 저의 양손을 꼬옥 잡으셨지요."

꿈 많던 소녀에겐 그 말씀이 이해가 안 됐어요. 그로부터 세월이 훌쩍 지나 토지문학관 개관식 때도 저를 보고는 또 그 말씀을 하셨어요. 전 쉽게 포기하고 쉽게 좌절하는 여린 마음이었거든요. 돌맞이 때 홍진을 잘못 앓은 후유증으로 코피를 자주 쏟아 하마하마 숨질까, 부모님과 친척들의 과잉보호 속에 자라 제 할 일도 못 찾아 하던 얼뜨기였지요. 조금이라도 성 가신 일이 있으면 피했어요. 글쓰기도 그만 둘까 망설인 게 결정적인 실수로 문단 입문 늦깎이가 됐지요. 제가 예순 되어 프레스센터 빌딩에서 열린 '동리 선생 기념추진사업' 모임에서 또 그 말씀을 들려 주셨어요. 그러고선 내가 없더라도 토지문학관에 자주 들리라고요. 하지만 일 년에 한 번 정도 무슨 행사가 있으면 그곳에 들리곤 했지요. 나를 이겨라. 선배님이 하신 그 말씀은 그게 바로 선배님이 당신과의 싸움에서 이긴 참 열매이구나. '너도 그래야 한다.'는 당신 뜻인 줄 헤아렸지요. 물론이죠. 그럼요. 저도 본받아야지요. 되뇌고 되뇌고도 가슴에 인감도장을 찍었다니까요.

향수병에는 향수가 없다

터키를 다녀 온 아내가 남편에게 터키석 두 알을 선보였다. 터키석 브로치와 터키석 반지를 갖는 게 아내의 소원이었다. 비자카드 영수증에 찍힌 값은 한화로 일백만 원이 넘었다. 아내는 그걸 금방에 맡겨 18K에 브로치와 반지를 세공하니 이백만 원이 웃돌았다. 남편은 귀금속도 아닌데 그리도 목돈을 낭비 하느냐고 따졌다. 아내는 나의 가슴앓이 단방약인데 그까짓 돈이 대수냐고 맞섰다. 걸핏하면 아내는 가슴이 찢어질 듯이 아프다고 했다. 그런 경우는 하고픈 걸 못할 때와 화를 잠재우지 못할 때 일어나는 연쇄반응이었디. 아내는 터키석이 품은 파란 빛을 사모했다. 그빛은 오염되지 않은 태초의 하늘빛이요, 때 묻지 않은 꿈의 결정체요, 보면 볼수록 평안을 안겨 준댔다. 아내가 그 삼박자 축복을 지닌다면 웬만큼 지출이 많아도 괜찮다고 남편은 자위했다.

그것도 부족한지 아내는 애국심에 밑줄을 그었다.

"자기야, 우리 대한민국이 금수강산이라고 외국인들이 예찬하잖아. 근데 왜 터키석이 안 나는 걸까. 만일 그렇다면 코리아석이라 부를 텐데."

아내는 한국에서 구입한 건 거의 가짜라 터키에 가서 진짜백이를 구하겠다고 별러 왔던 터였다.

남편은 아껴 둔 주먹다짐을 펼쳤다.

"여보야, 터키에는 터키석이 나지 않는단다."

새미는 냄새라면 민감한 거부반응을 보였다. 똥오줌, 소, 말, 돼지, 닭 등 오물냄새와 흙냄새도 그랬다. 풋나물도 퇴비냄새 풍긴다며 가려 먹는 경우가 잦았다.

항조가 샌프란시스코에서 근무 중일 때였다. 그는 국내 굴지의 자동차 홍보 담당 부장이었다. 미국에서 근무하면 국내에 근무한 직원보다도 진급이 빠르고 영어 회화도 익힐 좋은 기회였다. 그런데도 그들은 반년도 못 돼 귀국했다. 새미의 식생활 때문이었다. 미국 쌀과 채소들은 버터와 치즈 냄새가 풍겨 도무지 식사를 못 하겠다던 게 그 이유였다.

항조가 이란으로 출장 갔다 와서 아내에게 향수를 선물할 때였다.

"어쩜 이다지도 훤한 낙공이 있을꼬. 가히 예술의 경지 아냐.

상아를 빚어 이렇듯 참 예술이 탄생된 게 기이하고도 특품인 게
지."

낙타를 공으로 예우한 새미의 목소리가 달떴다. 낙타 안에 든
향수는 뒷전으로 미루고 모양새에 찬사를 쏟았다.

"페르시아 장인들의 솜씨는 알아준다고. 양탄자와 타일 조각
기예도 기상천외의 작품이거든. 이 낙공도 그네들의 명품 아니겠
어."

항조도 아내에게 합당한 선물이라 싶어 배를 내밀었다.

몸통은 베이지 색채에 다섯 잎의 초록과 붉은 꽃으로 무늬를
낳았다. 꼬리와 굽, 목덜미 털까지도 사실적으로 표현했다. 눈동
자와 입술은 마냥 흐뭇한 표정을 지었다. 등허리엔 조붓하면서도
매끄러운 봉오리를 맺어 향수가 바깥으로 나올 통로가 되게끔 빚
은 것이다.

"이 낙공은 페르시아 왕자가 탄 모형도가 아닐까."

전설을 현재에 접목한 새미의 눈동자엔 페르시아 왕자별이 팡
팡 빛을 뿜었다. 뒤이어 그 낙타 봉오리 뚜껑을 열고 컹컹거리더
니 꺼림칙이 내뱉었다.

"낙타 똥오줌 냄새가 여하게 풍겨."

아내의 외고집을 아는지라 항조가 맞받았다.

"조향사調香師가 깜빡 졸았을까. 향수에 낙타 똥오줌이 들어간
것도 모르게."

새미는 낙타 몸통에 든 향수는 버리고 몸통은 씻고 또 씻었다. 그것도 모자라는지 바람 잘 부는 볕에 말리기를 여러 번하더니, 그걸 경대 위에 놓았다.

새미가 낙타 똥오줌 냄새에 질린 건 이스라엘과 이집트의 성지 순례 때였다. 시내산 입구에 들어서자마자 낙타 똥오줌 냄새가 역하게 풍겼다. 때맞춰 손님들을 끌기 위한 몰이꾼들의 호각소리가 새벽의 정적을 깨뜨렸다. 예까지 와서 낙타 똥오줌 냄새에 질려 시내산 등정을 못하면 어쩌나. 항조가 조바심을 냈다. 다행히 그들 부부가 시내산 등정을 끝낸 건 그 산 중턱까지 걸어 올라가서야 몰이꾼이 이끈 낙타 등에 올랐던 것이다. 새벽이라 어둠과 이슬이 낙타 냄새를 어느 정도 가렸다. 이따금 낙타 방귀소리가 퍼엉 울려 신경을 자극했지만. 모세가 전능자에게 십계명 돌조각을 받고 대화를 나눈 곳이라 기적 중의 기적 장소였다. 그들 부부는 성지 여행의 백미 장소를 놓칠 순 없었다. 그날 등정을 마친 새미가 새치름해졌다.

예수님도 방귀 뀌었을 거라 생각하면 정나미 떨어져.

서너 달 지나자, 새미의 경대 위엔 향수병들로 가득 찼다. 화장품들은 서랍 속으로 들어가고 향수병들이 주인을 쫓아낸 형국이었다. 옛 향수병은 향수가 없고 빈병인데도 여인들의 애장품이라 인기 품목에 속했다. 거의 손아귀에 쥘만한 것인데도 값이 엄청 비쌌다. 새미가 수장한 건 옛 걸 본뜬 모조품들이었다. 오륙

만 원 정도면 고미술 가게에서 구입할 수 있어서였다. 골동품들은 엄청 비싸지만 모조품 빈병이 그만한 가격이라면 싼값은 아니었다. 그런데도 새미의 구매욕에 불을 댕긴 건 그 병들의 모양새가 예사로이 넘기지 못할 얘깃거리였다.

"이게 뭔 줄 알아? 유비는 돗자리, 관운장은 칼, 장비는 창을 들었잖아. 그들 영웅들이 향수 모델에도 등장한 걸 보면, 중국인들의 자긍심을 알만 해. 사실 『삼국지』만한 소설이 동서고금에도 없거든."

때맞춰 그 내용들이 텔레비전 연속극으로 상영 돼, 새미의 입에선 파앙 나팔소리가 터진 듯했다.

요건 당나라 현종이 양귀비를 말에 태우고 야유회 가는 거잖아. 유들유들한 현종의 풍채와 안내자 양국충의 음흉한 표정과 양귀비의 고혹적인 자태라니. 이것들이 백자라도 모양새가 다른 거와는 달리 새하얀 고품격이잖아. 향수병 제조자가 삼국지의 삼총사도 현종과 양귀비도 아무렇게 다룰 순 없었던지 백자의 최고 재료 송아지 뼛가루로 반죽해 빚었다지 뭐야. 뚜껑은 연봉에 금박 입히고. 근데 말이야. 양귀비가 현종을 사로잡은 게 겨드랑이 안내가 특별 양념이었대. 임내 풍긴 여자의 그것에 사로잡히면 남정네들이 맥을 못 춘다나.

항조는 성욕을 참을 수 없어 아내랑 침대에서 뒹굴었다. 열정이 사그라지자, 새미가 억눌린 감정을 토해냈다.

"내 몸에서 암내가 사라졌는데, 예전 같진 않지?"

새미가 냄새에 민감한 건 액취 풍긴 유전인자를 타고 나서였다. 조모는 겨드랑에서 풍긴 노린내로 남편에게 구박당해 그늘진 삶을 살았다. 부친도 겨드랑이 액취로 지기들에게 따돌림을 당했다. 자신은 겨드랑이 암내 제거 수술로 냄새를 풍기진 않았다. 그런데도 한여름엔 모시와 실크 옷을 입을 땐 면내의를 입어야 하는 고충이 뒤따랐다. 그리 조신하지 않으면 암내를 풍겼다. 허브차와 카레, 오이지도 냄새가 고약하다며 사절이었다. 김밥을 먹을 때도 단무지는 뺐냈다.

새미는 거듭 찬사를 쏟았다.

"이게 뭔고 하니, 〈서태후 영화 시리즈〉란 거야. 잉어가 하늘을 향해 입김 발한 건 서태후의 야망을 드러내잖아."

그 잉어가 서태후 별장을 품었으니. 이화장 앞 연못엔 만발한 연꽃 사이로 학이 뛰놀고, 부귀영화 공명에 장수를 누리고픈 서태후의 야망을 대변해 주잖겠어. 일세를 풍미하던 여걸도 여자인지라 애마도 앙증맞음의 극치 아냐. 청마인데 꼬리는 뒤로 슬쩍 감추고 두상의 머릿결은 금박 입히고 목엔 금방울을 달고 말안장도 황금색에 연꽃으로 수놓았으니. 마공님, 복도 많으셔라. 서태후의 진짜백이 안목은 마름모꼴에 돋을새김 붉은 글씨로 써진 복희수록福喜壽祿 아니겠어. 누릴 복은 다 누리고픈 게 서태후의 야망이었지만. 글쎄, 후세인들은 고약한 악질 태후라고 손가락질

해대니. 자기야, 모조품이지만 천연색이 이토록 선명하고 아름다운 건 법랑琺瑯이라서 그렇다나. 난 그게 무슨 채색인지 몰랐는데, 바로 칠보 채색이란 덴 까막눈이 따로 없다 싶더라. 칠보를 한글로 파란이라고도 부르거든. 그 어감이 얼마나 신선해. 우리 한글의 우수성이 여러 나라에도 알려졌잖아. 청대 황후들도 이런 법랑을 선호해 법랑 향수병들이 유행을 탔대. 요건 상아로 빚은 거래. 자그마한 병에 앞은 물 찬 제비가 날고 뒤엔 뿔을 곤두세운 사슴이 풀밭에서 노닐잖아. 제비는 봄소식 전하며 사슴은 사향 향기를 뿜어대니. 녹용은 장수의 비결이라 향수병 모델로는 왔다지 뭐. 모름지기 향수의 근원은 그 향기로 인간을 즐겁게 하고 마음이 즐거우므로 장수한 건 바로 삶의 묘미거든. 더욱이 향수를 발라 여인들의 가슴앓이가 치유된다면 향수야말로 장수의 전시 효과 아니겠어. 복덩이 제비랑 사슴이 입은 꼬까옷이 한눈에 쏘옥 들어오는데, 일백 년이 넘은 거라나. 그 옆에는 청대 백자 화조도야. 새와 꽃이 그려진 건데 품격이 돋보이잖아. 자기야, 미안해. 이 천사향수병 값이 오십만 원이거든. 가게 주인은 일백만 원 이하는 절대 안 된다더라. 향수병 하나를 일백만 원에 살 순 없잖아. 아무리 청대 명품이라지만. 내가 아낀 보물과 바꿔치기 했지 뭐야. 티베트 장인이 놋쇠를 불에 달구고 조각해 맞춘 거거든. 그네들의 세공 솜씨는 세상에 널리 알려졌잖아. 마름모꼴 가두리에 깨알만한 완자무늬로 테를 두른 것도 어딘데, 앞뒤 면에 대나무와 난초가 각인 돼 초록으로 채색해 한결 품위를 더하잖아. 놋쇠는 금보다 더 고운 빛을 발하고.

그 명품은 티베트에 다녀 온 친척을 통해 오십만 원 든 걸 천사향수병과 바꿔치기 했던 것이다.

"사실 천사상이란 게 마리아를 두고 붙인 이름이거든."

마리아가 아기 예수를 껴안은 모습을 담은 건데, 상인들은 천사라고 부르니. 그렇다고 그네들을 나무랄 수도 없는 게 천사 중의 천사가 바로 마리아거든. 천연 채색도 선명하고 보면 볼수록 참 평안을 안겨 주니 얼마나 미더운지.

이건 엄청 크기도 하려니와 무게도 꽤나 나가잖아. 손바닥만 한 크기의 호박에 아래위로 악귀 쫓는 괴불과 사자, 나비를 세공해 붙였는데, 은이 70% 들어갔다나. 애장품치곤 크고 덧나 보인다며 뒤로 미루던 수집가들이 귀금속 값이 다락 같이 오르니 눈독 들인 게지. 더구나 그것들이 동 난 건 귀금속업자들이 쌍불 켜고 설쳤거든. 그걸 녹여 반지를 만든다면 호리다시도 보통 호리다시 아니라며. 그런 명품들을 녹여 잇속 차렸던 귀금속업자들은 자성할 줄 알아야지. 모름지기 그치들은 티베트 장인들에게 송구하면서도 결례한 거잖아. 암튼 중국 지도자들이 우리가 공자를 잃을지언정 결단코 티베트를 놓칠 순 없다. 국제사회를 겨냥해 큰소리 탕탕 친 저력이 바로 티베트 땅에 무진장의 보고가 저장돼서라던 게 거짓 아닌가 봐.

일 년도 안 돼 새미는 향수병 1백 개를 지닌 수장가가 되었다. 모은 것 중에서 싫증 난 건 새로운 것과 바꿔치기 해, 썩 괜찮은 것들이었다. 그 수치 이상은 사절. 세상이 온통 노래져 향수병만 보인다면 살맛 잃을 게 아냐.

항조는 한동안 잠잠한 아내의 의도를 시험해 보았다.

"이백 개를 채워야 속병에서 놓임 받을 텐데?"

"나의 아픈 데를 잘도 긁는군. 으음, 우리 공주마저도 향수병으로 보인다면 망조의 조짐 아니겠어."

토리는 향수병들을 잘도 어루만졌다. 낙타와 사슴처럼 뛰놀고 제비처럼 날며 춤췄다. 유비, 관운장, 장비의 세 영웅 이름을 불러가며 그들을 흉내 냈다. 장미 향수병은 입맞춤하더니 떨어뜨려 깨뜨렸다. 새미가 딸에게 회초리 들고 종아리를 후려친 건 전례에 없던 중벌이었다.

"고깐 병 따위로 우리 고명딸에게 상처 입힐 게 뭐람. 어떻게 당신 코는 세상 냄새를 거부한 요주의 고상한 코인지 모르겠어."

지난주일, 세탁할 때 피죤 넣고 헹궈야 할 바지를 아내가 냄새에 질려 그걸 피했다. 항조는 그 바지가 몸에 달라붙고 피부가 부풀어 올라 애를 머은 터리, 버럭 화를 냈다. 새미도 맞섰다.

"자기, 어디 찜해 둔 데 있잖아. 누구지?"

"단연코 아니야. 아니라니까."

아내의 도발적인 질문을 항조는 단박 무시했다. 강한 거부 몸짓은 자신의 허점을 보완하기 위한 술수였다.

얼마 전, 새미는 남편의 외도를 눈치 챘다. 딸에게 가한 중벌은 남편을 겨냥한 앙금의 폭발이었다. 새미가 향수병 모으기에 탐닉할 때, 항조는 술을 자주 마셨다. 출장을 핑계로 외박하는 날도 잦았다. 자칫하다간 남편마저도 향수병으로 보여 세상이 샛노래질 것 같아 새미는 그 구매에서 벗어났다. 그러면서도 입에선 못 말릴 열정이 튀어나왔다. 그나저나 우리 요정들을 모실 보금자리가 있어야 할 텐데.

화장품대 위에 놓아두기엔 요정들이 너무 많았다. 새미는 진열장을 구하기 위해 쏘다녔다. 그래도 마음에 당긴 게 없어 궁리 중에 있던 터였다. 장식장이라면 값나갈 거라 여겼다. 그런데도 전연 다른 아내의 구매에 항조는 볼만장만 넘길 수밖에 없었다. 결혼 십 주년 넘긴 가정주부들이 보석에 집착하고 부동산 투자에 혈안이라, 항조는 아내의 구매욕을 눈감아 주었다.

"이게 뭔고 하니 이태리제 장식장 아냐. 신제품을 사려면 일백만 원 웃돌 텐데, 단돈 삼만 원에 구했거든."

중고품이래도 이삼십만 원은 너끈히 받을 장식장이었다. 오래된 거라 그 장식장도 골동품 대접을 받을 정도로 고품격이었다. 유리로 선반을 끼운 이층 행자목이었다. 서너 군데 찍힌 흠집이 나도 부분적으로 색칠하고 기름칠해 눈에 거슬리지도 않았다. 앞과 옆면 양쪽에는 유리가 달렸다. 뒷면엔 거울이 달려 앞에 진열

된 장식품들이 훤히 비쳤다. 그것들이 더 많아 보이는 전시효과
도 되었다. 아래는 서랍도 달렸다. 새미는 번갈아 가며 향수병을
서랍 속에서 꺼내 진열장 안에 장식하곤 했다. 일테면 향수병 장
식장으론 궁합이 맞았다.

그 장식장은 이웃에 양장점을 경영하던 아가씨가 그 안에 손
가방과 벨트를 놓아두곤 했다. 그 가게에 들은 새미가 신제품 옷
들과는 안 어울린다고, 버리려거든 나를 달라고, 먼저 초를 쳤
다. 무얼 버려도 돈이 드는 세상이라며. 자주 내게 달라고 노골적
인 공세도 펼쳤다. 마침내 새미는 그 장식장을 구했다. 장사가 안
돼 아가씨가 가게를 처분하고 나서였다. 답례로 수박 한 통을 선
물했던 것이다.

신문을 보던 새미가 남편의 새벽잠을 깨웠다.

"인물이 훤해야 명품 조향사가 되나 봐."

"어디 보자. 나보다 잘생긴 남자가 이 세상에 존재할까."

신문에는 데이비드 서핏이 뉴욕에서 기자회견한 장면이 실렸
다. 데이비드는 프랑스 출신으로 아르마니랑 손잡고 여러 종류의
향수를 개발했다. 향수는 싱긋하고 싱그러운 감귤 종류와 독을
품은 듯한 진한 향기가 인기였다. 요즈음은 불황기라 여인들이
무화과 잎사귀에서 풍긴 그윽한 냄새를 선호한다. 향수는 마음에
뿌린 쉼표라고, 고백한 내용이었다.

"눈썹은 짙고 눈동자는 촉촉하잖아. 코는 흔히 백인들이 지닌 주먹코도 말코도 아니거든. 코쟁이 코치곤 우뚝하면서도 복코 아냐. 그렇긴 해도 내 낭군보단 못하니 어쩌누."

한동안 잠잠하던 새미가 다시 향수병을 구한 건 안양에 다녀온 뒤였다. 향수병을 구하기 위해 자주 고미술 가게들을 순례하다보니 그런 유형의 여인들을 알게 돼 유명 박물관으로 견학 가곤 했다. 일행과 안양박물관을 견학하고 난 뒤였다. 그곳 고미술 가게에 들려 함지박 안에 든 향수병들 중에서 알토란을 가려냈다. 양면에 시가 아로새겨진 얄팍하면서도 단정한 원통형 터키석이었다.

"오래도록 안 팔린 애물단지인 양 오만 원에 거저 준 척 하던 가게 주인의 선심 공세라니."

새미는 사전을 들춰가며 그 시를 읊조렸다.

台超象 外香貯壺中 揖之不盡味 焉不窮 태초상 외향저호중 읍지불진미 언불궁,

내 모습이 넘쳐 남은, 향수병에 담긴 향기가 밖으로 풍겨남이요, 뜰 때마다 촉감이 너무 좋아, 다함이 없음이라.

그러더니 그걸 밑구멍을 뚫고 목걸이로 줄을 엮어 사용했다. 그것도 부족한지 새미는 더욱 열을 올렸다. 참, 나도 까막눈이라

니. 이런 게 망가진 것들이 많았잖아. 그걸 떨이로 구입해 목걸이 랑 팔찌를 만들까 봐.

항조는 곧장 안양으로 가려던 아내의 발목을 잡았다.

"그건 터키석을 흉내 낸 가짜야. 돌가루에 플라스틱 원료를 섞 어 파란 물을 들인 거라구."

항조는 라이터에 불을 켜서 향수병 밑구멍에 대 보이고는 그 걸 아내 코앞에 내밀었다. PVC에서 풍겨 나온 휘발유 냄새가 강 하게 풍겼다. 새미는 파리해져 곧장 밖으로 나갔다. 저녁 때 귀가 해선 남편을 향해 눈총을 겨눴다.

원석이 아닌 바에야 돌가루든 플라스틱 원료가 들어갔든 무슨 상관이람. 이래봬도 터키석을 완벽하게 모방한 거니 터키석 향수 병이라 불러도 누가 나무라겠어. 플라스틱 제품도 예술성이 조화 롭게 이뤄지면 명품으로 인정해야 된댔어. 80년대까지만 해도 장 신구들이 보석 아니면 귀부인들에게 외면당했지만 요즈음은 인 조보석 장신구들도 빼어난 세공이라면 인기 끈 거와 같은 이치 래. 도굴꾼들이 보석 원석들을 캐려고 너무 설쳐대니 지구가 동 난다고 환경운동가들이 목청 높인 것도 예사 조짐이 아니라잖아.

새미가 또 인사동에서 구입한 건 청화백자 글자향수병이었다. 고려청자와는 다른 청대청자의 연푸른빛이 평온을 안겨주었다. 눈사람처럼 얼굴과 몸채를 빚고 뚜껑은 고깔모자를 씌웠다. 앞면 엔 세로로 크게 당백호唐伯虎라 청색으로 써진 것이다. 가게 주인

58

은 일백 년 넘은 거라며 턱을 높였다. 향수병 따위야 항아리에 비하면 뒷전으로 밀려 나야죠. 일백만 원이지만 칠십만 원으로 끝냅시다. 그 가게 진열대에는 고려청자, 조선백자, 고대 중국 항아리들이 놓인, 고품격만을 고집한 가게주인의 안목이 엿보였다. 새미는 인사동이니 자릿세도 포함 됐을 거라 여겨도 향수병에 그만한 돈을 투자하긴 억울해 배짱 좋게 나왔다. 고가 항아리를 구입할 때 향수병은 공짜로 얻었을 거라 짐작하고는 삼십만 원, 현금으로. 그러면서 당백호란 호칭에 의구심이 들었다.

"당나라 으뜸가는 호랑이?"

"아닙니다. 송나라 철학자인데 위풍당당하게 처신해 무협지와 텔레비전에도 자주 등장한 호남아죠. 남자 향수의 최상급 모델로 여겼던지, 그 이름처럼 향수병도 위풍당당해 보이지 않습니까."

새미는 가게주인과 한참을 입씨름 한 뒤에야 그 가격을 지불했다.

그런 여유는 자신이 수장한 것들 중에 몇 백만 원의 고가 향수병이 있다는 사실에 자극 받아서였다. 하나는 코뿔소 부부와 송아지, 뒷면엔 화병에 꽂힌 나뭇잎에 잉어가 매달린, 초록 돋을새김으로 된 손아귀에 쥘 정도의 유리병이었다. 또 다른 건, 앞면에 홍당무에 얹힌 사마귀, 뒷면에는 고구마 등에 오른 여치가 채색된 백옥 향수병이었다.

"청대의 진품이잖습니까."

답십리 고미술가게 주인이 중화민국 향수병 책자를 선물했다. 새미는 귀가해서 그 책자를 살피며 한화로 합계 오백만 원 넘는다고 입 나팔을 불었다.

"원가는?"

항조도 호리다시 중의 호리다시가 싫진 않아 아내의 그악스런 구매욕에 부채질 했다.

"오십만 원씩 일백만 원. 행운이 따로 없잖아. 사실 이걸 팔려고 하면 원가 받기도 힘들 테지만."

옳은 주인을 만나야만 제값을 받는 거지. 향수병에 그만한 투자를 할 이웃이 없다는 게 새미의 흥분을 가라앉혔다.

"어때? 저 코뿔소는 라스코 동굴 벽화 무늬 같잖아?"

아내의 평을 항조는 흘려버렸다.

"아닌 걸. 중국 고사를 인용한 것 같은데."

그들 부부의 의문처럼 영혼과 감성을 살찌우기 위해선 전통과 현대를 아우른 심미안이 조화롭게 이루어져야 했다. 그런데도 그걸 공유할 지기가 없다는 게 새미를 덜 들뜨게 했다.

그런 와중에도 새미는 고질버릇을 치유하기커녕 불붙은 구매욕에서 벗어나지 못했다.

"화가와 조각가들, 감히 가家를 지닌 양반들의 기예를 필부인 내가 어찌 입에 담으리."

걘 검지와 중지를 합한 크기의 놋인데 아씨의 봄나들이 풍경에 시도 아로새겨졌잖아. 삼백 년 지난 명대 것인데도 이런 명품을 알아 줄 소장자가 안 나타나 애를 태웠다. 선생이야말로 진정한 주인이라며 나를 무슨 대가인 양 예우하던 가게주인의 칭송에 감히 고개를 못 들겠더라.

이 밀화 말이야. 땅 속에서 천년 잠을 자다 바깥 구경 나와 장인에게 십장생으로 거듭나 세인들의 칭송을 받거든. 요는 기다림의 미학 결정체 아냐. 이 호박은 중앙에 복福을 아로새기고 복숭아를 냠냠거린 원숭이가 주인으로 등장하잖아. 우리 인간의 원조가 원숭이라고 주장하던 진화론자들의 주장을 해학적으로 표현한 거래. 뒷면의 수壽에는 봉황이 진 쳤으니. 모름지기 창세 이래 수복이 인간의 필수 과제인가 봐. 그 진분홍은 가게 주인이 산호라 하여 요런 횡재가 어디냐 싶었는데 귀금속업자를 통해 감정했더니 진짜백이 산호라잖아. 자손에게 대물림 한 대도 나무랄 데 없대나. 저건 청대 유리, 예컨대 '북경 유리'라 하여 특등대접 받아 보석과 진배없다더라. 그 초록유리는 연꽃이 활짝 피었을 때의 풍경을 담았대. 연잎이 바람에 펄럭인 폭 넓은 스커트처럼 생동감이 인 것도 어딘데, 유리 세공을 저리도 맵시 돋보이게 하다니 감탄할 수밖에. 거꾸로 세우면 모자 쓴 여인의 모양새이므로 연미인蓮美人 향수병이라 부른대나. 그 옆의 백옥은 용이 향수병 목을 끌어안고 하늘로 오른 형국이잖아. 향수야 말로 날 듯한 가뿐함을 안겨줄 묘약일 텐데, 난 왜 지지리도 박대하는지 모르겠어. 참, 깜빡했네. 걘 인사동 난전가게 앞을 지나치며 먼지 묻은 걸 공짜 값을 치렀지 뭐야. 씻고 보니 앞뒤에 박쥐 세 마리가 아로새겨진 청대 백자라더라. 살아가노라면 고런 횡재가 존재하기에 세상은 살맛이라며 쾌재를 불렀거든. 근데 생김새가 향수병치곤 투박하고 주둥이가 커서 골동품 전문가에게 감정했더니 비연호鼻煙壺래.

"담배를 입으로 안 빨고 코로 들이쉬다뇨?"

내가 대뜸 물었지.

"인간의 오감 만족 중에서 코가 제일 민감하대요. 니코틴을 그곳에 넣어 흡입한 건데, 지금도 티베트나 중국 소수민족들은 그런 걸 사용한다고 합디다."

"코로 흡입하는 건 비연호와 향수병이 동격이라 휘뚜루 사용하다 보니 향수병이라 불리게 되었군요."

그 전문가는 무얼 좀 알고 계시란 표정을 지으며, 비연호 책자를 들췄다.

가장 최초의 향수 기록은 BC 1천 년경, 이집트 사람들이 종교의식에서 향수를 풍성하게 썼다고 합니다. 세월이 흘러, 독일 라인 강변에서 발견된 향수병을 전문가들이 감정한 결과 6천여 년 지난 거란 게 공론화 되었죠. 신라 시대 유리병이 향수병이란 설과 조선 시대 향낭도 그에 속한 거랍니다. 사실 비연호는 코담배를 넣어둔 병이었지요. 담배 잎을 가루로 낸 건데 약재

가루를 섞기도 하고요. 아메리카 인디언들도 피로 회복제로 사용했답니다. 그런 사례가 중국 명나라 당시 만주족들에게 전해졌대요. 그 유목민들이 사용한 게 널리 퍼지자, 청나라 왕들과 왕족들이 애용했으니 중국이 비연호 왕국인 셈이죠. 나폴레옹도 비연호 애호가였대요. 이 책자에 보시다시피 고품격 비연호들이 귀금속보다 더 값비싼 건 단순히 멋 내기보다도 보약 효과를 뛰어넘은, 수명장수가 인간들의 염원 아니겠습니까. 귀족들이 사향가루나 웅담가루 등 몸에 유익한 걸 넣어 들이키니 애장품이 고품격일 수밖에요.

그러고 보니 새미는 이제껏 구입한 게 향수병보다도 비연호가 많은 걸 알게 되었다. '삼국지 삼총사'와 '당백호 청화백자 글자향수병', '괴불과 사자가 아로새겨진 호박도, 서태후 시리즈도' 그에 속했다. 그런 연유는 세월의 흐름에 따라 후세 사람들이 향수병과 비연호를 동일시 여기고 사용했던 것도 있고, 골동품 상인들도 잘못 여긴 탓일 것이다.

서너 달 지나자, 새미는 지방과 외국으로 자주 출장 가던 항조가 바람피운 걸 눈치 챘다. 남편의 옷과 몸에서 코끝 매운 향내를 풍겼던 것이다.

"자기, 장가가기 바빠 회사에서 쫓겨나면 어쩌나."

온유를 가장한 표독스런 아내의 표정에 질려 항조도 속내를 감추지 못했다.

"향수 감정사 자격증을 땄어? 내가 상대한 여자들 냄새까지 맡게."

남편의 저돌적인 항거에 새미의 인내가 참을성을 잃었다.

마라도에 갔을 땐 해초 냄새 풍긴 소녀의 풋사랑, 인도에선 사리 걸친 처녀의 참신한 사랑이었잖아. 타이티에선 과부와의 농밀한 밀애였고. 북경에선 유부녀랑 질탕하게 놀아나 왕서방 후손에게 쫓겨 자금성의 찬방 굴뚝으로 숨어들어 깜둥이가 되었담서. 고리도 성 자유 개방에 목숨인들 제 명을 지키려나 몰라.

항조는 출장 가면 두어 달이 걸렸다. 새미가 그 지역 냄새에 질려 동행하지 못해 일어나던 곁길이었다. 새미가 향수병이나 비연호 수집에 광적으로 뛰어든 것도 남편의 바람에 맞선 자신의 화를 잠재우기 위한 처방이었다.

"난들 생판 모른 여자들과 어울린 게 좋겠어? 이젠 사나흘 지방 출장으로 직장 일을 마무리 할 테니, 당신도 빈 향수병을 모으지 말고 진짜 향수를 구하도록 해 봐. 향수 없는 빈병은 알맹이가 빠진 것 같잖아. 난 향수 애호가거든. 향수는 마음에 뿌린 쉼표, 데이비드 그 친구 걸작 명언에 나도 박수 치고 환호한다니까."

항주는 그동안 참았던 진징싱을 고백했다.

"인간은 누구든지 자신만의 향기를 지녔잖아. 냄새가 싫다고 자신을 스스로 고립 시키면 사람 사귐도 순조롭지 못하고 외톨이로 살아가기 마련이거든."

그건 사실이었다. 새미는 냄새 때문에 대인 기피증에 걸려 친인척의 방문도 꺼렸다. 그들을 접대한 지도 꽤나 오래 되었다.

그즈음 옆집 저택이 팔려 새 주인이 이사 왔다. 이웃들은 그 안주인이 저택에 살아 그런 건지, 부티 나 보인 풍채 때문인지, 마님으로 예우했다. 칠순 넘긴 마님은 오후 3시면 애완견을 끌고 강변을 따라 산책하곤 했다. 토요일이면 중년 여인이 그 저택으로 와서 집안을 청소하고 반찬도 장만하는 걸 이웃들도 알았다. 중년 여인도 세련 돼 벤츠 몰고 시장 봐 와도 어색하지 않고 당당해 보였다.

새미가 딸의 몸에서 향수 냄새를 맡은 건 삼월 중순이었다. 남편은 지방으로 출장 중이었다. 거실 소파에서 설핏 잠들어 깨어났는데 향수 냄새가 코끝을 스쳤다.

"이상타. 우리 딸에게 향내가 나다니."

근자엔 무얼 물어도 톡톡 쏘고 덧난 행동을 잘해 사춘기가 빨리 오나 여겼다.

"으음, 내 몸에서 풍긴 향수 이름이 뭔 줄 알아?"

엄마가 향수 냄새라면 사절이라, 토리는 선뜻 묻고 답했다.

"샤넬 넘버 5잖아."

"앤, 도대체 네가 몇 살이라고 향수 운운하니?

새미는 정신이 혼미해졌다.

"이젠 중학생인데 향수 좀 발랐대서 무에 야단일까 야단이긴."

되레 엄마를 훈도한 딸내미의 도랑도랑한 짓거리가 거슬렸다. 새미는 토리의 뺨을 후려쳤다.

"야단났기 때문에 야단이잖아. 그 향수, 어디서 났지?"

"멋쟁이 마님. 마님의 안방 서랍장엔 향수들이 가득 찼던데. 엄마처럼 빈 향수병들이 아니고 진짜백이 향수들. 또 있어."

새미의 날카로운 반응이 뒤따랐다.

"뭔데?"

"겨드랑이 암내. 난 그 냄새가 좋거든. 그 냄새 없는 엄마가 친엄마 같지 않아 얼마나 고민했게."

"애, 그건 고약한 냄새란다."

하필이면 엄마의 치욕 중의 치욕을 내 딸내미가 들추다니. 여름이면 그 냄새에 신경이 곤두서 민소매 옷도 못 입고 남 앞에 바로 서지도 못한 엄마의 고충을 넌 모를 거야. 새미는 침을 튀기며 고함쳤다.

토요일 오후면 토리는 그 저택에서 지냈다. 토리가 그 댁 마님의 환영을 받은 건 남다른 이유가 있어서였다. 마님이 강변을 산책 할 때였디. 그곳 풀밭에 느러누운 토리에게 마님의 애완견이 다가가서 엎드려 꿈쩍도 안하더란 것이다. 바로 곁에서 눈망울을 굴리던 개가 사랑스러워 토리가 린드버그를 껴안고 볼을 비볐다. 그 광경을 내려다보던 마님이 눈물을 주르르 흘렸다는 것이다.

그 자리에서 마님은 토리를 저택으로 데리고 갔다. 그날부터 토요일 오후면 토리는 그곳에서 진객으로 대접받았다. 그런 내용쯤은 새미도 알았다. 딸이 그 저택을 드나들어도 그냥 넘긴 건 개를 좋아해서 그러려니 여겼다.

달포쯤 지나 새미는 그 저택을 방문했다. 중년 여인을 통해 토리 엄마가 마님과 면담을 원한다고 했더니, 연락이 왔다.

저택 거실에는 감청색 가죽 소파와 다탁, 티브이가 놓인 담백한 분위기였다. 보조다탁 위엔 부부 사진이 놓였다.

"두 분이 파리 유학 시절에 만난 잉꼬부부였다던 건 토리에게 들었습니다."

마님도 입술에 윤기를 더했다.

"그이와 나는 소르본대학에서 불문학을 전공했지요. 처음 서로 통성명 할 때 내가 금단이라 했더니, 그이가 루이라고 자신의 이름을 밝히잖아요. 내가 루이뷔통과 루이 14세와는 어떤 관계냐 물었죠. 루이뷔통은 명품가방이고 그 왕은 절대 권력자 아니냐며 눈동자를 굴려, 그 천진스러움이 마음에 닿지 뭡니까."

그러고선 마님이 방문자의 의도를 물었다.

"향수가 보고 싶다죠?"

"그럼요. 저도 향수병을 좀 수집했거든요."

'향수가 아닌 향수병이라' 중얼거리며 마님은 새미를 안방으로 안내했다. 새미는 마님이 토리에게 그 이유를 들은 것 같아 언짢았지만 표정을 들레진 않았다. 안방에는 더블침대가 놓인 건너편 벽에 프랑스제 장식장들이 놓였다. 마님이 서랍장 위층에서 아래로 하나하나 서랍을 열었다. 그 안에 든 향수들이 만발한 꽃처럼 방문자를 영접했다.

우리 부부는 틈만 나면 세계 여러 나라를 여행하며 향수를 모았다. 프랑스에선 샤넬 넘버 5에서부터 디오르 명품들, 런던에선 엘리자베스 2세 여왕 향수도 구입했다. 모나코에선 레이니공과 그레이스 켈리 왕비의 결혼 기념 향수, 카사블랑카에선 험프리 보가드와 잉그리드 버그만 주연 영화 포스터를 담은 카사블랑카 향수도 선뜻 눈에 잡혔다. 스페인에선 투우사와 카르멘, 네덜란드에선 풍차, 나이지리아에선 흑인 영가를 부른 농부들이 그려진 향수도 모았다. 이것들 중엔 중국제는 몸통은 수壽, 손잡이는 불사조를 조각한 대모향수, 한국 제품은 태극도가 그려진 구한말 백자향수도 어렵사리 구했고요. 인도 제품은 보석들이 박힌 보석향수, 일본 제품은 게이사의 초상화, 그 밖에도 기녀와 한량의 정사 장면 에로향수도 시선을 끌더군요. 그러더니 마님은 다른 향수병을 들고 "이 게 뭔 줄 아세요?" 묻고는 답했다.

"파리 유학 시절, 루이가 나를 고향 프로방스로 이끌더군요. 그곳에서 연인의 이름을 딴 '금단향수'를 특별 주문해서 선물하며 구혼 했답니다."

향수병에 담긴 이십대 초의 마님 모습이 새삼 청초해 보였다.

아무래도 향수의 고향이라면 프로방스를 손꼽겠지요. 예부터 프로방스엔 조향사들이 향수를 수레에 싣고 거리를 누볐다나요. 그곳 조향사가 마법 지팡이로 올리브 나무에 숨결을 불어넣자, 그 나무는 핑크빛 꽃과 풍성한 초록 잎으로 변해 이제껏 맡아보지 못했던 신비한 향기가 나더란 게 그 고장의 전설이래요. 사실 프로방스라면 꽃들이 만발하고 자연의 향취를 뿜어댄 꿈의 고장 아닙니까.

"내가 그이를 첫눈에 사로잡은 진짜 이유가 뭔 줄 아세요? 나의 몸에서 풍긴 암내가 그리도 좋을 수 없다나요. 그게 바로 고향 냄새란 거예요."

"냄새는 무슨 냄새?"

마님과 차를 마시고 대화를 나눈 시간이 한 시간은 더 지나도 새미는 그 냄새를 맡지 못했다. 그 냄새를 맡기 위해 곁에서 코를 킁킁거린 상대의 속내를 가늠했는지 마님 입술 언저리의 잔주름이 오므라졌다.

"노인 냄새에 가려 암내가 덜나긴 하지만, 왜 그 있잖습니까. 호르몬 분비액이 많은 청소년 시절에 그 냄새가 강하게 풍기거든요."

루이가 연인의 나라를 방문하고 싶다기에 함께 서울에 왔다. 해말간 가을 하늘을 보고 천국이 따로 없다며 감탄했지요. 그 후 서울 소재 외국인 회사에 직장을 마련해 둘이 신촌에서 신접살림을 차린 게 반세기가 더 지났다. 마님의 남편은 작년에 급성 패혈증으로 세상을 하직했다는 말을 이미 새미는 중년 여인에게 들었다.

토리는 자그마치 향수가 일천여 개나 된다고 했다. 머리를 굴리던 방문객의 심중을 헤아렸는지 마님이 고백했다.

머잖아 이것들을 공공전시관에 기증하기로 루이랑 이미 약조했지요. 모조품이긴 하지만 피라미드에서 나온 이집트 향수도, 이스탄불 황제들과 마야 후손들, 인디언들이 사용한 향수도 있지요. 저 서랍 안에 든 향수들은 과거와 현재를 잇는 연결고리며 세계를 품에 안은 거지요. 훗날 관람자들이 속삭이겠지요. 루이랑 금단의 사랑은 향수에서 시작 되었다고요.

향수를 구입하다 보니 이게 탐욕이라 싶어 고민도 했습니다. 그런 취미를 저버리기엔 루이랑 내가 너무 외로웠거든요. 우리 사이에 자식도 없고 국제결혼에 따른 제약과 소외감, 이웃의 따가운 눈총을 피하기 위해 외국 여행을 자주 다녔죠. 그러다보니 손이 심심해 향수를 수집한 거랍니다. 저것들을 이백 개 넘게 구입하자, 새로운 힘이 솟던 걸요. 아, 이런 앙증맞고 다양한 향수 병들은 그에 따른 제조업자들과 도안가늘, 응용미술 전문가들에게 도움이 되겠구나 싶었거든요. 또 다른 깨달음은 저마다의 향수 향기가 다르듯, 일테면 장미향수는 장미 중에서도 가장 좋은 걸 선택했을 거란 믿음도 오더라니까요.

새미가 침을 삼켰다.

"전 낙타 모양의 향수병에 든 향수를 죄다 버렸는걸요. 낙타 똥오줌 냄새가 나는 것 같아서."

"그 아까운 걸 버리다니요? 어떻게 향수에 낙타 똥오줌 냄새가 날까. 낙타의 선한 눈동자와 수굿한 자태는 어디로 도망갔대요?"

마님과 새미의 지론은 점점 뜨거워졌다.

"게이사와 에로향수가 무에 좋다고, 그런 천한 것들은 상종도 말아야죠."

남녀 성행위 장면을 그린 향수병과 비연호를 많이 보았지만 새미는 눈살을 찌푸리며 눈 밖으로 내몰았다.

"세상사가 그렇듯, 향수에도 그런 종류가 있다는 정도지요. 그걸 손에 잡은 순간 거부감이 일었지만, 예수님도 기생 라합에게 중책을 맡겨 구원 사역에 동참 시킨 장면이 선히 떠오르지 뭡니까."

마님은 더욱 목에 힘을 실었다.

향수를 모으다 보니 이웃에게 향기를 끼쳐야겠다는 강한 의욕이 일더라고요. 루이와 머리를 맞대도 별다른 뾰족한 수가 없었어요. 연말이면 우리가 저축한 얼마를 떼어 혼혈아 미아들을 돕는 자선단체에 기부하곤 했지요. 내가 천성적인 심장질환자라 일손 도우미도 할 수 없으니. 신생아를 사산한 경험도 있어 자꾸만 그 핏덩이가 떠올라 그런 단안을 내린 거지요. 사람들은 저마다 특성과 자질을 지녔잖습니까. 내게 주어진 그런 것들을 얼마나 유효적절하게 사회에 공헌하느냐가 이 세상에 태어난 보람 아니 겠어요. 그게 바로 그리스도 향기이기도 하구요.

루이가 숨지자, 하늘이 노래 한동안 우울증에 시달렸지만 어느 순간 깨달음이 옵디다. 살아생전 루이에게 쏟은 열정을 잠재워 나이만 먹어 가느니 그 열정을 이웃에게 베풀어야겠다. 아직도 내겐 남들에게 웃음을 선사할 기력이 남았거든요. 따스한 말한 마디, 오늘도 참 좋은 날이군요. 그 헤어진 옷 좀 꿰매 드릴까요. 단추도 달아드릴게요. 손톱발톱도 깎아야겠네요. 면 목수건을 목에 감고 잠드시면 감기 예방도 된답니다. 식혜를 잡수시면속이 시원하지요. 그러고 보니 루이랑 손톱발톱을 서로 깎아 주던 손이 허하지 않았지요. 루이가 즐겨 마시던 식혜를 만들어 노인들에게 대접하니 사는 보람도 느꼈죠.

마님의 열변은 점점 뜨거워졌다.

"동물성 향료 중에서 가장 비싼 게 '무스콘'이란 건데, 그게 숫사향노루의 분비물에서 추출한 거라나요. 누구나 고개를 절레절레 흔들던 고약한 그 냄새가 최고의 향수로 대접받는다니 참 신기한 사례 아니겠습니까."

들숨을 내쉬며 마님이 눈동자에 신호등을 켰다.

"당신에게 풍긴 암내도 사향노루 냄새니, 타고날 때부터 복을지니고 태어났군요. 그건 루이가 내게 바친 구혼의 찬사였다오."

마님과 눈이 마주치자, 새미는 눈동자에 신호등을 켤 수 없어 고개를 숙였다. 뒤이어 이마에 드리워진 의문 부호를 양손으로 다리미질 하고는 목쉰 소리를 냈다.

"옛 향수병과 비연호엔 관심조차 없는가 보죠? 선진국일수록 그런 걸 수장한 귀부인들이 많다던데?"

런던과 뉴욕, 북경에도 고미술 경매장에서 옛 향수병과 비연호들이 고가로 팔리던 걸 목격하곤 세상엔 별 희한한 진풍경도 있구나 싶더라고요. 손아귀에서 아무렇게나 다루던 쾌감주의자들의 자위행위인진 모르지만. 모 수장가가 심양에서 오백만 원에 구입한 청대 모란백자 비연호를 중간거래업자에게 이천 만 원에 팔았답니다. 근데 북경 경매장에서 일억 원에 거래되는 걸 보고 기절 했다던가. 인간의 탐욕이 어디까지인지, 저 향수들을 볼 때마다 자성의 기회로 삼는다우. 명대의 송록채 법랑 모란 향수병도 억대, 청대 서양화나 왕의 초상화를 넣은 금테 범랑 비연호 등은 수억대를 호가한대요. 웬만한 집값의 비연호들도 짱짱하니.

"참 기막히군요. 만일 임종 때 그걸 지니고 하늘나라에 올라가면 하나님이 그 비연호만한 집에서 살라고 하신다면 어쩌나."

마님과 새미가 밖으로 나오자, 린드버그가 재빨리 새미 앞으로 뛰어와 엎드렸다.

"인석이 낯가린 데도 댁 앞에서 굽실대니, 암내를 맡은 것 같군요."

"코가 참 예민한가 보죠. 암내 제거 수술한 지 오 년이나 지났
는데."

새미는 상대에게 자신의 치욕이 드러난 게 심히 자존심 상해
양손으로 부채바람을 일으켰다.

"어디 냄새란 게 쉬이 사라지는 겝디까? 겨드랑이가 아니더라
도 인체의 땀구멍에서도 냄새가 새어나오거든요. 암튼 지나친 거
부반응으로 토리마저 수술대에 올린다면 어쩌나 싶어 감히 말씀
드립니다."

"토리라니? 우리 토리에게 무슨 징조라도?"

마님의 오므렸던 입술 잔주름이 밝게 펴졌다.

"댁의 따님도 엄마 유전인자를 물러 받았던데요."

이 일을 어쩐다. 새미는 속으로 끙끙 앓았다.

"글쎄, 말예요. 지난 번 강변에서 우리 루이가 토리에게 그 냄
새를 맡고 접근한 거지요. 그 순간 루이의 모습이 내게 구혼하던
남편의 모습과 너무나도 닮아서."

남편이 숨지자, 마님은 린드버그를 루이라 부른다고 했다.

대문 밖에서 경적이 울렸다. 노리가 여행 가방을 끌며 대문을
열었다. 새미도 뒤따랐다. 예루살렘에서 열릴 부활절 대축제에
가자고 마님이 제의해, 모녀가 응했다. 그 축하 기념으로 그리스
도 탄생에서부터 사역, 십자가형을 받고 부활한 장면까지 12개의

향수가 선보인다며, 마님이 달떴다. 새미도 분위기를 탔다. 이젠 진정한 향수를 지녀야지. 그래야만 이웃 사랑 실천도 하고 세계를 품에 안을 수도 있거든.

마님 뒤이어 모녀가 벤츠에 오르자, 항조가 잘 다녀오라며 차창에 입김을 뿜었다.

그대와 나, 어디서 별이 되어 만나리

올해는 윤사월이 들어 봄인가 싶더니 오월 첫날에는 무더위가 훅훅 끼친 한여름 날씨였다. 공원을 찾은 아이들과 어른들도 반소매와 반바지 차림새였다. 목련이 진 자리에는 새움이 돋아났다. 나팔꽃과 유도화도 한낮의 불볕에 움츠러들더니 해가 기울자 서서히 기지개를 켰다. 노을은 주황으로 타오르며 여울져 홍미조의 무릎 위에 무지갯빛으로 아롱졌다.

– 오동과 느티 사이에 반달이 떴네요.

웬 남자가 미조에게 목례하곤 하늘을 우러렀다.

– 오동은 오동인데 느티는 무언시요?

의자에 등을 기댄 미조의 눈동자와 남자의 눈동자가 맞부딪친 사이로 꽃바람이 살랑살랑 불었다.

– 오동은 오동으로 족한데 느티는 나무란 접속어가 붙어야만

쉽게 전달되니, 참.

남자가 미조 곁에 앉았다.

그들이 앉은 공원의 북쪽은 외진 곳이라 조용했다. 그 시간쯤이면 미조는 의자에 누워 위를 바라보는 게 하루 일과의 낙이었다. 하늘을 배경으로 오동과 느티가 마주서 있어, 쳐다보는 나무의 위용보다도 누워 바라본 나무의 자태가 한결 선명했다.

— 오동은 위로 뻗치며 고고하게 세월을 키질하고, 느티는 옆으로 끼리끼리 서로 부대끼며 어깨동무하지요.

나무를 향한 그의 지혜가 융숭 깊어 미조는 남자의 아래 위를 훑었다. 청바지에 청재킷, 푸른 티셔츠 차림새였다. 그런 탓인지 서른 남짓해 보인 그 나이 또래 보다도 더욱 청청해 보였다. 새하얀 피부에 삼 겹 진 눈동자, 큰 키도 그런 인상을 풍겼다. 낡은 자색 원피스에 검정 재킷을 걸친 자신은 삼십 대 중반에 들어섰지만 상대에게 더 겉늙어 보일 거라 여겼다.

— 저런, 실밥이 풀려 단추가 떨어지겠는데요.

그의 시선이 미조의 가슴께에 머물렀다. 그런 사실을 알고도 재킷 단추를 꿰매지 않은 타성에 길든 상대의 허점을 꼬집었다. 남자와 미조 사이에 살랑살랑 불던 꽃바람이 싹 가셔버렸다.

— 처음 본 타인에게 지나친 관심은 결례 아닌지요?

— 타인일지라도 나의 눈에 거슬린 건 못 참는 버릇이 있거든요.

— 버릇치곤 고약한 버릇이군.

상대의 반응은 아랑곳없이 그는 청재킷 안주머니에서 무얼 꺼냈다. 실과 미니 가위가 든 쌈지였다.

— 그 단추를 꿰매고 싶다며 나의 양손이 윙윙거린 걸 어쩝니까.

그는 목에 걸친 걸 꺼내 미조 눈앞에 갖다 대며 흔들었다. 백동 바늘쌈을 자색 실로 매듭한 것이다. 첫눈에도 품격 높은 귀상이었다. 나비 모양에 양쪽과 아래쪽 가에 다섯 개의 고리가 달렸다. 은박지처럼 얇고 새끼손톱보다 작은 크기의 장식들이 잘랑잘랑 거렸다.

— 그것들은 무언지요?

— 부적이랄지. 붕어 모양 두 개는 자손을 상징하고, 버선 모양 두 개는 자손을 훼방한 악신을 밟아버린 역할을 한답니다. 어디 악신이 쉽게 항복하는 게 아니잖습니까. 그래서 가운데 도끼를 등장시켜 악신을 찍어 죽인다는 뜻이 담겼대요.

그는 바늘쌈 가운데를 열어 그 안에 든 걸 꺼냈다. 서너 개의 바늘과 더불어 수세미처럼 뒤엉킨 게 딸려 나왔다.

— 누구 머리카락인지?

미조는 섬뜩해 얼굴을 찡그렸다.

— 나를 낳은 여인.

생모를 그렇게 부른다면 필시 그의 가족사가 순탄치 않으리라 싶었다.

— 바늘쌈 안에 머리카락을 넣어 둔 건 바늘이 녹슬지 않기 위

해서랍니다. 한 둥지 안에 바늘들이 오순도순 살아간다며 '바늘 겨레'라고도 부르던 우리 선조들의 심미안도 알아줄만하죠.

– 딴은 그렇군요.

타인과 대화를 나누면 시큰둥해 감격 따윈 저리 가라였는데 쉽게 수긍하다니. 미조는 자신을 괴롭힌 시들병에서 놓임 받은 양 남자의 재담에 빠져들었다.

그는 스마트폰을 켜고는 그걸 미조에게 건넸다. 화면에 뜬 건 바늘쌈들이었다. 자색과 청색으로 매듭한 바늘쌈들이 미조의 손놀림에 의해 하나하나 크게 떠올랐다.

– 그건 붕어와 버선이 달린 거북이 모양이고, 이건 호리병, 저건 복숭아, 또 그건 호랑이 발톱 모양 등등, 하나 같이 불로장생한다는 뜻이 담긴 거랍니다. 그 여인이 수장한 바늘쌈 중에서도 가장 아낀 게 이 나비 모양이지요.

– 왜 그걸?

– 나비는 자유의 상징 아닙니까. 훨훨 날아다니는. 그 여인도 자유가 그리워서였겠죠. 아니면.

미조는 남자의 말을 잘랐다.

– 환생?

남자는 미조의 눈동자에 뜬 자신의 모습을 거울인 양 들어다보며 뜸을 들였다.

– 물론이죠. 현재의 고난을 딛고 다시 살아나서 다른 삶을 살

고 싶은 몸부림이었을 테니.

그는 검정 실을 바늘귀에 꿰었다. 그걸 자신의 머리에 빗질 하더니 미조의 머리에 대고도 서너 번 빗질한 뒤 콧김도 씌었다. 그의 표정이 진지하면서도 하는 짓이 우스꽝스러웠다. 미조는 좀 전의 뜨악한 표정을 바꾸고는 웃음을 터뜨렸다.

아, 그래. 기꺼이 선심 쓴다는데 거절할 이유가 없지. 내 귀찮은 짓거리를 타인이 해 준다는데 인상 쓸 게 뭐람. 미조는 재킷을 그에게 건넸다.

그는 재킷의 풀어진 단추를 꿰맸다. 매끄럽고도 순한 손놀림이었다.

아직 어둡지 않은데도 어느 새 반달은 오동과 느티 사이에서 그들을 내려 보았다.

– 직업이 옷 수선공?

– 아뇨. 정원사 노릇을 했지요. 한남동의 회장님 댁에서.

그는 하늘을 우러러 반달에 눈 맞춤하고 시선을 아래로 내렸다. 재킷에 단추를 꿰맬 때 보다 더 긴 침묵이 흘렀다. 입술을 굳게 다문 채 누구와도 소통을 거부한 양 무언가에 흘린 듯했다.

– 그건 누구 솜씨?

무명천에 붉은 물감을 들인 쌈지였다. 빛이 바랬지만 촘촘히 누빈 솜씨가 야무졌다.

다시 단추를 꿰맬 때보다 더한 침묵이 흐른 뒤에야 그는 입을 열었다.

– 그 여인은 바느질을 아주 잘 했지요. 한복 짓던 솜씨는 인근 바닥에서 따를 자가 없었으니.

– 댁의 매운 솜씨도 내력이군요.

그런가? 의문부호가 그의 눈동자에 맴돌았다.

– 그 여인은 애오라지 파파를 연모하며 기다렸죠. 그런데도 파파는 한량이라 정한 곳에 발붙이지 못해 타관으로 나돌아 다니며 바람을 피웠거든요.

그는 쌈지를 양손으로 쓰다듬으며 사모곡에 온기를 불어넣었다.

– 파파가 숨지며 단 하나 남긴 것도 이 쌈지였습니다. 안주머니에 넣어 돈주머니로 사용했고요.

흔히 이런 쌈지를 '눈물주머니'라 일컫거든요. 만드는데 엄청 공을 들인대서 그리 불렸나 봅니다. 만들기가 너무 어려워 눈물 흘리지 않고는 만들 수 없다며. 어쨌든 이 쌈지 만들 때 그 여인도 바늘을 잘못 놀려 왼쪽 엄지에 피가 흘러 눈물을 흘렸으니. 인석은 태어날 때부터 눈물주머니였던 거죠.

그의 고백을 미조는 중간에 잘랐다.

– 생모는 생모인 걸 어찌 부인합니까. 어머니, 엄마, 마마 등 호칭을 부를 만한데 타인 부르듯 그 여인이라뇨?

일순 미조는 그에게 정다운 누이가 되어도 좋으리란 느낌이

강하게 와 닿았다.

　— 인간에게 가장 고귀한 피는 태어날 때 엄마의 자궁에서 흘린 피라지 않습니까. 신생아를 핏덩이라 부른 것도 그에 속하지요.

　하도 비감에 젖은 그에게 숨통 트일 여유를 주고 싶어 미조는 초점을 다른 데로 돌렸다.

　— 그 가방에는 무엇이 들었을까.

　그는 옆에 놓인 부피가 큰 가방도 열었다. 가위, 드라이버, 낫, 톱 등이 드러났다. 그것들을 매만지며 그가 부드러운 낯빛으로 권했다.

　— 우리 쟤들에게 노동 좀 시킬까요?

　미조는 노동이란 단어를 싱싱하게 느낀 건 처음이었다. 그의 손짓에 따라 느티들도 오동도 손뼉 치며 반길 것 같았다. 미조는 실로 오랜만에 새 힘이 솟아났다. 그의 거뭇한 팔뚝에 돋아난 동맥에 주사바늘을 꽂아 자신의 팔뚝 동맥에 잇댄 걸 상상하며, 저 피를 수혈 받으면 잊어버렸던 나의 젊음이 되살아날까. 달콤한 상상과는 달리 미조의 입에선 뜬금없는 항의가 뒤따랐다.

　— 여긴 공원이리 좀 쉬고 싶어 왔는데.

　— 그렇게 늘어터진다면 겉늙기 쉽죠.

　— 어디 내가 일독에 찌든 여자처럼 보여요?

　— 노, 전혀 때가 안 묻은 순백의 영혼을 지녀서 내가 가지를

좀 치고 싶어서요.

명쾌한 반응이지만 자존심을 건드리잖아. 미조의 항의가 거세졌다.

─ 어디 내가 여린 순 같이 보이나요?

─ 물론이죠. 예닐곱 살 먹은 어린이가 애어른으로 보일 때도 꾸중이 필요하듯, 성인이 애처럼 보여도 그에 따른 따끔한 일침을 놓아야 하거든요.

그 주사바늘에 깜빡 졸던 나의 뇌신경이 기절할지도 모르겠네.

미조는 손때에 절어 고동색으로 변한 그의 국방색 가방을 매만졌다. 그러고 보니 청년이 이곳 공원 둘레의 꽃들과 나무들을 단장한 사실을 기억했다. 언젠가 무궁화 세 그루를 공원 초입 둔덕에 심던 것도 생각났다.

시끌시끌하던 공원의 분위기가 한결 조용해졌다.

─ 먼저 오동 등허리를 타고 오르시겠습니까? 곁에서 돕는 손길이 필요하거든요. 공원지기 아저씨가 장기간 지방으로 출타 중이라서.

남자가 가위를 치켜들자, 마지막 기운 햇빛이 오동에 반짝였다.

미조는 망설였다. 오동 가지들이 자신의 키보다 두 배 넘은 위치에 뻗었는데 어쩌나. 그 둥치를 타고 잘못 오르면 미끄럼 타서 엉덩방아 찧기 마련이잖아. 더욱이 처음 대면한 타인과 나무 위에 오를 순 없었다. 공원에는 그를 도울 일손이 보이지 않았다.

- 나무 타기에 익숙지 못해서, 더구나 원피스를 입고는.
- 내일 이 시간쯤 여기서 다시 만날까요?
- 도우미는 청년들이 더 합당하고 시간대도 대낮이어야 노동도 편리할 텐데.
- 시민 공원은 휴일이 없잖습니까. 사람들이 덜 몰릴 이 시간쯤이 적기일 테고.

미조는 못 이긴 척 응했다. 단추를 꿰매 준 데 대한 답례라 할지, 노동이란 신성함도 관심을 끌었다. 나무에 오르는 모험도 즐기고 싶었다.

- 참 댁의 존함은?

그는 청재킷 주머니에 든 이름표를 꺼냈다.

- 단기현? 우리 대한민국에 단 씨 성이 있나요?
- 있으므로 내가 태어났잖습니까. 대한민국 인구 숫자에 보탬도 되었지요.

그는 어깨를 으쓱해 보였다.

이튿날, 미조는 청바지에 청재킷을 입고 그 공원으로 들어섰다. 여남은 유치원생들이 미소에게 몰려들었다.

기현은 오동나무 아래서 미조가 원아들에게 머리를 쓰다듬고 감싸 안는 걸 지켜보았다.

- 제자들이죠. 이 공원 아래 내가 근무하는 '해님 유치원'이 있

답니다.

– 아이들의 천진스러움에 녹아들어 십 년은 더 젊어보였군요.

어른들도 원아들도 떠나간 뒤였다.

기현은 오동나무 둥치에 사다리를 받치고 나뭇가지 위에 올랐다. 미조는 기현이 버팀목이라 여기자 나무 타기의 두려움도 가셨다. 사다리 끄트머리까지 올라 서너 군데 옹이에 발을 딛고는 위의 나뭇가지를 부여잡았다.

기현은 부러진 나뭇가지들을 가위로 쳐내고 썩은 가지들은 톱으로 잘라내 아래로 떨어뜨렸다. 치밀한 동작이었다. 미조는 가위와 톱을 번갈아 그에게 건네며 새삼 노동의 신성함을 느꼈다. 톱질하면 썩은 가지가 부러지고 그 자리에 나이테가 그려진 오동의 속살이 드러났다.

– 인석들이 재잘거리는군요. 오빠, 살살 꾸며 줘. 너무 이뻐보이면 되레 몸살 앓는다며.

– 오빠, 고마워. 몸단장 시켜 주니 살맛나지 뭡니까. 그런 답례는 아닐는지.

미조는 그의 재담에 박자를 맞췄다.

– 아버님은 오동에 오르면 통소를 부셨지요. 오동 나뭇가지가 흔들리면 통소 소리가 들린다며.

– 악기에 빼어난 감성을 지니셨던가 보죠?

– 소리꾼이었으니 그럴 수밖에.

기현이 톱으로 나뭇가지 하나를 잘라냈다.

– 성한 건데 상처를 입힐 게 뭐람.

– 그루터기를 마련해 주려고요.

– 누구에게?

– 까치 부부가 집을 지어 새끼들이랑 오순도순 살도록.

– 내가 여기 토박인데도 이 오동에 그런 예는 없었어요.

– 새들도 누울 자리에 둥지 치는 법이죠.

– 까치집은 많고도 흔한데 둥지라뇨? 차라리 봉황이 날아와 깃들인 게 더 바람직하지 않을는지.

– 신화를 현재에 접목한 게 전설이라던가.

그는 머뭇거리더니 새삼 강조했다.

– 나무들은 많아도 새들이 둥지 칠 곳은 그닥 많지 않거든요. 쟤들을 손보기 위해 다닐 때마다 유의해 살펴도. 머잖아 이 자리에 까치 부부가 보금자리를 마련할 겁니다.

– 그런 기적이 일어날지 기다려 봄직 하군요.

– 내일에 소망 둔 기다림은 진정 아름다움 아니겠습니까.

미조는 그가 이끈 대로 사다리를 타고 땅에 발을 디뎠다. 갑자기 스마트폰이 울렸다.

– 어쩌죠. 얼른 오라는 고모님의 명령이라, 느티는 도우미가 될 수 없으니.

– 내 주 토요일 이맘때쯤 다시 만납시다.

미조는 고개를 끄떡였다.

그 다음 토요일 오후, 두 사람은 약속한 장소에서 만났다.

공원에는 북적대던 사람들도 떠나고 젊은 연인끼리 초입의 의자에 앉아 스마트폰을 보며 킥킥거렸다.

오동은 한 그루지만 느티는 여섯 그루였다.

– 저 느티들을 볼 때마다 오대양 육대주가 떠오르지 뭡니까.

미조의 반응에 기현의 눈이 둥그레졌다.

– 무슨 덧난 조짐을?

– 잎들이 엄청 많기도 하려니와 여섯 그루는 육대주를, 그 나무 사이 빈 곳은 파란하늘이 배경이라 오대양을 연상하게 되더군요.

– 제법 그럴듯한 상상입니다.

기현이 휘파람을 불었다.

– 난 녀석들을 정자라 부르면 더욱 정답거든요. 그러면 잎새 하나하나가 사람 얼굴로 다가오지 뭡니까. 그 수를 헤면 세계 인종이 여섯 그루에 다 담겼다 싶거든요.

– 그런 감이 인 것도 무리는 아닐 테죠. 잎들이 헤아릴 수 없을 정도로 무성하니. 저렇듯 서로 마주보며 오순도순 살아가는 세상이라면 참 좋으련만.

기현은 주머니에서 하모니카를 꺼냈다.

– 그 가락을 들어본 지도 오래 되었는데 들려주시겠습니까?

– 인석은 느티에 올라야만 제 목소리를 내니. 덩달아 나도 흥이 나서 영혼이 하얘져 두둥실 하늘나라로 올라가는 환각에 젖기도 하구.

느티는 가지들이 낮게 뻗었다. 미조는 기현의 도움 없이 쉬이 올랐다. 그들은 서로 마주난 굵직한 가지에 걸터앉았다. 사람 하나 들어설 가까운 거리였다. 숨 쉴 때마다 둘의 입김과 콧김마저 들이킨 순간이었다.

– 인석들은 손 볼 곳이 거의 없으니 노동은 접어두고 애창곡을 신청하십시오.

– 음, 〈봄날은 간다〉.

신청하고 보니 썩 분위기에 알맞은 곡이었다. 기현은 하모니카를 탁탁탁 소리 나게 손바닥에 두들기고는 가만한 목소리로 되뇌었다.

– 그 곡은 아버님이 즐겨 부르셨죠.

기현은 하모니카를 불고 덩달아 미조도 그 노래를 불렀다. '연분홍 치마가 봄바람에 휘날리더라…….' 그들의 화음에 참새와 까투리도 그 느티 아래서 종종 걸음을 쳤다.

– 악기를 잘 다루는 깃도 내력인가 보죠?

– 그런 셈이지요.

– 왜 퉁소가 아니고 하모니카였을까?

– 세대 차이도 있을 테고, 나를 낳은.

그는 곧 정정했다.

— 생모가 원치 않았으니.

— 왜, 왜죠?

— 퉁소 가락에 젖으면 어디론지 떠나는 방랑의 근원적인 요소랄지, 그게 숨 쉰다나요.

그는 또 침묵하더니, 곧 고요에서 깨어났다.

— 생모 고향 뒷동산에 오동이 있대요. 마침 인근의 장터마당에서 공연하던 소리꾼이 와서 그 위에 올라 퉁소를 불더랍니다. 그 소리에 홀려 스무 살도 안 된 처녀가 그만 '앵두나무 우물가'가 신세타령이 된 거죠.

아하, 미조는 자신도 모르게 탄식이 새어나왔다.

— 친탁과 외탁도 겸한 좋은 소질을 타고 났는데, 왜 정원사가 되었습니까?

— 조경이 나의 전공이거든요. 회장마님이 생모의 인척이라 그 저택에서 잠자리 제공도 해주니 천애고아 무일푼에겐 딱 맞은 자리였지요. 이태 남짓 지나 그분이 돌아가시고 그 저택도 팔렸어요. 재작년부터 광명 시청에서 공채한 특수 일꾼으로 공원마다 돌며 이 노릇 하지요.

미조는 그 자리에서 떠나고 싶지 않은 평온함에 젖었다.

— 9월이면 어디로 떠날 겁니다. 그동안 만날 수 있을는지요?

기현이 양손으로 하모니카를 비볐다.

- 그 어디는 오대양 육대주 어디에 속할까?

그들은 폭소를 터뜨렸다.

- 먼 나라는 아니고 지리산 자락이죠. 아마도 우리 대한민국에서 제일 높은 마을일 겁니다.

기현이 설명을 보탰다.

요즈음 한창 지리산 개발 붐이 일잖습니까. 진주시에서 출발한 버스가 하루에 아침저녁 두 번씩 오간다니 다행이지요. 생모묘소가 있는 야산 둘레가 오만여 평입니다. 그곳에 개척교회를 지을 계획입니다. 애초에 그 부지는 외조부님의 소유인데 임종 전 생모에게 유산으로 물려준 겁니다. 예배당 신축 자금은 회장 마님이 그 뜻한 바를 내게 유산으로 남겨 실천에 옮기기로 했죠. 그분이 그러시더군요. 너의 특기인 조경을 살려 아름다운 교회를 지어 목마른 자들에게 빛이 되어라 하셨죠.

- 전공이 조경인데 목회를?

- 생모가 원해서 야간 신학대학교를 졸업했거든요. 넌 사대독자라 외로움의 살풀이를 위해선 목회자가 되어 성도들과 교제하며 낙을 누려야 한다고. 그게 엄청 멍에가 되어 애써 목회를 피하기 위해 대학에선 조경학을 신택했시요. 그게 바로 교회를 세워 목회 하라는 주님의 지상 명령인 걸 회장마님의 유언을 듣고서야 깨달았지요.

- 서로 만나 친교를 다지는 게 나쁠 건 없잖습니까. 언제나 직

장에서 퇴근한 뒤, 오후 다섯 시쯤이면 이 공원에 들린답니다.

기현의 목소리가 경쾌하게 울렸다.

— 마침내 보름달이 떴군요.

만나는 횟수가 늘어감에 따라 기현의 눈빛이 간절해졌다. 미조는 자신의 과거를 고백함으로 그와의 사이에 마침표를 찍고 싶었다.

대학을 졸업한 지 일 년도 못 돼 임신했지요. 상대는 유아교육학과 지도교수였습니다. 은사가 마냥 좋았어요. 부모를 일찍 여의고 고모 슬하에서 자랐거든요. 은사에게 부성애를 겸한 애정이 싹터 그의 동거녀가 되었지요. 유치원에서 원아들을 가르치며 나날을 보냈습니다. 은사와의 동거가 주위에 알려져 모두에게 비난을 받아 스승과 제자는 직장을 잃었어요. 게다가 우리의 관계는 와당탕 파괴로 막을 내렸고요. 은사의 아내가 우리의 보금자리로 쳐들어와 행패를 부려서. 그즈음 은사가 교통사고로 숨졌어요. 그 충격으로 혼절해 병원으로 실려 가서 낙태 수술을 받았답니다. 스물다섯에 모진 고통을 겪었지요.

미조는 목이 잠겼다.

— 그런 고통을 겪으면서도 눈빛이 해맑아 아침 이슬 같은 영롱함을 풍겼군요.

— 유치원생들을 나의 아이인 양 보살펴서 그럴 겁니다. 사산

한 핏덩이가 살아 움직이는 환각이 내가 겪어야 할 업이라 여겼거든요.

행여 나의 눈빛이 탁해질까 봐 실제 나뭇잎에 고인 새벽이슬로 눈을 씻기도 한다니까요. 원아들이 눈물 흘리면 덩달아 울고 걔들이 웃으면 덩달아 웃고요. 밤이면 별들을 보고 나의 피붙이는 어디에서 빤짝이는지 별을 헤며 밤을 지새우기도 한답니다.

미조가 하도 비감에 젖어 기현은 다른 데로 눈길을 돌렸다. 공원 초입의 무궁화들도 꽃들이 활짝 피었다. 기현의 시선을 따라 무궁화에 초점을 맞춘 미조의 눈동자에도 그 꽃들이 피어올랐다.

— 대한민국 나라꽃의 꽃말은?

— 일편단심.

상대의 반응이 재빨라 기현은 아는 상식을 펼쳤다.

— 백단심은 우리 민족 배달겨레를, 홍단심은 붉은 마음 충절을, 청단심은 늘 푸른 기상을 상징한 거지요.

현충일을 즈음하여 광복절에 이르기까지 백일을 피므로, 은근과 끈기가 바로 무궁화 정신이다. 일제 때 왜놈들은 무궁화를 바라보기만 해도 눈이 먼다며 '피꽃'이라느니, 손에 닿기만 해도 피부병이 난다고 '부스럼 꽃'이라고 하며 보는 족족 뽑아버렸다. 진딧물이 많아 키우기가 어렵다지만, 그 천적 무당벌레가 진딧물을 없애므로 손을 타지 않은 외진 곳에도 잘 자랐다. 그런 걸 일깨우기 위해 광명 시청 당국자와 의논해 자신이 공원마다 다니며 무궁화 심기 운동을 펼쳤다고 했다.

— 우리 유치원 일일 교사로 초청하고 싶습니다. 이 공원에서 원아들에게 무궁화 강연을 부탁 드려도 될까요?

— 그러지요.

기현도 흔쾌히 응했다.

그로부터 한 달쯤 지나 공원에는 해님 유치원생들과 인근 시민들이 모여들었다. 광명시청 당국자들이 마련한 화면도 설치되었다. 기현은 '무궁화 사랑'이란 제목으로 강연했다. 그 곳에 모인 시민들에게 무궁화 씨앗도 나눠줬다.

구월 초순 기현은 지리산으로 떠나기 전, 미조에게 간곡히 제의했다.

— 좀 더 시간의 여유를 두고 다시 만나기로 해요. 내일에 소망을 둔 기다림은 진정한 아름다움일 테니까.

그들이 헤어진 지 일 년이 지나도 기현은 연락이 없었다. 그동안 스마트폰으로 서로의 안부를 묻긴 했다. 별들의 잔치에 초청할 테니 기다려 주시오. 그가 이메일을 보내면 미조도 답신을 했다. 스타들이 와서 공연하나요? 진짜백이 스타가 얼마나 아름다운지 알게 될 거요. 내가 사람들의 헐거운 옷과 단추를 꿰매주며 '바늘 전도사'가 된 것도 목회를 하기 위한 기초를 쌓기 위해서였죠. 공원을 돌며 꽃들을 보살피고 덧난 나뭇가지들을 쳐서 나무의 모양새를 보기 좋게 가꾸던 작업도요. 그러고는 소식도 없이 일 년 넘은 날들이 지났다.

미조는 딱히 기다린 것도 아니지만 기다리지 않은 것도 아니었다. 곧 초청하겠다던 끝말이 하도 진지해서였다. 그런 어정쩡한 나날을 보내며 남자들이 데이트 신청을 하면 만나기도 했다. 고모가 애달아 미혼남과 맞선 보게 해도 결혼할 마음이 일지 않았다.

고모 부부는 딸 둘을 시집보내고 막내아들이랑 살며 미조를 보살폈다. 낙태하고 반죽음에서 깨어나 병원에 입원했을 때도, 퇴원해 우울증에 시달리며 자살 충동에서 헤어나지 못할 때도, 새로운 직장을 알선해 준 것도 그들 부부였다. 고모 큰 딸이 유치원을 경영해 미조는 그곳에서 근무하며 생계를 꾸렸다.

8월 초순, 미조는 고모 가족과 이스라엘 여행을 다녀왔다. 그 여행 목적이 미조를 위로하기 위한 배려였다. 예루살렘, 여리고, 갈릴리, 베들레헴, 베다니 등을 순례했다. 골고다 언덕으로 오를 때는 외국인들과 더불어 십자가를 진 성자 역의 일행 뒤를 따랐다. 예수의 행적에 동참하며, 미조는 기현을 떠올렸다. 그래도 은사와의 동거 후유증이 사라지지 않아 상처의 깊은 골이 치유되진 않았다.

성지여행을 다녀 온 며칠 뒤였다. 미조는 그 공원으로 갔다. 새들의 재잘거림에 귀를 기울인 순간, 탄성이 저절로 입에서 새어 나왔다. 기현이 덧가지 친 그 자리에 까치집이 얹혔던 것이다. 새끼들에게 먹이 주는 까치 부부가 눈에 잡혔다. 반갑다, 까치야. 나도 너의 가족으로 영접해 줘. 미조의 굳었던 입술이 열리며 기쁨이 뼛속까지 스며들었다. 뜨거움이 온 몸을 데웠다. 미조는 공원에 오를 때마다 까치 가족에게 인사하며 귀가할 때도 그들 가족에게 내일 다시 만나자는 약속을 해 기쁨은 배로 불어났다. 은사와의 기억도 사라지고 그 자리엔 묘약의 새순이 돋아났다. 하루가 다르게 기쁨으로 충만해졌다.

다시 해를 넘겼다. 사월 중순, 소포가 미조 집으로 부쳐 왔다. 기현이 보낸, 크고 작은 산삼 다섯 포기가 든 상자와 편지였다. 속달로 부쳐 그런지, 산삼 잎이 생생하면서도 향내가 미조의 코끝을 스쳤다. 미조는 산삼 상자를 껴안은 채 편지를 읽었다.

이곳은 지리산 자락의 덕산을 거쳐 중산리 윗마을에 위치한 뜨란채입니다. 지리산 개발업자들이 새 터를 마련해 집을 지어 분양했지요. 뜰처럼 평안함을 심어 준다고 그리 불립니다. 황토방이 들어선 집들이라 부잣집 마님들이 별장으로 애용하려고 설쳐대었지만, 무주택자들이 원하는 삶의 터전을 마련한 보금자리지요.

외조부님은 덕산 토박이였습니다. 6·25 때 빨치산들에게 지리산으로 끌려가서 수모를 당한 의혈 청년이었지요. 그 당시 빨치산들에게 몰매를 당해 왼쪽 다리를 절단한 절뚝이였고요. 목숨을 살려 준 미군 선교사 스미스 씨의 전도로 크리스천이 되었지요. 외조부님은 덕산교회 장로로 봉직하면서 그 지역에 꽤나 영향력을 끼친 분이셨습니다. 회장마님도 이종사촌 오빠 외조부님의 영향으로 크리스천이 되었고요.

생모는 소리꾼의 숨은 꽃으로 친정에서 나를 낳았답니다. 나는 진주시에 사는 아버님의 부인 슬하에서 자랐어요. 이젠 고인이지만 생모도 의모도 내게 지대한 영향력을 끼친, 크리스천의 자질을 안겨준 분들입니다.

왜 그동안 소식 못 드렸느냐면, 교회를 짓기 위해 많은 노력을 기울였지요. 회장마님이 준 교회 신축 자금은 처음 계약한 건축업자에게 사기를 당했습니다. 엄청난 충격을 받은 데다 건물의 축대가 무너져 등뼈를 다쳐 석 달 동안 병원에 입원해서 지난 달 퇴원했습니다. 다행히 덕산교회 조영수 원로 목사님의 주선으로 그 교단 후원금을 받아 교회를 신축했지요. 미국 애리조나 주에서 사역하는 스미스 씨 아들도 도움을 주었고요. 이미 반세기가 더 지났는데도 스미스 씨 가족이 베푼 온정에 감격하고도 감격했지요.

조영수 원로 목사님에 의하면, 자네가 단 씨인 건 태초에 하나님께서 예정해 놓으신 고귀한 성 씨라는 겁니다. 그분은 덕산에 서원을 세워 제자들을 양성한 남명 조식 선생의 후손인데, 나를 그리 추켜세웠어요. 일테면 성경에 나온 야곱의 후손 단 지파들이 하나님의 뜻에 의해 이스라엘에서 떠나 별을 따라 웅지 튼 곳이 삼천리 금수강산이며, 단 씨들은 그 후손이란 겁니다. 이스라엘에 단지파가 사라진 것도 그런 연유였답니다. 내가 교회를 세운 것도 태초에 하나님이 예정해 놓으신 언약의 증표랍니다. 아직은 그에 대한 정답이 안 나온 상황입니다만, 그런 사례들이 세계 신학자들의 연구 과제라고들 하더군요. 그 말씀을 듣고, 내가 단 씨란 멍에에서 해방되었습니다. 아버님은 삼대독자란 멍에에 짓눌러 떠돌이로 생을 마감하셨는데. 그러고 보니 나의 유일한 친척 왕고모님의 얼굴이 순수 몽골족이 아닌 트기라 불리었거든요. 나 또한 트기라는 분들이 많아서 얼마나 고심했던지.

낮에는 일꾼들과 벽돌 하나도 바로 놓였나, 지붕이 튼실한가를 점검합니다. 밤이면 생모 묘지 옆의 바위에 누워 밤하늘을 올려다보는 게 나의 기쁨입니다. 서울에선 짬짬이 보였던 별들이 이곳에선 수억만 별이 빤짝빤짝 합니다. 하나님은 세계 인종 개개인들에게 별 하나를 선사하신 건 아닌지. 하나님이 아브라함 선지자에게 하늘의 수억만 별을 가리키며 후손의 언약 증표를 세웠듯이, 미조 씨가 느티 여섯 그루에 오대양 육대주의 인구가 사는 양 한다던 걸 새김질합니다. 나의 곁을 스쳐 간 수많은 분들의 별은 어디 있을까. 그리고 미조 씨의 핏덩이는 어느 별이 되어 빤짝일까, 그런 의문에 휩싸입니다. 다른 별은 내가 마음대로 명명해

도, 나의 별과 미조 씨의 별은 우리 둘이 나란히 누워 정해야겠다
는 게 요즈음의 바람입니다.

우리 교회 이름은 조영수 원로 목사님과 의논해 '하늘채'라고
지었습니다. 이 세상에서 하늘과 가장 가까운 교회이므로. 뜨란
채 마을이 존재한다면 당연히 하늘채 교회도 있어야 한다고, 그
분과 의기투합해 탄생 되었지요.

그 산삼은 내가 발견해 캔 겁니다. 미조 씨의 손을 잡은 순간
어찌나 차갑던지, 그걸 씹어 삼키면 싸늘한 몸이 데워질 거요. 나
도 병원에서 퇴원해 이웃 심마니에게 그걸 구해 먹었더니 차가운
몸에서 놓임 받았거든요. 내가 발견한 산삼 자리는 생모 묘지 옆
의 어느 누구도 모르는 나만의 비밀 영역이라오. 그 자리에 산삼
의 새순이 돋아나오니, 우리 그걸 캐 먹어 백세를 누리며 주님 사
역에 이바지 하면 좀 좋겠습니까.

곧 우리 마을 옆쪽 자락을 개발한다는 소식도 들립니다. 우리
교단 관계자들도 하늘채 교회 아래 양로원을 짓는다고 하니 반가
운 소식입니다. 이곳 야생화들과 희귀나무들을 심어 자연 학습장
도 만들 거요. 무궁화 화원도 마련해 민족정신을 일깨우고 아름
다운 쉼터가 되도록 꾸밀 겁니다. 신학자들은 대한민국 나라꽃을
'사론의 꽃'이라며 예수님을 상징한다고 하니, 더욱 조경에 혼신
을 다할 거요. 진정 무궁화 정신이 곧 예수님의 향기임을 드높게
하기 위해서라도.

시월에 우리 교회 입당식을 하면 뜨란채 마을 어린이들도 몰려들 텐데, 유치원 교사가 필히 필요하다오. 그날의 귀빈 중에는 스미스 씨 아들 부부도 온다고 하니 이 아닌 경사이겠소.

어버이날을 맞이해 미조는 고모댁에 들렀다.

- 이젠 결혼 해야지.

고모의 닦달에 미조는 여느 날처럼 응석 부렸다.

- 미안해, 고마워, 사랑해.

- 그, 미·고·사는 훗날 시댁 사람들과 이웃에게 알약으로 사용할 덕목 아냐.

- 그 알약을 먼 훗날 아니고 곧 사용하는 걸.

고모는 미·고·사를 각색하며 미조를 껴안았다.

- 미안하긴? 고맙다. 내 질녀가 어찌 이리도 사랑스러울까.

청백리의 숨결

'과거에서 미래를 묻다'

오월 중순, 경기도 광명시 충현박물관에서 오리 문화제가 열렸다.

류담이 이원익 고택을 방문하자, 관감당觀感堂이라 쓴 현판에 측백나무 그림자가 무늬를 드리웠다. 오리의 생전에도 있었다던 그 나무의 위용이 하늘을 치솟아, 사백여 년 세월을 낚아 올린 듯했다.

관람자들을 안내한 여인은 오리의 13대 종부였다. 남색치마에 옥빛 저고리, 자색 옷고름을 맨, 한복 자림새라 기품이 서려 고택의 품격이 한결 돋보였다.

종부가 류담의 양손을 잡았다.

"대학원에 입학하신 게 엊그제 같은데, 졸업 하셨다니?"

"늘그막에 이 무슨 주책바가지일까 싶어 고민도 많았지요. 요즈음엔 시작이 반이란 격언이 금언으로 와 닿지 뭡니까."

류담이 오십 세에 고고미술사학 대학원에 진학한 건 자신의 직업에 대한 애정에서 비롯되었다. 사범대학 역사학과를 졸업하고 중학교 국사 교사로 발령 받았지만 그만 두었다. 무얼 가르친다는 교사로서의 자질이 부족한 감이 일었다. 더욱이 장한평에서 고미술가게를 운영하던 죽마고우가 미국 고미술협회 선임기자와 결혼해 뉴욕으로 가는 바람에 그 가게를 인계 받아서였다. 한창 골동품 값이 뛰던 80년대였다. 수입도 괜찮고 명품 골동품들을 모으는 게 그리도 좋을 수가 없었다. 골동품 중개상을 통해 손에 쥔 것들은 거의 팔고 진품명품은 은밀한 곳에 보관해 두었다.

"나도 육순 넘어 대학원을 진학해 골머리 좀 앓았지만 왜 그리도 상쾌했던지. 모름지기 하고 싶은 걸 해야만 무딘 감각도 살아나고 능률도 오르더군요."

함금자 여사가 문화예술행정학 석사 과정에 진학한 건 충현박물관 관장으로서의 품위를 지니기 위한 결단이었다. 역사에 해박한 지식을 지녀야만 오리 후손 종부로서의 긍지요 바람이었던 것이다.

류담이 관감당을 방문한 건 오리문화제의 첫 신호탄인 '조선의 청백리 오리와 미수'에 대한 주제 발표회 사회자로 내정 되어서였다. 이번 주제의 주강사로 초청된 대학원 은사의 부탁에 응한 것도 종부와의 우애가 보탬이 되었다.

함 여사가 장한평을 드나들며 골동품들을 구입할 때였다. 류담이 돕기도 하며 서로 친애를 다져온 사이였다. 종부가 다듬잇돌, 방망이, 다리미, 반닫이, 뒤주 등을 구입한 건 사라져버린 옛것에 대한 향수도 있지만, 고가를 더욱 돋보이게 하기 위해서였다. 더욱이 관감당 옆에 충현박물관을 짓고 보니, 소장한 빗치개, 바늘쌈, 은가락지, 장신구 등 소품들을 보관하기 위해선 제주방아가 안성맞춤이었다. 그걸 구입하는 과정에서 그 가운데 놓인 게 제짝 현무암인지, 다리가 헐어 갈아 끼운 건 아닌지, 전문가의 안목이 필요했다. 진짜백이가 아니면 골동품과 박물관의 품격이 떨어지기 마련이었다.

충현박물관 교육관에는 이백여 명의 청중들이 모여들었다. 백세 노인에서부터 각계의 저명인사들과 공무원들, 상인들, 농민들, 남녀 대학생들, 남녀 중·고생들이었다.

사회자가 마이크를 들었다.

"먼저 초청된 명유문사님을 소개하겠습니다."

고고미술사학 권위자 인헌철 박사와 인불화의 대가 장규호 화백이 일어나서 고개를 숙이자, 박수가 쏟아졌다. 사회자가 다시 특별 귀빈들을 호명했다. 도포 입고 상투 튼 팔순 노인이 앉은 그대로 현악기 줄을 튕겼다. 거문고 명인 임자연 옹이었다. 조양춘 명창도 일어서서 가락에 목을 틔웠다.

오리 정승의 바튼 기침에 미수 공의 모습이 생생이 피어오르네.

명인의 가락과 명창의 소리가 어울려 장내 분위기가 한결 고조되었다.

"먼저 관감당의 주위 풍광을 살펴볼까요."

사회자가 연단 양쪽 벽에 설치된 티브이 화면을 손짓했다

화면에 떠오른 건 충현박물관 전경이었다.

고가 명소엔 솟을 대문이 턱 버텨야만 그 집안 내력이 고품격임을 증명한 거지요. 저 솟을대문은 왕족이나 사대문 가문임을 알린 표적이랍니다. 왕족 출신으로 정승을 여섯 번 역임하신 분이라 그건 당연한 대접이겠죠.

관감당은 일자식으로, 1630년 명재상이 살던 두칸 초가였습니다. 그 초가에 비가 샌다는 소식을 듣고 인조가 새 집을 하사했습니다만, 오리가 네 차례 받기를 사양했던 다섯 칸짜리 한옥입니다. 1637년, 병자호란으로 불타버려 재건되었지만 또 허물어졌지요. 훗날 1916년 10대손에 의해 중건되었습니다.

관감당 뒤 북쪽은 영당과 삼문이 자리 잡아 해마다 불천위不遷位 제를 지낸 곳입니다. 나라에 덕을 끼친 분에게 사당에서 모시

도록 임금이 허락한 제사입니다.

아래 뜰에는 목단이 화사하게 피어 고가의 운치를 더해 주잖습니까. 원래 사당 주위에 화려한 꽃을 심지 않은 게 관례랍니다. 그 댁 종부께서 전통 고가의 미를 살리기 위해 심었더니 해마다 탐스럽게 피어 제 몫을 다한다잖아요.

그 동쪽에는 1658년 효종이 당시 그 터에 사당을 짓고 영정도 모셔 충현서원으로 사액 되었습니다만, 훗날 대원군에 의해 서원이 훼철되고 터만 남아 아쉬운 마음 금할 길 없습니다.

그 빈터에서 서북쪽으로 오르면 오리 정승이 우의정, 좌의정, 영의정, 삼정승을 역임한 걸 기념하기 위해 세운 삼상대三相臺가 있고요. 그 옆쪽의 풍욕대風浴臺는 바람이 얼마나 시원하게 잘 부는지 이름마저 바람으로 목욕한대서 그리 불립니다. 그곳에서 서쪽으로 발길을 옮겨 아래로 내려가면 오리 정승 부모와 형제 묘가 있지요.

남자 대학생이 일어서서 질문했다.

"오리 정승 묘는 어딘지요?"

"여기서 남쪽으로 쭉 가면 근자에 지은 오리서원이 보입니다. 그 서원은 오리 정승의 학덕을 기리기 위해 경기도 광명시청 관계자들과 그곳 유지들이 뜻을 모아 세운 것입니다. 그 옆 자락을 타고 동산에 오르면 오리 정승 묘가 있고, 그 앞에 신도비도 세워졌지요."

사회자가 다시 설명했다.

오리서원 앞의 넓은 뜰은 오리 문화제 기간 동안 그림 그리기와 백일장 대회가 열립니다. 인근의 문화원과 체육관 등에서도 국악 연주대회, 가수들의 열창, 고전무용, 연극 등 행사로 축제 분위기가 뜨겁게 달아오릅니다.

"자, 그럼 관감당을 살펴볼까요."

관감당 옆 종택 안채는 건립된 시기가 정확하게 들보에 기록되었습니다.

龍觀感堂建翌年丁巳閏二月六日未時立柱上樑龜 용관감당건익년정사윤이월육일미시입주상량귀.

관감당을 다시 신축한 이듬해, 1917년 윤 2월 6일 미시에 기둥 세우고 동량을 올렸다는 내용이지요. 모름지기 역사란 분명한 기록이 존재해야만 그 값어치가 있는 겁니다. 건물은 남향으로 'ㄱ'자형 안채와 'ㄴ'자형 문간채가 안마당을 중심으로 튼 'ㅁ'자입니다.

이제 오리 정승 13대손 이승규 박사님 부부를 만나 보실까요.

대담 장소는 충현박물관 사무실의 관장실이었다. 그곳은 관감당 서남쪽 도로 건너편에 위치한 3층 양옥이었다. 감나무와 정원수가 있는 넓은 뜰을 지나면 충현박물관의 교육관 건물이 드러났다.

질문자는 류담이며, 대답은 오리 정승의 종손과 종부였다.

류담 : 두 분이 대학 동아리로 만나 결혼 하셨다던데?

종부 : 그렇지요. 동갑나기 종손은 의학도였고 저는 간호학과였죠. 종손이 과묵하면서도 든든해 보여 구혼에 응했답니다. 신접살림을 대학 옆 신촌에서 하고 싶었는데, 종손이 마음 편한 내 집 두고 왜 딴 데 하겠느냐며, 나를 이곳으로 이끈 거예요. 그 당시 육십년 대 중기만 해도 집 주위가 논과 밭이라 편의점도 없고 버스도 한참이나 걸어가야 하므로 불편했습니다. 다행히 왕고모님이 자주 오셔서 돌 봐 주시니, 종부 역할을 그런대로 해낸 거죠.

류담 : 불천위는 어떻게 지내셨는지요? 친척들과 관계 인사들도 많이 오셨을 텐데?

종부 : 제삿날이 다가오면 닷새 전부터 왕고모님이 친척 일꾼들을 데려 오셔서 돕기도 하며 가르쳐 주셨지요. 편을 층층이 쌓아 그릇에 담고 그 위에 모양내 담는 웃기, 찹쌀가루를 반죽해 소를 넣고 송편처럼 만들어 기름에 지진 떡으로 장식한 주악도 있고요. 대추를 실로 꿰고 호두를 붙이며 두부도 만들고 엿도 고우기도 했습니다. 편을 찌고 고임새도 했죠. 가마솥에 밥 짓고 탕국

끓인 건 기본이잖습니까. 무척 고단했지만 여럿이 하는 작업이 척척 맞아 손님들을 치르고 친척들에게 나눠 줄 봉과도 싸고, 제사 지낸 음식들도 이웃집에 돌리기도 했습니다.

류담 : 자녀는 몇이나 두셨는지?

종부 : 사형제죠. 장남이 그이처럼 의대 교수라 든든하고요. 동생들도 나름대로 잘 자라 줘 조상 음덕을 본다 할지. 둘째 셋째는 쌍둥입니다. 왕고모님이 손이 귀한 집안에 아들 쌍둥이라니, 겹복을 누린다며 저를 어찌나 귀애하시던지. 종손이 사대 독자이거든요. 행여 손이 끊어질까 봐 애간장을 많이도 태우셨대요. 제가 아이를 낳을 때마다 당신이 손수 우물물을 두레박으로 퍼서 미역을 빨고 사골뼈로 우린 국물로 미역국을 끓여 제게 먹이셨지요. 그러니 빼빼한 몸에 살이 붙어 뚱보 되기 직전이었지요.

류담 : 충현박물관 안에 소장된 유물들은 어떻게 보관하셨는지요?

종부 : 제가 처음 여기 와 보니 안채 다락에 유기, 백자, 목제기들을 담은 궤가 세 개였습니다. 커다란 버들고리 궤에는 두루마리 한지들이 들었고요. 근데 쥐똥으로 얼룩진 데다 쥐벼룩들이 몸속으로 파고들어 어찌나 가렵던지. 두루마리들을 살펴보니 초상화, 교지, 문집, 서찰, 유서 등이라 그게 예사 유물이 아님을 헤아렸지요. 친정어머님께 부탁 드렸더니 두터운 인조 주머니를

만들어 주셨습니다. 유물들을 볕에 말리고 소독해 그 주머니 안에 넣어 고이 보관했지요.

류담 : 어떻게 충현박물관을 개관하셨습니까?

종손 : 대학 교수직을 정년퇴직하면 종부와 노년을 지내고자 종택 옆에 새 집을 지었습니다. 근데 이게 아니란 감이 이는 겁니다. 관감당과 종택이 경기도 문화재로 등재되었거든요. 관람자들이 많이 몰려들기도 하고. 그에 따라 보관해 온 문화유산도 공개해 조상 덕을 기려야 한다던 게 책무인 양 여겨집디다. 그리하여 2003년 대한민국 최초이며 유일한 종가 박물관이 개관 되었지요. 문화재단으로 등록되어 제가 문화재단 이사장, 종부가 박물관 관장직을 맡았습니다.

류담 : 삼상대와 풍욕대도 이사장님께서 복원 건립 하셨다던데?

종손 : 삼상대는 오리 할아버님께서 세 곳의 정승을 두루 거치신 걸 기리기 위해 제가 세웠고요. 충현서원 터 위에 풍욕대란 표석이 있어, 그걸 바탕으로 삼상대 옆 좌측에 복원 건립한 겁니다. 그 외 여기 교육관도 그러려니와, 지붕과 담의 기왓장 하나도 우리 부부의 손길이 안 닿은 곳이 없습니다. 재단을 설립하려니 집안 어른들의 반대가 많았지요. 겉으로는 유적 보존을 내세우지만 혼자 독식하기 위한 심보가 고약하다며. 지기들도 시대에 뒤떨어진 짓이라 말렸고요. 하지만 귀중한 역사 유적을 길이 보

전 전승하기 위해선 공익으로 하는 게 타당할 것 같아 그런 단안을 내린 겁니다. 박물관 입장료와 국비 재원은 관리 운영비에 비하면 턱없이 모자라 사재를 털어가며 운영한 셈이지요.

대담이 끝나자, 류담은 진정 고마움을 전했다.
"대한민국의 역사 보물을 길이 보존하셔서 후손들의 귀감이 되소서."

장한평에서 고미술 가게를 운영하며 돈벌이가 쏠쏠할 즈음, 류담은 연인을 잃고 충격에 빠졌다. 연인은 고고미술사학을 전공한 대학 강사였다. 티브이에도 출연해 그 방면에 해박한 지식과 달변은 시청자들을 사로잡았다. 류담은 그가 마냥 좋았다. 그의 지식을 송두리째 빼앗고 싶은 갈망으로 아롱졌다. 그도 기꺼이 받아들여 그들은 운명을 공유한 사이가 되었다. 그가 저혈당으로 숨지자 존재감의 상실에서 얻은 결과는 뻔했다. 그가 숨졌으니 나도 끝장이란 극한 상황이었다. 그러자니 뜨거운 욕망은 사라지고 끝없이 추락한 사이, 자신에게 관대해야겠다던 깨우침이 뒤늦게 피어올랐다. 그래, 이 삭막한 세상에 이만큼이라도 살아 온 게 대견하잖느냐. 류담아, 참사랑을 일깨운 그의 흔적이 너의 피부를 감싸고돌잖아. 살아생전 인생을 관조하며 즐겨보자꾸나. 그리하여 그의 영혼도 공유하기 위해 대학원 진학을 했던 것이다.

화면은 안현철 박사가 연단에 서서 오리의 내력을 밝힌 장면에 초점을 맞췄다.

조선조 태종의 12번째 왕자 익령군의 4대 손입니다. 조선시대의 선조, 광해군, 인조 3대에 걸쳐 영의정을 여섯 차례 지낸 명재상이지요. 23세 때 문과 별시에 급제해 관직에 올랐습니다. 황해도 도사 시절, 그곳 관찰사였던 율곡이 정무를 맡겼을 정도로 신임이 두터웠지요. 1587년 4월, 안주목사로 외직에 나갔을 때입니다. 뽕나무를 심어 누에치기를 권장해 백성들이 궁핍함에서 벗어나자, 이공상李公桑이라 부르며 따랐습니다.

평남 안주시에 있는 안주성은 북한 국보 문화 유물로 지정된 곳입니다. 그 당시는 민생이 피폐해 거주지를 버리고 유민과 도둑이 된 사례가 많았지만 오리가 선정으로 다스려 백성들의 칭송을 받은 게지요.

1592년, 임진왜란이 일어나자, 평안도 도순찰사로 선조를 호종했습니다. 명나라 성절사로 갔을 땐 키가 작고 차림새가 누추해 그곳 역관들이 한갓 하인으로 대접할 정도로 검소했습니다. 류성룡의 추천으로 우의정에 임명 되었고요. 대신들이 이순신을 모함해두 끝까지 신임한 배려로 임진왜란을 승리로 이끈 공로자입니다. 광해군 시절에는 대동법을 추진해 지주의 부담은 크게 하고 소농의 부담을 감소한 정책을 펼쳐, 민초들의 무거운 짐을 덜게 했습니다. 광해군이 계모 인목대비를 폐하고자 했을 때는 반대해

강원도 홍천으로 유배당했지요. 성품이 강직하고 맡은 일에 충실하며 무엇보다 얼음처럼 맑고 옥처럼 깨끗한 청백리淸白吏로 칭송받았어요. 스스로 짚신을 꼬아서 신고 그게 헐면 지붕으로 쓸 정도로 청렴했습니다.

뜻과 행동은 나보다 나은 사람과 비교하되, 분수와 복은 나보다 못한 사람과 비교하라. 그게 오리 정승의 좌우명입니다.

조선 후기 학자 남학명은 『회은집晦隱集』에 아래와 같이 기록했습니다.

'이원익은 가히 속일 수 있으나 차마 속이지 못하겠고, 류성룡은 속이려고 해도 가히 속일 수가 없다.'

퇴임 후에는 부모 묘소가 있는 이곳에서 초가를 짓고 살았지요. 초가에 비가 샌다는 소문을 듣고 인조가 관감당을 하사했지요. 지금은 경기도 문화재로 지정되었습니다.

농부가 일어나 질문했다.

"그분의 호가 오리라는데?"

"벽오동나무 오에 마을 리지요. 당신이 관직에서 물러나 이곳에서 사셨다고 그리 불렀나 봐요. 이곳 옛 지명이 오리곡이거든요."

"오리라면 집에서 기른 오리를 연상하기 쉽잖습니까. 오리 정승이라 불린 건 그만큼 이웃처럼 편함을 안겨 준다는 뜻인가요?"

"다들 그럽디다. 소탈하면서도 백성들을 위해 당신의 안일을 저어하신 분이라고요."

안현철 박사의 설명이 끝나자, 화면이 바뀌었다.

류담은 8호선 전철을 타고 강동구청역에 내렸다. 마중 나온 노인이 류담을 맞이했다.

"만나 봬서 반갑습니다."

양천 허씨 대종회 명예회장이 인사말을 건넸다.

류담이 허찬 명예회장을 만난 건 함 관장이 연락처를 알려 주어서였다. 서로 명함을 주고받은 후였다. 류담의 눈동자가 휘둥그레졌다.

"어쩌면."

노인의 풍채에 압도당했다.

"미수 어르신의 12대 손이라오."

그 순간 류담은 타임머신을 타고 조선 중기 역에 내려 마중 나온 허목 정승을 뵌 양 감동으로 차올랐다. 긴 얼굴에 형형한 눈빛과 우뚝한 코, 세상을 달관한 듯한 여유로움과 조용한 몸짓에서 드러난 강직한 성품, 첫눈에도 명예회장이 반가의 후손다운 진면목을 지닌 듯했다.

"닮으셨군요. 그 어르신을."

국립중앙박물관에 전시된 미수 영정이 떠올라 류담은 자세를 바로 했다.

이미 4백여 년이나 지났는데, 명예회장이 미수 공을 판박이로 닮았다는 건 뭘까. 유전인자란 도도히 세월을 키질하며 닮음을 명품처럼 전수한 건지. 그러고 보면 이승규 이사장도 오리 정승을 많이도 닮았다. 반가의 후손다운 풍모와 인상이 오리 정승 초상화와 다를 바 없었다.

"류 씨라면?"

명함을 들여다보던 명예회장의 의문을 류담이 답했다.

"서애 선생 13대 손이랍니다."

그러면서 류담은 자신도 서애 정승을 닮았을까, 의문이 들었다. 서애 초상화는 미수와 오리처럼 그 시대에 그린 초상화가 남아 있지 않았다. 선조는 임진왜란 당시, 의주까지 당신을 모신 신하들을 호성공신扈聖功臣으로 대접하고 화원들에게 초상화를 그리게 했다. 그 당시 서애는 하회마을로 귀향해 있을 때였다. 선조가 화원을 하회마을까지 보내 초상화를 그려오라고 명했지만, 서애가 거절한 게 류담은 못내 아쉬웠다. 삼십여 년 전에 화가가 그린 초상화가 있지만 서애 선생의 행적에서 영감 얻은 근사치일 것이다.

하회마을에 빈터만 남은 생가를 복원하는 게 류담의 꿈이었다. 무남독녀로 자라 부모에게 유산 받은 토지를 팔아도 그 꿈을 이루기엔 턱없이 부족했다. 그동안 짬짬이 모은 자금도 보태 복원할 생가는 민속박물관으로 꾸밀 계획이었다. 하회탈, 부채, 선추扇錘, 도포, 바지저고리, 종이, 벼루, 붓, 먹 등 다양했다. 가락지, 빗치개, 바늘쌈, 수예품, 족두리, 노리개, 장, 농, 뒤주, 궤, 떡살, 고려청자, 이조백자, 가야토기, 호미, 낫 등, 5천여 점이 넘어 민속박물관을 차릴 정도의 고미술품들을 모아 두었다. 수장한 진품명품들을 전시해 국내외 손님들에게 대한민국의 긍지요 참 하회마을의 진수를 보여 줄 참이었다.

엘리자베스 영국 여왕이 하회마을을 방문한 뒤, 고향이 더욱 국제적인 명소로 우뚝 떠올라 외국인들의 발길이 잦았다. 그렇게 하는 것이 서애 선생 후손으로서 지녀야 할 덕목일 터였다.

그들은 인근에 있는 양천 허씨 대종회 사무실로 들어갔다. 차와 다과를 들고 나자, 명예회장이 물었다.

"미수 공에 대해 뭘 알고 싶은지요?"

허목에 대한 수식어는 많다. 조선 후기 문신, 유학자, 역사가, 교육자, 정치인, 화가, 작가, 서예가, 사상가 등이었다. 외국 기자들이 미수를 코리아의 레오나르도 다빈치에 비교한 것도 썩 합당한 표현일 것이다.

"미수 공이 오리 정승의 손녀사위 아닙니까. 양가 집안에서 일어난 비밀스런 일화를 들려주실 순 없는지요?"

"귀한 분이 오셨는데 그러다마다요."

명예회장이 화답했다.

사무실 남쪽 윗벽엔 양천 허씨 역대 회장들의 사진을 담은 액자가 걸렸다. 류담의 눈길이 북쪽 벽 중앙에 걸린 액자에 머물렀다.

"저 건?"

"미수 공의 글씨 복사본이라오."

명예회장의 눈빛이 밝게 빛났다.

다시 화면에 떠오른 건 안현철 박사가 막대기로 미수의 글씨 복사본을 가리킨 장면이었다.

"자, 그럼, 그 글씨를 살펴볼까요? 제목은 「척주동해비 陟州東海碑」입니다. 미수가 삼척 부사로 부임했을 때였습니다. 그곳에 파도가 읍내까지 올라와 주민들의 피해가 심했대요. 이를 안타깝게 여긴 미수는 그 피해를 막기 위해 시를 짓고 당신의 독창적인 전서체로 글을 쓴 후 비석에 새겨 정라진 앞의 만리도에 그걸 세웠습니다. 그랬더니 조류가 물러가고 바다가 잠잠해졌다고 합니다."

여중생이 일어섰다.

"어떻게 그런 일이 가능했을까요?"

뒤이어 남자 대학생이 조소를 내뿜었다.

"신화와 전설을 두루뭉수리로 엮은 게 역사라는 겁니까?"

"역사는 기록에 의한 거고, 나는 그 기록을 전달할 소명을 지닌 자입니다."

안현철 박사의 진솔한 고백에 저마다 손뼉 치며 환호했다.

사회자가 추가 설명했다.

내용은, '큰 바다 가없어 온갖 냇물 모여드니, 그 큼이 끝이 없다오.' 에서 시작됩니다. '아아, 빛나도다. 그 다스림 넓고 커서 유풍이 오래 가리로다.' 로 끝나는 동해를 예찬한 시입니다. 동해송을 새긴 이 비가 조류를 물러가게 했다고, 퇴조비退潮碑라고도 불립니다. 금석문 연구가들에 의하면 이 글씨는 미수의 전서체 중에서 가장 빼어난 글씨라고 합니다. 중국의 영향에서 완전히 벗어난 독창적인 서체로 품격 높고 웅혼雄渾한 아름다움이 무르녹았다고 극찬했습니다. 이 전서체를 쓰기 위해 미수는 과거를 치르지 않고 일치감치 벼슬길에 나가지 않았을 겁니다. 이 비문의 신비함이 알려지자, 수많은 사람들이 비문을 탁본해 소장했습니다. 그 이유는 모든 재앙을 물리치고 소원 성취하며 가정의 평강과 번창을 보장해 주며, 이 탁본을 부적처럼 몸에 지니거나 집안에 두면 재앙을 막는다는 믿음이 확산 되었거든요.

"그 밖에도 의성김씨 학봉 김성일 종가에 걸린 현판 '광풍제월', 파주의 '이성중표문', 고려대학교 박물관 소장 '함취당', 개인 소장 '애군우국'이 있고요. 관농지방의 '죽서루기', 두보의 '오언시', 「해동명필첩」에 수록한 글씨 등 많기도 하지만, '영상이원익신도비'도 빠트릴 순 없지요."

안현철 박사의 해설에 따라 현지 장면들이 쏙쏙 들어났다.

하회마을을 방문한 류담은 충효당 대청마루 윗벽에 걸린 忠孝
堂 글씨를 올려다보았다. 서애 선생이야말로 충효를 겸비한 인
물이라고, 미수가 손수 쓴 당호였다.

고향에 들르면 류담이 유숙하는 곳도 그곳 안채였다. 그 댁 질
부는 언제나 류담을 친 고모인 양 대접해 발길은 저절로 충효당
으로 향했다.

1999년 4월, 엘리자베스 영국 여왕이 하회마을을 방문했을 때
였다. 여왕이 충효당 안채 마루에 오르기 전이었다. 안내자의 귀
띔에 따라 여왕이 구두를 벗고 마루에 올랐다. 이를 지켜 본 귀빈
들은 영국 풍물에 길든 여왕이 한국 정서에 따랐다며, 화제에 올
랐던 산실이었다.

류담의 기억에 의하면, 그 고가에 깃든 이야기 꾸러미는 대한
민국의 산 역사였다. 두고두고 바디를 놀려도 날줄 씨줄로 엮은
비단에는 충효忠孝란 두 글자가 아로새겨졌을 거란 건 유년 시절
부터 싹튼 씨앗이었다. 그리하여 그에 합당한 열매가 열리리란
건 아직도 유효한 감성이었다.

서애가 임종 전 후학들에게 세 가지 한을 고백한 내용을 류담
은 기억했다.

첫째, 임금과 어머니 은혜에 보답 못한 것.

둘째, 벼슬이 지나치게 높기도 하려니와 관직에서 물러나지
못한 것.

셋째, 도를 배우겠다는 뜻을 지녔지만 이루지 못한 것.

그러고 보면 서애가 숨진 이후, 후학들이 스승의 뜻을 기려 충효당을 짓고 유물 전시관 영모각永慕閣을 세운 것도 그에 속했다. 그리고 자신이 부모의 뜻에 따라 생가를 복원하리란 것도, 서애 후손으로 고향에 족적을 남기고픈 다부진 결심이었다. 더욱이 대한민국의 진품명품이 전시될 민속박물관을 세우리란 것도.

그런 결심을 굳힌 건 담연재澹然齋도 한 몫을 차지했다.

류담은 그 집을 지은 친척 아재가 십 년 넘은 세월을 길쌈해 어렵사리 생가를 복원한 걸 지켜 본 산 증인이었다. 전돌 하나 놓는 것도, 기왓장 하나 얹는 것도, 우편함을 설치한 것도, 고증에 따라 지은, 삼종숙의 피와 땀이 영근 결실이었다. 담연재란 당호도 임창순 대학자가 지어 준 것이다.

'맑고 편안한, 깨끗한 마음으로 학문을 닦으면 뜻을 밝힐 수 있고 지혜가 멀리 퍼지고, 충만해진다.'

담연재는 하회마을의 고옥들에 발맞춘 한옥이었다. 풍산 류씨 집성촌인 하회마을에는 충효당 외에 양진당, 북촌댁, 남촌댁, 주일재, 하동고택 등 하회마을을 하회마을답게 한 고옥들이 많았다.

그 아재의 결실 중에서도 단연 백미는 담연재였다. 엘리자베스 영국 여왕이 생신상을 받은 곳도 담연재였다. 그 장면이 전파를 타고 세계인들에게 알려져, 담연재가 세계적인 명소로 떠올랐던 것이다. 세계인들이 초청하고픈 세계 제일 귀빈이 남긴 발자취는 실로 대단했다. 그 여파로 일본, 중국, 아메리카, 유럽 등 관광객들이 담연재를 보기 위해 하회마을에 들리곤 했다.

그날 하회마을에는 국내외 귀빈들과 기자들이 몰려들어 담연재 안팎을 메울 정도로 붐볐다. 류담이 담연재에서 영어 통역사로 초청된 건 하회 출신이고 영어 회화에 능통해서였다. 장한평 고미술 상가에 외국인들이 방문하면 으레 류담이 통역사로 활동했던 경력이 그날 빛을 보게 되었다. 류담이 안내한 건 외신기자들이었지 여왕 곁에는 감히 근접하지도 못했다. 정계와 관료·인사들이 여왕을 환영하는 의례가 끝나고 생신상을 올린 후였다. 뒤풀이 잔치 때 류담은 여왕 곁으로 비집고 들어가서 단 한번 질문을 던졌다. 그것도 담연재 주인 아재의 배려에 의해서였다.

"하회마을에 오신 소감은?"

여왕의 옥음이 조마조마했던 류담의 귀를 확 틔게 했다.

"버킹검 뜰처럼 평온함을 안겨줍니다."

그보다 더한 찬사가 있을까.

일순 곁에서 듣던 삼종숙의 눈시울에 이슬이 맺힌 게 류담의 눈에 잡혔다. 담연재를 짓기 위해서도, 훗날 천하제일 귀빈을 맞이하기 위해 혼신을 쏟은 아재의 노고가 그 옥음으로 한결 돋보였다. 이미 지은 지 십여 년 지난 집 안팎을 수리하고 화단에 심은 꽃도, 장독대들도 재정비했다. 생신상과 방짜 놋그릇, 요리

하나에까지 한국 정서에 알맞은 걸 세계인들에게 보여주기 위해 아재가 혼신을 쏟은 결과였다. 외국 귀빈들에게 한국적인 정서를 심어주는 게 고부가 가치임을 아재는 이미 꿰었다.

여왕은 생신상 위에 놓인 요리들과 젓가락질 하는 것도 예사로이 넘어가지 않고 관심을 나타냈다. 과연 대영제국 여왕답다, 라는 찬사가 주위에서 쏟아졌다.

그런 목격담들이 류담으로 하여금 새삼 생가 복원을 향한 소원을 되새김질 했다. 병자호란 때 오랑캐들이 착취해 중국으로 건너 간 신라 해태 석물을 중국 중개상을 통해 그걸 어렵사리 구해 생가 빈터에 놓아두었다. 임진왜란 때 왜군들이 착취해 일본으로 건너 간 고려 삼층석탑도 일본 중개상을 통해 구해 석물 곁에 배치해 두었다. 전돌과 옛 기와를 구해 생가 터에 쌓아둔 것도, 십 년 대계로 민속박물관을 짓기 위해서였다.

류담은 되뇌었다. 그 십 년 대계를 꿈꾸고 이루고자 하는 의지를 다진 한, 서애의 충효가 자신에게도 유유히 흐른다는 걸.

"우리가 벌써 오순을 넘겼다니."

죽마고우 얼굴이 스마트폰 화면에 떴다. 낙천적이며 동안이라 그런지 전혀 그 나이답지 않게 팽팽했다. 화상 통화 중에 드러난, 류미의 뒤에 세 여인이 활짝 웃는 사진 액자가 벽에 걸렸다. 엘리자베스 영국 여왕을 사이에 두고 두 죽마고우가 나란히 선 모습이었다.

그날, 류담이 엘리자베스 여왕에게 질문하는 사이, 류미가 잽싸게 여왕의 왼쪽에 섰다. 그 장면을 찍기 위해 류미 남편이 카메라 셔터를 눌렀다. 류미는 담연재 삼종숙의 질녀이며, 남편이 뉴욕 기자 클럽 간부로 그날 초청 되었다. 더불어 리처드는 아내 고향의 여왕 방문을 상세히 기록해 그 내용을 미국 고미술 협회 계간지 《아름다움의 발견》에 실어 호평을 받았다. 류담도 그 사진 액자를 장한평 가게 벽에 걸어 두었다. 단골 고객들이 그날의 정경을 듣고 감탄사를 발한 장면이었다.

"나이 먹는다는 건 내가 걸어 온 발자취를 가슴에 품고 몸에 문신 새긴, 그게 주름 아니겠어."

류담이 평했다.

"제법 그를 듯한 표현이군."

류미의 목소리가 경쾌했다.

이미 류담이 쓴 하회탈과 그에 관한 내용도 그 책자에 실렸다. 엘리자베스 영국 여왕이 코리아를 방문하기 전이었다. 하회마을의 풍경과 더불어 하회탈을 실은 그 책은 국빈 방문의 열기를 세계인들에게 알린 청신호였다.

하회탈은 대한민국 국보 제121호이다. 고려 중기 때 만들어졌으며, 평민들이 양반 계층에 대한 비판의 의미를 지녔다. 주재료는 오리나무다. 옻칠한, 해학적 조형미가 잘 나타나 미적 가치가 높다. 하회탈 종류는 양반탈, 각시탈, 초랭이탈, 중탈, 이매탈, 주지탈 등이다. 더불어 양반탈을 매듭 해 목걸이로 사용하면 한결 품위가 돋보였다…….

그 내용을 읽고 뉴욕 현지인들이 양반탈을 많이 주문했다. 류담은 그 탈의 전문 기술자인 친척 할아버지에게 부탁해 뉴욕으로 우송했다. 그날 여왕 생신잔치 때 모여든 하객들에게 선물한 것도 양반탈이었다.

"반응이 얼마나 좋았던지, 내가 눈물깨나 흘렸더랬어. '조선의 청백리 오리와 미수' 강연회에 네가 사회자로 선정 되었다니 축하해. 그 내용도 《아름다움의 발견》에 실려서 대한민국의 산역사가 세계인들에게 알려진다면 참 좋을 텐데."

"그 내용을 정리해 보낼 테니, 부군과 의논해 보렴."

"너의 소장품들도 뉴욕으로 왕림해 이곳 미술관에 전시하면 좀 좋을까."

"그건 아직 일러. 박물관을 차리고 난 뒤 생각해 보자꾸나."

류담의 목소리도 상쾌했다.

사회자가 오늘의 주제 핵심을 파고들었다.

"오리와 미수의 내력을 살펴볼까요."

먼저 두 분의 인연에 대해 살펴보겠습니다.

오리가 궁에서 퇴청해 귀가 할 때였다. 길가에 모인 아이들 중에 유독 한 아이가 눈에 잡혔다. 대여섯 살 되었을까. 기개가 범상치 않아 보였다. 영상은 하인들에게 평교자를 세우게 했다.

누구인고?

소자는 양천 허가이며, 이름은 목입니다. 아버님은 현감이고 증조부님이 좌찬성을 지냈습니다.

허목이 공손히 아뢰었다.

영특함이 이를 데 없구나.

그날 이후, 오리는 허목에게 관심을 가졌다. 양천 허씨가 청빈한 집안이며, 허목의 증조모가 양녕대군의 증손녀란 것도 알게 되었다. 손녀가 자라 혼기에 이르자, 오리는 허목을 손녀사위로 맞이하겠다고 아들에게 명했다.

아버님이 어떤 분인데, 가난뱅이 하급 관리 집안사람과 사돈 맺겠습니까?

아서라. 관상을 보니 후일 재상이 될 범치 못할 재목이더라.

영상은 그 혼인을 성사 시켰다. 혼례는 뒤늦게 미수가 19세 때 이뤄졌다. 미수의 부친 허교가 자주 외지 현감으로 부임해 임지로 따라 다녔기 때문이었다.

혼례 올린 첫날밤, 오리는 며느리에게 일렀다.

어느 누구도 신방 근처에 가지 못하도록 하고, 밤 이경쯤 네가 방문 틈으로 신방 안을 엿봐라.

이튿날 아침, 며느리가 시부께 아뢰었다.

시퍼런 옷을 입은 신장神將 둘이 눈을 부릅뜨고 있어 혼쭐났습니다.

그래 맞아. 나는 호신귀가 하나 밖에 없는데, 손녀사위는 둘이니 필히 나보다 더한 존귀한 자가 되리라.

오리가 예언했다.

상인이 벌떡 일어나 의문을 제기했다.

"신장이라뇨?"

"잡귀를 몰아내는 무력을 맡은 귀신입니다."

질문에 답한 사람은 안현철 박사였다. 류담은 입을 다물었다.

"참으로 귀신 곡할 장면이군. 그런 내용도 역사서에 기록되었습니까?"

"여러 구비문학에도 등장한 사례입니다. 민속학자들의 연구 논문집에도 수록되었고요."

"그런 거짓투성이 비화를 이런 장소에서 논하다니요?"

분위기가 어수선했다. 징규호 화백이 일어나 손짓으로 말렸다.

"제갈량 재상이 부채바람을 일으켜, 조조 군사들을 물리 친 건 어떻게 믿겠습니까?"

"신화와 전설 사이에 인간의 신기도 존재한다는 건 여러 위인들의 일화에도 등장하잖습니까. 무릇 인간사란 정의와 법도에만 얽매이면 맥이 없는 게지요. 살아가노라면 복통 터질 웃음보를 제공할 기이한 노릇도 존재하고, 기상천외의 괴담도 일어나기 마련입니다. 그런 게 살맛을 제공하는 삶의 윤활유 아닙니까."

안현철 박사가 미수에 대한 일화를 들려줬다.

오리 정승은 손녀사위를 맞이할 때는 손수 방을 청소하고 의관을 단정히 했다. 그러므로 친인척들이 더욱 미수를 경애하기에 이르렀다.

친인척들이 그 이유를 물었다.

손녀사위인데 왜 그리도 정중히 예를 갖춰 모시는지요?

장래 나보다도 더한 귀인이 될 텐데, 이만한 대접을 못해서야 되겠느냐.

오리 정승이 답했다.

미수는 주위의 바람을 저어하고 과거를 보지 않았다. 중국 은나라와 주나라의 고전을 거듭 파고들었다. 일테면 태평성세를 누렸다던 나라들에 대한 연구에 전력했다. 당시 조선은 권력을 쥐기 위한 사대부들과 군신들의 갈등이 심했다. 임진왜란과 병자호란의 후유증 등 사회가 불안정했다. 이를 안타깝게 여긴 미수는 태평성세를 이룬 군주들의 통치 행위, 그 시대의 철학과 사상을 연구하고자 고전에 매달렸다. 전서체에 대한 연구가 이뤄진 것도 그즈음이었다. 날이 갈수록 그에 매료되어 어느 누구도 흉내 낼 수 없던 독특한 서체를 완성했다. 해괴해 보이면서도 갑골문자와 비슷한 전서체에 대해 깊이 연구하고 답습했다. 이른바 '미수체'를 반석 위에 올려놓았다.

오리는 손녀사위 스승이면서도 앞길을 틔워 준 인도자였다.

19세에 장가가서 39세에 처조부가 세상을 뜬 20여 년 동안 지대한 영향력을 미쳤을 것이다. 부친 허교와 외조부 임제의 영향으로 천문, 지리 등에도 능통했다. 시문에도 능해 당대의 대가와 부호들이 묘비명과 신도비명을 써 달라고 간청했다. 생전에 오리도 손녀사위에게, 내가 죽거든 관 명정은 네가 쓰라고 유언할 정도로 미수의 글씨와 학덕을 아꼈다.

도학자들은 대나무 그림을 보고, 대나무 밭에 서니 바람이 불어 시원하다며 피부로 느끼기도 한다. 오리가 신통성에 능한 손녀사위를 감싼 것도 허튼 생각은 아닐 것이다.

어쩌면 앞서 간 서애가 도를 깨우치지 못함을 한으로 여긴 걸 미수는 도의 완성자로 여길 법한 경사 아니겠는가.

그런 연유는 도포에 얽힌 사연도 오리를 감동시켰다.

처가에 지내던 어느 날이었다. 미수가 장모 방에 들어가니, 도포를 재단한 삼베가 널렸다. 미수는 글씨를 쓰고 싶은 유혹을 떨칠 수 없었다. 옆 돌아볼 겨를 없이 글씨를 휘갈겼다. 다음 날 장모는 그게 사위 짓인 줄 눈치 챘다. 하인을 시켜 육조거리에 가서 그와 같은 천을 사 오라고 했다. 얼마 후, 하인은 그 천 값의 몇

배나 되는 값을 가지고 왔다. 그 글씨 쓴 천을 어떤 사람에게 팔 았다고 했다.

기이하게 여긴 장모는 하인을 앞세워 육조거리로 가서, 삼베 산 사람을 만났다.

어떻게 그 글씨 값을 후하게 주셨는지, 마님께서 궁금해 예까 지 오셨습니다.

하인이 마님의 뜻을 전했다.

나는 대국 사람이외다. 이 천에 쓴 죽竹과 풍風을 짚으니, 댓잎 바람이 솔솔 불어오는 신품인데, 어찌 그 값을 안 치루고 소유하 겠습니까.

그 남정네가 으스대니, 장모는 숙연해졌다.

미수가 벼슬길에 오른 건 예순을 넘어서였다.

과거에 급제하지 않고도 이조판서를 거쳐 삼정승을 지냈다. 미수의 학덕과 정세의 올바름을 꿴 혜안에 대신들도 임금도 탄복 해서였다. 그 밑거름이 전서체 연구 때 익힌 결실이었다. 말년에 는 경기도 연천 초가에서 기거했다. 연천은 미수의 부친 허교의 본가였다.

허교가 숨지자, 오리가 쓴 제문에는 너무나 청빈한 삶이기에 염을 할 물건조차 없었다고 기록되었다. 그 초가가 낡고 허물어 져, 숙종이 새 집을 지어 주라고 대신들에게 명했다. 미수가 다섯 번이나 사양해 화제를 낳은 산실이었다.

"처조부님이 왕명을 네 번이나 거절하셨는데, 손녀사위가 다섯 번 사양하는 게 당연지사 아니겠능교."

누군가가 농조로 말해 여기저기 함박웃음이 터졌다.

안현철 박사가 뒷말을 이었다.

"그렇긴 해도 숙종의 엄명에 의해 집을 지었다."

후세 사람들은 그 집을 은거당恩居堂이라 불렀다. 그리 부른 연유는 미수가 숙종의 은혜에 감읍해 '은거시'를 올렸다. 늙은 신하로서 더 이상 임금을 보필하지 못한 죄송한 마음과 감사를 담은 내용이었다.

은거당의 구조는 안채, 사랑채, 별묘 및 행랑채, 부속 건물로 이루어졌다. 여러 건물을 지은 건 미수를 흠모한 후학들과 유생들이 모여든다는 걸 들은 숙종의 깊은 뜻이 담겼다. 아깝게도 6·25 전쟁으로 은거당이 불타버렸다. 그 터만 남았다. 소치 허련 화백이 1800년대 후반의 은거당 모습을 담은 그림이 남농박물관에 소장 되었다. 그나마 그 발자취를 알게 돼 다행이라면 다행이었다.

조선시대 때 왕이 신하에게 집을 하사한 건, 세종대왕이 황희 정승에게, 인조기 오리 징승에게, 숙종이 미수 정승에게 특례를 베푼 세 사람 뿐이었다.

청중들은 숨소리조차 삼갔다. 어느 공무원이 큰 소리로 외쳤다.

"은거당을 복원함이 타당하지 않습니까?"

안현철 박사가 고개를 끄떡였다.

"휴전선 군사 분계선이 가까운지라 농사는 지어도 본가 복원이 어려운 겁니다. 남북통일 되면 그 복원이 쉽게 풀리겠지요."

남학생이 일어나서 질문했다.

"청백리를 구체적으로 설명해주세요."

"조선시대 때 가장 모범인 목민관의 상징입니다. 생존 시는 염근리廉謹吏, 사후에는 청백리라 불리었죠. 당사자들도 그의 가족도 청렴결백 해야만 주어진 최고의 영예입니다. 성현, 맹사성, 류성룡 영상 등도 이에 속합니다."

"영상 이원익 신도비는?"

노인이 헛기침 했다.

"신도비문은 창석 이준이 썼습니다. 오리가 이준에게 자신의 묘비에 찬문을 써줄 것을 부탁했다고 그 비문에 적힌 기록을 보면, 두 분이 아주 친한 사이였나 봅니다. 글씨는 미수가 썼지요. 그 비석은 현재 오리 묘 앞에 세워졌습니다."

설명을 끝낸 안현철 박사가 연단에서 내려왔다.

"이젠 두 분의 초상화에 초점을 맞추겠습니다."

사회자의 설명에 따라 오리 초상화가 화면에 떴다.

이 초상화는 1604년 선조 37년 임진왜란 당시 선조를 호종해 호성공신으로 녹훈되어 그린 것입니다.

남자 대학생이 질문했다.

"호성공신이라면 서애 정승도 그에 속하잖습니까?"

"그렇습니다만."

사회자가 머뭇거리자, 장규호 박사의 설명이 잇따랐다.

"서애가 왜 화원에게 초상화 그리기를 거절했는지에 대해선 기록이 없습니다. 충을 귀히 여긴 서애지만 대신들의 모함에 동조한 선조에게 서운함을 느꼈을 것이다. 임진왜란의 실상을 집필 중이라 그에 집중하기 위해서일 것이다. 등등 여러 학자들의 의견이 분분합니다. 그 기록을 후대에 이르러 『징비록懲毖錄』이라 불리지요."

"장 박사님의 고견은 어떠신지요?"

"역사서에도 구비문학에도 기록되지 않았으니, 낸들 달리 뭐라 말씀 드릴 수 없습니다."

장 박사의 설명이 이어졌다.

"오사모의 양쪽 날개는 구름무늬가 그려졌다. 얼굴의 이목구비는 가늘고 붉은 선을 묘사해, 인물의 생김새를 정확하게 표현한 게 특징이다. 분홍색을 살짝 칠한 코끝과 볼 부분을 제외하고는 음영 효과를 거의 사용하지 않았다. 흰 터럭이 듬성듬성 섞인 수염은 적은 숱을 자연스레 처리한 점이 돋보였다. 국가문화재 보물로 지정되었다."

사회자의 설명이 잇따랐다.

"다산 정약용 선생이 그 초상화를 예찬한 시를 지었지요."

임자연 옹이 켜는 가야금 가락이 실내로 퍼지고, 조양춘 명창이 그 시를 창으로 불렀다.

이 한사람으로 사직의 편안함과 위태로움이 달라졌고, 이 한사람으로 백성들의 여유로움과 굶주림이 달라졌으며, 이 한사람으로 임진왜란의 승리가 달라졌으니 …….

사회자가 덧붙였다.

"그런 불후의 업적을 이룬 분이 기골이 장대하다 여기겠지요. 실은 좁은 아래턱이며 주근깨가 여러 군데 박힌 야윈 모습을 다룬 초상화입니다."

티브이 화면에는 미수의 초상화가 떴다.

장규호 화백의 설명이 이어졌다.

"정조대왕은 재상 채제공에게 명을 내렸습니다. 은거당에 보관 중인 '미수 영정 82세 진眞'을 가져 오라고."

미수의 학덕과 인품을 흠모한 임금은 어진화가 이명기에게 넉 점을 모사하라고 명했습니다. 임금은 완성된 한 점을 원본과 함께 은거당으로 보냈지요. 한 점은 임금이 모사본 위쪽에 '선풍도골仙風道骨'이라 써서, 신하들에게 그걸 족자로 만들게 했습니다. 임금은 독서실에 걸어놓고 틈틈이 미수와 대화했다고 합니다.

여기저기서 쑥덕거림이 일었다.

왕도 참 심심했던가 보이.

그러게 말예요. 국사에 전념해 옆 돌아 볼 여력도 없었을 텐데.

왕만큼 외로운 분도 없는 기라. 간까지 해부하려든 대신들의 등살에 좀 지쳤겠어. 그러니 진정한 대화상대가 절실했던 게지.

장규호 화백의 설명이 잇따랐다.

"또 한 점은 영남 유림들이 상소를 올려 백운동서원에 모실 것을 주장해 그곳으로 보냈지요. 나머지 한 점은 전라도 나주에 있는 미수의 사액서원 미천서원眉泉書院으로 보냈다고 합니다. 미천서원은 미수의 도학정신을 흠모한 호남 유림들이 임금께 상소를 올렸습니다. 숙종 16년에 나주 금강 미천 위쪽에 건립한 곳이지요. 그곳에 보관된 미수의 목판본인 장판각은 전라남도 유형문화제로 지정되었습니다."

그런 사례들이 화면에 떴다.

다시 바뀐 화면에는 일꾼들이 땅을 파는 현장에서 아이가 질문했다.

무얼 하고 계십니까?

현장을 살피던 외삼촌이 답했다.

우물을 파기 위해서란다.

물줄기가 없는 곳인데 아무리 파도 물이 나올 리 없지요.

아이가 도리질 했다.

행랑아범이 '여기가 우물 공사에 합당한 곳이라 여겼습죠.' 라며 땀을 훔쳤다. 덩달아 외삼촌이 성가신 표정을 지었다.

인석아, 그럼 물줄기가 어디 있다는 게냐?

저 위쪽을 파 보시라고요.

거긴 높기도 하려니와 흙덩이가 굳어 우물하곤 연이 안 닿은 곳이란다.

파 보지도 않고 미리 퇴짜 놓으시다니요.

하도 어린 조카가 고집을 피워 외삼촌은 그곳으로 가서 일꾼들에게 땅을 파라고 명했다. 일꾼들이 땅을 파헤치니, 과연 샘이 솟아올랐다.

마을 사람들은 그 우물을 미천이라 이름 지었다. 미천서원도 그 우물을 경내에 두고 건립했다.

화면을 본 청중들이 솟아오른 물줄기를 향해 박수를 쳤다.

"자, 그럼, 그 소문을 듣고 숙종이 사액한 글을 살펴볼까요."

사회자의 눈짓에 따라 임자연 옹이 거문고를 켜고, 조양춘 명창이 창을 불렀다.

기품은 하늘에서 받았고, 정신은 산악에서 내렸네. 기영의 맑은 모습이며, 수사의 전통을 이었도다. 제왕의 도리와 천인의 학문을 안과 밖으로 모두 닦고, 근본과 지업을 극진히 하였네…….

"수사란 무엇인지요?"

여고생이 질문했다.

"공자의 출생지입니다."

사회자가 답했다.

장규호 화백이 설명을 보탰다.

"미수를 극찬한 내용입니다. 훗날 정조가 미수 영정을 어진화가에게 복사를 명한 것도 무리는 아닐 테죠. 그 밖에 경기도 연천군의 미강서원, 경상남도 의령군의 미연서원, 충청남도 금산군의 석포재서원 등이 미수를 기린 서원들입니다."

현재 보물로 지정되어 국립중앙박물관에 소장된 초상화는 특이했다. 오사모를 쓰고 담홍색 시복을 입고 오른쪽으로 고개를 돌려 바라보며 두 손을 복부에 가지런히 모은 반신상이었다. 서늘한 눈매, 적색 입술, 흰 수염을 흩날리듯 묘사해 미수의 학자다운 풍모를 잘 나타낸 걸작이었다. 상단 부분에는 채제공이 손수 쓴 발문이 적혔다. 시기는 정조 18년이었다.

덧붙일 게 있다면 정조가 족자로 만들게 했다는 것과, 백운동서원과 소수서원에 보관 중인 것은 없겠다. 은거덩으로 보낸 것은 양천 허씨 문중 후손이 보관하다 수원 화성박물관에 다른 미수 영정과 함께 기탁했다. 삼성의 리움 박물관에도 한 점이 보관 되었다.

이명기는 김홍도와 어깨를 겨룬 당대 최고의 어진화가로 북경에 가서 서양화법을 전수받은 내력도 지녔다.

"이제까지 처조부와 손녀사위 초상화를 살펴보았습니다. 미수의 초상화를 보면 그냥 넘어 갈 수 없는 다른 분의 초상화가 떠오르는데, 누구이겠습니까?"

장규호 화백의 질문에, 여자 대학생의 답이 뒤따랐다.

"우암 송시열 학자입니다."

"그렇지요. 두 고집쟁이로 말미암아 남인 영수 허목과 서인 영수 송시열로 인해 당파는 더욱 골이 패였지요. 헌데 두 학자의 인품이 드러난 일화가 유명세를 탔답니다."

장규호 화백의 명쾌한 설명이 장내를 울렸다.

인조의 계비가 효종의 죽음에 복상 기간을 어떻게 정하느냐에 따른 예송禮訟 문제로 두 영수가 팽팽히 맞선 사건이 있은 뒤였다. 미수는 당시 잘못된 내용을 바로 잡자는 취지에서 복상 기간의 문제점을 제기했다. 임진왜란과 병자호란으로 민심이 흉흉하고 나라가 심히 어지러웠다. 왕권이 강화되어야 함으로 복상 기간을 3년으로 정하는 게 바람직하다고 했다. 우암은 효종이 인조의 차남이라 1년으로 족하다고 했다. 인조의 장남 소현세자는 동생 봉림대군과 함께 청나라에 볼모로 잡혀갔다. 귀국 후에 소현세자는 숨졌지만 봉림대군은 왕으로 등극했다. 미수는 효종이 차남이라도 왕이고 장남 역할을 했는데 그럴 순 없다며 반박했다. 그게 정치적으로 변질되어 논란의 대상이 되었다. 결국 복상 문제는 우암의 주장이 우세해 1년으로 정해졌다.

그런 와중에 우암이 큰 병을 앓았다. 우암은 아들에게 명했다.

미수 어른에게 가서 약 처방을 받아 오너라.

아버님도 참, 다른 누구도 아닌 호시탐탐 저희를 노린 분에게 약 처방을 받아 오라니요?

잔말 말고 시키는 대로 하렸다. 미수 어른만큼 의술에 도통한 분도 없느니라.

우암의 아들은 미수에게 가서 그 사실을 아뢰었다.

내게 약 처방을 받아오라고? 역시 우암은 내 지기거든.

미수는 호탕하게 웃으며 약을 처방해 우암 아들에게 건넸다.

우암의 아들이 약 처방을 살펴보니, '설비상 석냥중'이 들은 걸 보고 깜짝 놀랐다. 필시 아버님을 죽일 계책이로구나. 아들은 부친 몰래 그 두 냥 중만 넣고 약을 달여 부친에게 올렸다. 하지만 우암의 병이 낫긴 해도 완쾌 된 게 아니었다. 우암은 다시금 아들에게 명했다.

미수 어른에게 가서 다시 약 처방을 받아 오너라.

우암의 아들은 미수에게 가서 간절히 원했다. 미수는 그 사실을 알았다.

우암은 장이 안 좋아 그걸 치료하기 위해 오래도록 어린아이

오줌을 마셔 장에 석태가 끼였다. 그걸 없애려면 설비상 밖에 없느니라. 설비상은 단 한번밖에 쓰지 못한다. 나를 의심해 완쾌될 걸 막았으니 달리 처방이 없노라.

화면을 지켜 본 청중들의 한숨이 터졌다.

"정적에게 약 처방을 받아 오라는 우암이나, 정적을 살리기 위해 비상까지 넣어 처방해 준 미수를 두고 참 인간적인 면을 지녔다고, 요즈음 한창 화제가 되잖습니까. 저 화면에 떠오른 것처럼, 지금 국립중앙박물관에 두 영수 영정이 나란히 걸려 전시 중이니, 여러분들이 친히 가서 관람 하십시오."

장규호 화백이 연단에서 내려왔다.

'재상이 된 지 사십 년인데 두어 칸 초가는 비바람을 가리지 못하니, 청렴하고 결백하며 가난에 만족한 건 고금에 없던 것이다. 내가 평생에 존경하고 사모한 건 그 공로와 덕행뿐이 아니다. 이 공李公의 청렴하고 간결함은 모든 관료가 스승 삼아 본받을 바이므로……. 인조는 백성들이 오리 선생의 덕을 보고 느끼게 하고자 관감이란 이름을 내렸다.'

교육관을 나온 청중들은 관감당 앞에 세워진 그 게시판을 읽었다. 뒤이어 측백나무 밑자락에 놓인 탄금암彈琴岩 곁으로 다가

갔다. 오리가 노년에 그 바위에 앉아 즐겨 거문고를 탔던 곳이다. 곡조가 간략하고도 빼어난 소리라, 백성들에게 거문고의 명인이라고도 불리게 되었다.

류담은 그 사실을 떠올리며 임자연 옹이 켜는 거문고 가락에 젖어들었다.

"내일 하루 짬 낼 수 있을까?"

안현철 박사가 제의했다.

"그럼요. 스승님과 어딘들 못 가리까."

제자가 화답했다.

'조선의 청백리 오리와 미수'의 주제 발표회는 국립중앙박물관과 문화재청 후원으로 전국 유명 박물관 순회공연 일정이 잡혔다. 그 주제의 연사들과 사회자, 가야금 명인과 명창이 함께 출연할 예정이었다.

"경기도 안양에서부터 광명을 거쳐 서울 구로까지 장장 오리로路의 긴 구간이 마련되었다던데?"

류담이 스승의 질문에 답했다.

"그 지역에서 무슨 행사가 있으면, 오리 정승의 청백리 정신을 이어받아야 한다기 주제로 등장한내요."

백세 노인에서부터 초등생들에게 그분의 덕목인 충정과 청빈 사상을 삶의 지침서로 여기도록 이끌었다. 어린애들에게조차 무엇을 잘못하면 그분에게 꾸지람을 듣는다는 훈계의 회초리가 되었다. 시장에서도 저울을 중앙에 설치해서 그분의 청백리 정신을 금과옥조처럼 내세우곤 했다.

"저도 그런 걸요. 시장에서 물건을 고를 때 무엇 하나라도 싸게 사는 게 버릇으로 굳어졌지요. 대인 관계도 장사치 근성을 못 벗어나 이익을 차리기 위해 전전긍긍 했습니다, 이젠 좀 달라졌거든요. 집안을 장식한다든지 옷차림새 하나도 오리 정승과 미수 공이었다면 이럴 땐 어떡했을까. 저 자신을 되돌아볼 여유를 지녔지요."

제자의 고백을 듣고, 스승이 수긍했다.

"암튼 근자에 문화계 인사들, 사업가들, 정치인들 등 각계 전문가들이 뽑은 대한민국 역사를 통해 일등 총리감에 선정된 분이 누구였더라?"

"오리 정승이지요."

제자가 답했다.

"아암, 그렇고말고. 그 길을 답사하며 우리도 오리 정승의 내력에 동참해 보자고. 머잖아 전국적으로 미수 공과 더불어 청백리 정신이 확산될 거라 믿네."

장규호 화백이 벗의 뜻에 윤기를 더했다.

"나도 동행할까 봐. 나의 붓놀림에 따라 사백여 년을 뛰어넘어 이십일 세기 오리 정승과 미수 공의 초상화를 완성하고 싶거든."

임자연 옹이 켜는 거문고 가락과 조양춘 명창의 창이 관감당

지붕을 넘어 이웃 담을 지나 노을 속으로 잠겨들었다.

관감당 기왓장엔 이끼가 서리고
청백리 혼이 시퍼렇게 살아 숨 쉬네.
오리 정승과 미수 공의 발자취와 더불어
밤새 아이들의 키가 한자씩 자라고
청년들의 꿈은 대해를 헤엄치며 날아오르네.

부부는 화합해 가화만사성을 이루고
정치가들과 관료들과 재벌들은 한껏 목을 아래로 내리네.
들녘에는 알곡이 열려 풍년을 예고하고
등 굽은 노인들의 기력도 청청해
대한민국이 태평성세를 누리네.

※참고 문헌

『오리 이원익, 그는 누구인가』 녹우재. 2013년 함규진, 이병서
『양천허씨 합천공파종사』 양천허씨합천공파 종중. 2015년 허원무
『구비문학에 투영된 허미수 관련 잔영과 이야기들』 「미수 연구 논집」 제3집
미수연구회. 원응재, 이승철 공저

미우새의 날개는 어디로 갔을까

금발이 아기에게 우유꼭지를 물렸다. 아기도 금발이었다. 원 피스와 털모자, 구두까지 진분홍이라, 모녀는 똑똑똑 소리 나는 패밀리 룩이다. 마마는 목이 움푹 팬 앞가슴에 아기를 꽉 껴안았 다. 전철 안은 만원이었다. 초봄이라 바깥에는 꽃샘바람이 부는 데도 후덥지근했다. 서너 정거장 지나자, 내린 승객들이 많아 빈 자리가 눈에 띄었다. 금발 오른쪽 옆에 앉은 청년이 일어섰다. 바 야흐로 톡톡톡 튀는 개성시대라지만 돌아 버리겠네. 금발 왼쪽 옆에 앉은 노파도 입을 오물거렸다.

"참 희한타. 공장에서 짝 찍어 나온 젖먹이도 있는가배."

두어 정거장이 지나 금발 오른쪽에 소녀가 자리를 차지했다.

"많이 먹어, 응? 우리 아기 착하지."

마마는 송곳니가 드러나게 웃었다.

"좀 그만 먹이시지. 우량아가 지나쳐 배가 고무풍선처럼 팡팡 팡 터지면 어쩌누. 독성 바이러스만 전염 되는 줄 알아? 넋 나간 행동도 전염 된다는 걸 몰라? 범국민적으로 퇴치운동 벌려 코리아에서 추방해야겠네."

소녀가 비죽거리며 자리를 털고 일어섰다. 이걸 그냥, 금발이 악쓰며 발길질 한 건 소녀가 아니었다. 마마의 발길질에 인형공주 배가 피익 팡팡거리며 터졌다. 지만치 떨어져 나간 우유병을 청소부 아낙이 주워 쓰레기통에 넣었다.

딸은 팔삭둥이었다. 1.7kg 핏덩이가 인큐베이터 안에서 자라 돌 즈음엔 사람 모양새를 갖췄다. 그래도 얼굴은 원숭이마냥 털이 나고 얼굴에 주름살졌다. 나날이 다르게 털이 빠져 나간 자리에 새살이 돋고 주름이 하나씩 없어져 엄마의 한숨도 덜해졌다. 세 살 땐 맘마, 하며 입술을 달싹였다. 다섯 살 즈음엔 무릎으로 기어 다녔다. 일곱 살 되어서야 뒤뚱거리며 걸었다. 마마, 밀크, 등 혀 놀림이 더디지만 의사 표현도 했다. 여덟 살 땐 특수학교에 보내 발육이 더딘 애들과 어울려 공동생활에 적응하게 이끌었다. ABCD…… 등 알파벳을 익히는 덴 서툴러도 다른 애들과 발맞춰 가는 게 눈물겹도록 고마웠다. 열 살 되자, 그 또래 애들보다 키가 작고 혀 놀림이 매끄럽진 못해도 노박은 안도했다. 팔삭둥이가 사람 모양새를 갖춘 게 어디 쉬운 건가.

뉴욕에서 서울로 오는 비행기 안에서 리라는 생생해졌다. 옆에 앉은 여아가 초보 영어책을 펼쳐 기본 단어를 외우는데 가르쳐 주며 우쭐댔다. 아이 나, 유 당신, 스쿨 학교 등, 발음도 뉴욕에서 특수학교에 다닐 때보다도 정확했다. 자라면서 억눌렸던 감성을 보상 받으려는 듯 자신감이 넘쳤다.

"난 리라 포스터, 넌?"

딸은 먼저 자신을 들렸다.

"팽지수."

상대 여아의 이름을 듣고 리라의 반응이 속사포처럼 터졌다.

팽이 팽 팽 팽?

딸은 가방 속에 든 팽이를 꺼내 치는 시늉하며 깔깔거렸다. 이제껏 보지 못한 자신감이 넘친 모양새였다. 근자에 리라는 뉴욕에서 팽이치기를 즐겼다.

귀국한 리라와 지수는 파주 외국인학교에 입학해 동급생이 되었다. 외국인이 아닌데도 영어와 불어를 익히기 위한 아이들이 많았다. 리라의 자신감은 날개를 달아 이태 지나 한국어도 지수보다 더 잘했다. 그래도 열다섯 살이지만 동급생들보다 키도 작고 지능도 모자라 정상인이 되기엔 턱없이 부족했다. 암기 과목은 그런대로 넘겨도 수리 능력과 과학 과목은 밑바닥을 맴돌았다.

리라의 지도교사는 노박을 위로했다.

"밤새 훌쩍 자라는 게 청소년들의 생리인 걸요."

엄마를 더욱 궁지에 몰아넣은 건 덧난 행동이었다. 먼저 머리에 물들이기부터 예사 조짐이 아니었다. 감악산에서 가져 왔다며 자목련과 잎을 분마기에 찧어 차례대로 머리에 발랐다.

"왜 빨간 머리가 아닐까."

발을 동동 굴렀다.

"빨간 머리는 귀신처럼 보여. 난 내 딸이 귀신 되는 건 아예 사절."

엄마는 딸내미 등을 토닥였다.

"초록으로 물들고 싶은데 이게 뭐야."

엄마는 딸내미 머리를 감겨 주었다.

"난 너의 다갈색 머리가 참 좋거든."

리라의 지도교사는 노박을 안심 시켰다.

"새로운 걸 꾸미는 건 발전을 뜻합니다. 머잖아 우등생이 될 테니 염려 놓으세요."

그것도 성에 안 차는지 리라는 미장원에 가서 머리를 물들였다. 빨 주 노 초 파 남 보. 열흘마다 다르게 무지개 색으로 물들였다. 서너 달이 지나 머리가락 한 모숨마다 그 색들을 물들였다.

"하늘의 무지개가 내 머리에 소풍 왔어."

딸내미가 새실거리자, 엄마의 입에선 휘파람이 튀어나왔다.

"우리 귀염둥이가 시인이 되었네."

리라의 지도교사는 따님이 세계적인 석학이 될 거라 부추겼다.

며칠 지나 리라는 또 샛바람을 일으켰다. 몸에 문신 그리기였다. 벽에도 온갖 모양의 꽃과 새를 그렸다. 오선지를 그리고는 도미 솔 음표도 적었다. 연이어 인형 공주를 모으더니 그 짓도 싫증냈다.

얼마 전, 진짜배기 공주가 내 짝이라며 흑인 여아를 집으로 데려왔다.

"아비가일 헌터래. 남아공에서 자랐대. 이 세상에서 제일 미인이야."

딸의 평이 아니래도 미인인 건 분명했다. 얼굴이 달걀형인데다 눈은 크고도 서글서글하고 코는 우뚝해도 말코가 아니었다. 피부도 새카만 게 아니라 회색 우윳빛이었다.

"아비가일 어디가 좋아 지수를 멀리하니?"

단짝을 멀리한 게 엄마는 아쉬웠다.

"레게머리."

그러고 보니 그 머리형이 어울렸다.

"너도 레게머리로 꾸미면 되잖아."

엄마의 친절을 딸내미는 거절했다.

"난 뒤통수가 납작해 영 안 어울리거든."

"짱구머리형이 무에 좋다고."

노박은 유년기를 떠올렸다. 열 살 난 초등생들은 학우인 짱구 앞에 컴퍼스를 들이대며 놀려댔다. 앞뒤꼭지 백팔십도야, 네가 그런지 이 컴퍼스로 재어 보자꾸나. 짱구도 만만치 않았다. 그 컴 퍼스를 빼앗아 촉을 놀려대던 학우 눈앞에 들이대며 눈총을 겨눴 다. 이걸로 네 눈을 찌르고 싶어. 찔러, 찔러, 찔러?

노박은 속으로 되뇌었다. 그래. 지금은 짱구 시대잖아. 반반한 뒤통수 보단 불뚝 튀어나온 뒤통수가 대접 받거든. 그런 애들은 아이큐도 높다더라. 그걸 알고도 엄마는 손 쓸 수 없었단다. 넌 인큐베이터 안에서 자랐잖아.

노박도 뉴욕에 있을 때 레게머리를 꾸미고 싶어 미장원에 들 렀다. 흑인 미용사는 재담꾼이었다. 레게머리 원조국이 어딘 줄 아세요? 자메이카, 바로 나의 조국이랍니다. 모국을 들먹인 미용 사의 손놀림은 애정이 깃들었다. 일테면 '드래드록dreadlock' 이 죠. 머리 모양을 여러 가닥으로 땋은 건 성경에서 유래를 찾는대 요. 하나님께 서원해 구별된 사람, 다시 말하면 나실인은 거룩한 즉 삭도를 절대로 머리에 대지 말고 머리털을 길게 하라는. 삼손 이 그 예지요. 긴 머리카락에서 천하장사 힘이 솟아난다는 사실 을 들릴라에게 빌실 했시 쉽니까. 하나님은 그 비밀을 고이 간직 하랬는데. 사랑이란 참으로 묘한 거죠. 미치도록 서로에게 몰두 하다가도 독이 되다니. 들릴라의 고자질로 적에게 사로잡힌 삼손 은 모진 고문 끝에 장님이 되고 맷돌을 돌리는 옥살이까지 했지요. 날이 바뀜에 따라 삼손의 빡빡 민 머리카락이 길게 자라므로 다시금 강력한 힘이 생겼잖아요. 적군의 잔치에 끌려나가 온갖 희롱을 당했지만 그 건물을 무너뜨리고 수많은 적을 죽여 통쾌한 보복을 하지 않았습니까. 어떻게 머리카락에 신기가 숨었는지.

노박은 흑인 미용사에게 말했다.

"인간의 지혜가 두개골에 있잖습니까. 그곳에서 돋아난 머리카락마다 지식의 알곡 아니겠어요. 그 알곡들이 강력한 힘이 된 건 나실인의 특권일 테죠."

흑인 미용사는 코리아 여인의 반응을 흔쾌히 받아들였다.

"긴 머리를 신성시하던 전통은 힌두교의 전설에도 나온대요. 시바 신은 자신의 긴 머리카락으로 물바다가 된 갠지스 강물을 막았답니다. 홍수를 예방해 그곳 주민들에게 갈채를 받았다나요."

노박은 그 미용사의 재담이 듣기 좋아 가끔 레게머리로 모양새를 가꿨다. 머리숱이 많아 머리카락을 가닥으로 나눠 새끼 모양으로 꼰 건 좋긴 했다. 종당엔 잠잘 때와 머리감기도 불편해 그 멋 내기를 그만 두었다.

리라는 한술 더 떴다.

"난 아비가일처럼 늘씬해 지고 싶어."

몸을 한껏 위로 뻗쳐 건너뜀을 뛰었다.

"절뚝발이잖아."

어미의 흉을 딸이 지웠다.

"어릴 때 소아마비에 걸린 후유증이래."

어떻게 소아마비 환자가 그리도 참하게 자랐을까. 노박이 더욱 경이로운 건 아비가일이 절뚝발이 치료를 위해 시카코로 간 지 삼 년 만에 완쾌 되어 귀국해서였다. 그동안 리라의 닦달질은 극에 달했다. 아비가일을 만나기 위해 시카코로 가야 한다고. 아비가일이 곧 귀국할 텐데 굳이 시카코 행을 할 필요는 없잖아. 어미는 달래고 달랬다. 건강미용 체조학원에 등록 시켜 운동으로 키가 자라기를 고대했다. 다른 과목보다도 음악 자질이 뛰어 난 걸 알고 재능학원에도 등록 시켜 바이올린 켜는 걸 연습시켰다. 엄마도 학원으로 가서 딸내미의 운동과 바이올린 교습에 도우미 역을 했다. 어느 새 딸내미 키도 아비가일만큼 자랐다. 바이올린 도 기본기를 익혔다. 그래도 노박은 어떻게 아비가일이 절뚝발이 에서 벗어났을까, 의문에 의문을 더했다.

"리라 엄마라고요?"

아비가일 아빠는 왕방울 눈을 끔뻑였다. 노박은 리라 엄마보다도 언니에 가깝다는 상대의 표정을 읽었다.

"제가 스무 살에 걔를 낳았거든요."

'사랑이 뭔지도 모른 체, 그이가 마냥 좋았을 뿐예요.' 노박의 고백은 입안에서 맴돌았다.

제프리는 국내 명품 제화회사의 상근이사다. 그 제화회사 본점 명동 전시장에서 근무했다. 완성된 구두를 주인이 신을 때 알맞은가를 살피는 역할이다. 그건 기능공을 뛰어넘은 기술이 아니고선 어렵다. 제프리는 이태리 페라가모 제화점에서 20여 년 동안 기술을 익혔다. 고국인 남아공으로 귀국한 건 불혹을 넘어서였다. 케이프타운 제화점에서 기능공으로 근무할 때 동료 흑인 미혼모를 열애했다. 그들이 결혼한 지 이태도 못 돼 아내가 교통사고로 숨졌다. 세 살배기 여아가 제프리의 품에 안겼다. 소아마비 증세로 걷지도 못하는 정신박약아였다. 부모 형제들은 혈혈단신 여아를 고아원에 입양시키라고 윽박질렀다. 제프리는 거절했다. 내가 구두 만드는 장인이 된 건 이때를 위함이 아닌가. 발이 있기에 구두가 필요하다. 발은 지구를 관통할 인체의 맥 아닌가. 구두만큼 정밀을 요한 기술은 없다. 1cm도 틈새가 없어야만 명품구두가 탄생 된다. 나의 완벽한 기술을 아비가일 발에 접목시켜야 한다. 아비가일은 한창 자라는 애이기에 가능은 충분하다. 더불어 아비가일은 내가 구두 명장이 되기 위한 교과서다. 나는 그 교과서를 명품으로 끌어 올려야 한다. 내가 만든 구두를 신고 아비가일이 기뻐 뛰는 게 나의 책무다. 나의 최고 명품은 그 구두일 게다. 제프리는 자신에게 다짐하고 다짐했다.

먼저 제프리는 아비가일을 돌봐 줄 보모를 맞아들였다. 백인 고학력 출신이었다. 아비가일 아빠가 백인이었다. 어린애지만 백인을 잘 따르는 선천적인 감각을 지닌 걸 알고 전격 영입했다. 더불어 난 흑인이다. 백인 아비가일 친부에게 뒤져선 안 된다는 경쟁심이 치솟았다. 그런 보이지 않은 흑백 논쟁이 나의 내부에서 꿈틀거렸다. 더 보탠다면 흑인의 자존심을 지켜야 한다는 의협심이 아비가일을 진정으로 사랑하는 아빠로 거듭나게 했다. 아비가일은 백인 보모와 마주치자, 그 얼굴을 손바닥으로 안마했다. 이어 가슴에 손바닥을 대고 사인펜으로 그리며 히히거렸다. 도화지에 사인펜으로 그리라고 했는데도. 발음도 보모 가슴에 A B C를 그리며 익혔다. 보모 등허리도 칠판이 되었다. 보모도 제프리의 부성애에 감동받아 아비가일을 친딸처럼 보살폈다.

"흑인 여인의 가슴에 사인펜으로 그런 글을 쓰게 할 순 없잖습니까. 백인 보모를 선택한 건 참 잘한 쾌거라 여겼지요."

제프리가 딸을 위해 처음 만든 건 손바닥이었다. 세 살 때 양가죽을 벙어리장갑처럼 만들어 손에 끼우고 바닥을 기어가게 했다. 양가죽으로 무릎 덮개도 만들었다. 그 가죽이 부드러워 기어다니기에도 편했다. 구두를 만들어 발에 신긴 건 아비가일이 일곱 살 때였다. 소가죽으로 만든 슬리퍼 모양이었다. 절뚝발이에게 부담을 주는 건 금물이었다. 구두 앞면에는 아비가일 사진이 찍힌 붉은 리본을 달았다. 딸내미는 그 리본을 머리에 달아달라고 졸랐다. 아빠는 그런 리본을 만들어 아비가일 머리에도 달았다. 거울을 보고 아비가일이 훌쩍 뛰며 반겼다. 딸내미가 기뻐 뛰는 건 처음이었다. 열 살 땐 덧버선 모양의 구두를 만들어 신겼다. 덧버선 위엔 공주가 그려진 샤갈풍의 그림이었다. 딸내미는 그걸 신고 거실에서 춤을 추었다. 제프리는 친척들을 집으로 초대해 정원에서 무도회를 열었다. 부녀는 그들 가운데 서서 춤추며 박수 세례를 받았다. 그 무도회는 아비가일에게 용기를 심어주기 위한 배려였다. 어디 가도 쉬이 실증내고 무르춤하던 버릇이 없어졌다. 굽이 달린 구두를 만든 건 아비가일이 시카코에서 귀국한 뒤였다.

"그 과정까지 고난이었지만 그 뒤엔 일이 술술 풀렸지요."

"어떻게 절뚝발이에서 벗어났습니까?"

"외국인학교에는 백인, 흑인, 황인들 등 세계 인종들이 모인 곳이잖습니까. 일종의 심리작용이랄지. 맘껏 기를 못 편 걸 알고 시카코의 이모댁으로 보냈지요. 이종사촌들과 어울리기도 하고 흑인들 도시에 가면 맘껏 자유를 누리지 않을까 싶은 게 맞아떨어진 거죠. 또 하나, 걔의 이모부가 생체공학 교수라 약 처방과 인체 발달의 전문성이 효과를 보지 않았나 싶습니다."

"저는 이사님처럼 고단백 기술로 리라를 키우진 못했거든요. 그저 먹이고 재우고 학원 등록비를 마련하기 위해 전전긍긍 했으니까요."

노박은 뉴욕에서 미숙아 아이를 키우기 위해 온갖 일을 마다하지 않았다. 출판사에서 영어를 한국어로 번역하고, 편의점 점원 노릇도 했다. 서울에 와서도 번역원에 입사해 영어를 한국어로, 한국어를 영어로 번역하는 작업에 매달렸다. 노박이 딸과 함께 귀국한 건 번역원에서 월급을 후하게 주어서였다. 모 재벌회장 자서전을 영어로 번역해 미국에서 선풍을 일으켜, 노박의 이름이 알려진 데 대한 예우였다.

"자매님도 리라에겐 엄마로서의 책무를 성실히 한 게 아닙니까. 자녀를 먹이고 재우고 교육비를 벌기 위한 것만큼 최선의 삶도 없을 테니까요."

"그렇긴 해도 잠재력을 계발해 가장 최선의 길로 인도하신 이사님과는 차원이 다르지요. 리라가 제겐 너무 버거워 한동안 실의에 빠지기도 했죠."

"저도 공감입니다. 장애인 부모가 그런 실의에 안 빠져들었다면 거짓일 테니까요."

"자신을 희생해서 한 생명을 정상으로 이끈 게 우리의 업이잖습니까. 그 보람에서 건진 다음은 무얼까요?"

그 의문은 노박 자신을 괴롭힌 화두였다.

"충일감이랄지. 무언가 이루었고 무언가를 하리란 희망 아니겠습니까. 희망이란 좋은 겁니다. 날마다 꿈꾸게 하니까요. 인간이 만물의 영장인 건 날마다 꿈꾸는 것일 겁니다. 바로 지금 이 순간이 내게 안긴 꿈의 과제 아닐까요. 우리 인간들은 그 꿈의 해결사이니까요."

우리 자매는 부모 없이 자랐습니다. 제가 대학 입시에 낙방하자, 고박 언니가 사는 뉴욕으로 갔지요. 형부가 전자회사 부장이라 살만한 곳이었거든요. 두어 달도 안 돼 언니 집이 타관살이보다 못하다던 걸 깨달았습니다. 형부는 아내의 여동생까지 애정으로 보살필 마음가짐이 안 된 위인이더군요. 언니 부부는 저를 형부 회사 직원과 결혼 하라고 권했지만 정이 안 갔어요.

그런 심드렁한 나날을 보냈는데, 뉴욕 골목에서 거리의 악사를 만났지요. 악사가 연주하는 바이올린에선 아리랑이 흘러나오지 뭡니까. 덩달아 전 아리랑 아리랑 아라리요를 불렀지요. 악사는 제게 악수를 청하고는 대한민국 애국가를 켜더군요. '동해물과 백두산이 마르고 닳도록', 부르면서 전 눈물을 흘렸어요. 타국의 거리에서 애국가를 들으니 감격했습니다. 구경꾼들이 몰려들어 저금통에 지폐를 넣더라고요. 그 저금통이란 게 글쎄, 대한민국 제품 방짜 놋요강이었죠. 나도 놋요강 안에 만원 지폐를 넣었지요. 세종대왕이 무엄하다 할 정도로 깔깔한 배춧잎 위엔 다양한 지폐들이 쌓였습니다. 워싱턴, 엘리자베스여왕, 간디, 칭기즈칸, 모택동 등. 또 다른 지폐가 맨 위에 놓이더군요.

"자코메티?"

나의 의문에 악사가 흥을 돋웠습니다.

"스위스 화폐라오."

그 화폐 앞면에 자코메티 얼굴이 새겨졌고요. 뒷면에는 그의 작품 '걸어가는 사람'이 인쇄 되었더군요. 어쩐지 그 조각상이 나의 자화상으로 여겨지지 뭡니까. 뉴욕 거리를 방황하는 빼빼 마른 사나이도. 더불어 거리의 악사가 처연히 저의 가슴에 박혔지요. 무얼 할 게 없어 세계 문명의 요람 뉴욕에서 생존 경쟁의 악다구니 도시에서, 거리의 악사가 되었을까, 그런 감상에 젖었어요. 그 화폐엔 100이란 숫자가 크게 적혔는데, 환화로 11만5천 원이래요. 악사가 저녁을 사겠다고 했지요. 코리아 아가씨 덕에 행운이 뒤따랐다며. 전 그 요강이 의심쩍었습니다.

"저금통장은 어디서 구했습니까?"

악사는 저의 눈에 초점을 맞췄지요.

"인사동, 서울."

악사는 인사동에서 일 년 동안 거리의 악사가 됐대요. 떠돌이로 여러 나라 명승지를 돌며 악사 노릇을 한 건 그 명승지를 명승지답게 하기 위한 경애였대요. 그가 바이올린으로 아리랑과 애국가를 즐겨 켜자, 인사동 본토박이 노인이 방짜 놋요강을 선물하더래요. 인사동을 인사동답게 분위기를 이끈 공로자에게 드린 거라며.

악사는 푸른 눈동자를 굴렸습니다.

"그 노인은 여기에 돈을 넣으면 부자가 된대요."

"세상에 요강이 부자의 원천이라니. 그곳에 오줌 누면 거시기가 황금으로 변하겠네."

우리는 양손을 맞잡고 웃었지요.

악사는 방짜 놋요강을 양팔로 감싸 안고 키스를 날리더군요. 6·25 전쟁 당시 아메리카 사람들은 이걸 사탕통으로 사용했고, 프랑스 사람들은 꽃을 꽂아 두었다네요. 실리를 중히 여긴 아메리카 사람들과 미를 중히 여긴 프랑스 사람들의 차이점을 꼭 집어내더라고요. 따지고 보면 그만한 사탕통과 화병은 없다 싶었거든요. 문화란 시시때때로 얼마나 유효적절하게 사용하느냐가 문화를 문화답게 품격을 높인다는 걸 헤아렸습니다.

그날 저녁, 악사가 안내한 곳은 이스트 빌리지의 '코릴라' 음식점이었어요. 가게 이름도 정겹지만 유리창에 그려진 호랑이와 '대박'이라 써진 문구가 저의 시선을 확 끌더군요. 한국 관광객들을 유치하기 위한 상술이겠지. 한국식 불고기랑 제육볶음이 저의 입맛을 돋웠습니다. 뉴욕 한인들이 그 골목식당을 자주 드나들어 수입을 올리기도 하고 뉴요커들도 심심찮게 들락거려 그 골목의 명소가 됐답니다. 그 가게의 개업식 땐 '대박'이라 쓴 글씨 아래 호랑이 그림이 새겨진 흰 셔츠를 선물해 화제가 됐고요. 뉴요커들이 좋아한 건 사자였는데 호랑이가 단연코 백수의 왕이란 사실을 일깨웠다네요. 악사랑 나는 그 가게 앞에서 음악회도 열어 방짜 놋요강 저금통장이 빵빵해졌답니다. 그 외에도 필리핀 사람이 경영한 '라플렛', 호주 사람이 경영한 '블루스튼 레인'에서도 음악회를 열어 수입을 올리며, 뉴요커들의 박수를 받곤 했지요. 그 지역은 세계 각지에서 모여든 타국인들이 많은 곳이래요. 그들은 우리를 보고 동병상련의 아픔을 느꼈는지 저금통장 수익이 꽤나 쏠쏠했거든요.

악사가 한국어를 웬만큼 하는 것도 제게 활력소를 일게 했습니다. 타국에서 서로 의견이 맞는 대화상대를 만나는 게 쉬운 일이 아니거든요. 우린 동거에 들어갔습니다. 언니 집이 엄청 무거운 멍에로 다가와 누울 자리가 절실 했거든요.

존 포스트는 뉴욕대학에서 동양사를 전공했대요. 중국, 티베트, 인도, 일본, 한국 등 동양 문화에 관심이 많아 떠돌아 다녔고요. 존의 모친은 뉴욕 근처에 살면서 애오라지 외아들의 안녕을 기원하며 세월을 낚았답니다. 코리아 동거녀가 아들의 방랑벽을 잠재웠다며 좋아하시더라고요. 제가 임신하자, 존은 낮엔 건설 현장의 노동자로 일하고, 밤엔 거리의 악사가 되었지요. 놋요강 저금통장 수입이 우리 삶의 거름은 돼도 기름지게 할 순 없었습니다. 그래도 우린 즐거운 나날을 보냈습니다. 허드슨 강변에서 그가 바이올린을 켜고 제가 아리랑과 애국가를 부르면 구경꾼들이 모여들어 놋요강 안에 지폐를 넣었고요. 맨해튼 건물들을 바라보며 그 웅장함에 매료되었죠. 불꽃놀이에 취해 춤도 추었지요. 소크라테스 조각 공원에선 바위들마다 누구누구의 이름들이 써졌거나 새겨진 게 많더라고요. 우리도 존과 저의 이름을 딴 'JOHN NOVAK'이란 글을 새기기도 했고요. 임신 7개월이 되자, 고박 언니에게 잉태한 사실을 고백했어요. 아무래도 출산하고 아기를 키우기 위해선 언니의 도움을 받아야 할 상황이었거든요. 언니는 낙태 시키라고 으름장 놓았습니다. 늙다리 제부는 아무짝에도 쓸모없다며. 존은 38세라 여동생보다 19살 많은 제부를 언니가 반길리가 없잖습니까. 존의 모친은 낙태는 살인이라며 순산해 잘 키우자고 격려 했습니다. 외동아들의 피붙인데 당신에겐 더할 나위 없는 보배일 거라며. 그런 와중에 존이 건설현장에서 축대가 무너지는 바람에 숨졌습니다. 그 충격으로 자궁에 이슬이 비춰 병원에 입원하자 언니는 담당 의사에게 협박했어요. 낙태 안 시키고 만일 여동생이 숨지면 살인죄로 고소하겠다고요. 낙태도 못할 처지임을 알고 언니가 강경하게 나온 건, 넌 죽어 마땅하다는 저주의 화살로 저의 가슴에 박혔습니다. 결국 저는 언니를 내몰고 난산 끝에 리라를 낳았지요. 존의 모친이 저의 출산과 병원비까지 도움 주셨습니다.

시간이 지남에 따라 노박은 내가 잃은 젊음을 보상 받아야 한다는 자책감이 꼬리쳤다. 참 많이도 속 태웠던 나날들이었잖아. 겨우 딸 하나를 건사하기 위해 죽자구나 생고생 바가지를 둘러썼다니.

그런 허한 감정은 고교동창 오승훈의 구애를 받고 보니 더한층 두드러졌다. 우린 이제 겨우 불혹을 넘겼잖아. 아직도 결혼 못한 사십 세 미혼들이 좀 많은가. 나의 첫사랑과 생을 마감하는 게 최선이라 구혼하는 거라오. 고교시절부터 승훈은 노박에게 사랑을 고백하곤 했다. 노박은 승훈을 친구로 대접해도 연인으로선 뭔가 부족해 보여 거절했다. 승훈은 상처하고 십 년 넘게 홀아비로 지냈다. 노박도 마음이 동하긴 했지만 리라에겐 아직도 엄마로서의 책무가 남아서였다. 미숙아에서 정상인으로 발돋움 했지만 언제 다시 재발할 지도 모를 일이었다.

그즈음 리라 조모에게서 국제전화가 왔다. 손녀를 뉴욕으로 보내라고. 뉴욕 근교의 토지가 팔려 아파트도 마련하고 여윳돈도 저축해 놓았다. 내 손녀를 대학생으로 요조숙녀로 키우고 싶다고 했다. 그 토지는 오랫동안 아메리카 건설회사와 재판을 끌어 오던 터였다. 리라는 저의 딸입니다. 딸 하나를 건사하지 못하겠어요. 노박은 트집을 부렸다. 대한민국에 인구가 줄어들어 리라가 그 숫자에 보탬 된 것도 국익을 위해서 나은 거잖습니까. 크리스티 여사의 반응은 끈질겼다. 어디 우리 아메리카 인구가 넘쳐나 코리아로 국민을 수출해야 되겠느냐. 리라는 뉴욕 출신이요, 존 포스트 딸이며, 당연히 이 할미 손녀이다. 노박이 딸 문제로 강짜 놓은 건 리라가 자랄수록 존의 용모를 닮아가서였다. 코리아 족속 아닌 서양인 족속으로 여길 정도였다. 존을 사랑한 것과 딸이 존을 닮은 건 별개의 문제로 노박을 괴롭혔다. 언젠가는 내 품에서 떠나가리란 불안이 걷잡을 수 없이 일었다.

그로부터 두어 달도 안 돼 리라는 조모가 오라는 국제전화를 받고 곧장 떠났다. 엄마의 정은 무시하고 당연한 듯 뉴욕 행을 서둘렀다. 엄마가 직장에서 근무할 때 조모가 진자리 마른자리 가려주며 이유식을 먹여주고 키운 사실에 길들어서일 것이다. 어쩌면 엄마 품속보다도 조모 품속이 더 따스해서일 게다. 그런 자책감은 더욱 노박의 신경을 북돋웠다. 밤중에 누운 자리를 박차고 일어나 거실을 맴돌았다. 어쩌다 리라에게 국제전화를 걸면 여긴 한밤중이라 선잠 깨운다며 짜증냈다. 길을 걷다가도 화가 치밀어 돌멩이를 걸어찼다. 돌멩이가 남자 행인의 가슴을 쳐서 병원비까지 물어야 했던 기이한 사건도 벌어졌다.

리라가 뉴욕으로 떠나기 전날이었다. 딸은 손거울을 들고 얼굴을 비춰 보며 엄마에게 질문을 던졌다.

"내 얼굴이 아메리카? 코리아? 어느 쪽이야?"

무심결에 내뱉은 말투지만 보나마나란 강경한 태도였다.

"반반이잖아. 이리 보면 코리아고 저리 보면 아메리카잖아."

그게 튀기들의 양면성이거든. 그 고백은 바깥으로 내뿜지 못하고 입안에서 맴돌았다.

"카멜레온? 어쩌다 내가 그런 아류에 속한다 싶어 트기란 사실이 정나미 떨어지더라. 그렇긴 해도 내 눈엔 성조기랑 태극기가 더불어 팔랑거리는데."

그러면서 거울 속의 엄마를 탐색하는 눈치였다. 일순 노박은 딸내미의 짓거리에 분노가 치밀었다.

"난 너의 희생양이야. 내 인생이 다시 되풀이 된다면 곧 죽어도 난 리라 엄마 노릇을 포기 하고야 말 테니."

리라는 곧 양순해졌다.

"엄마, 미안해. 아무리 살펴도 내 얼굴은 반쪽이거든. 존 포스트랑 노박 리가 한데 어울린. 그래도 엄만 내게 젖을 먹였잖아. 할머닌 우유를 먹이셨고. 한강이 우리 대한민국의 젖줄이라잖아. 아무도 허드슨강을 아메리카 젖줄이라 하진 않더라."

"우유라 하던? 치즈라 하던?"

뉴요커들에겐 우유나 치즈가 합당한 건지도 모르지.

노박이 뉴욕에 갔을 때 견디기 어려운 건 식생활이었다. 서울에서도 가끔 별미로 서양식을 먹긴 했다. 서울에서 먹던 서양식과 뉴욕에서 먹는 저네들의 양식과는 차이가 났다. 서울의 서양식은 한국인 식성에 알맞은 양식이었다. 뉴욕에서 먹은 건 뉴요커들의 식성에 알맞은 서양식이었다. 그 중에서 두드러진 게 치즈 냄새가 고약해 한동안 식욕을 잃었다.

"타국인들이 모여 아메리카 합중국이 탄생해서였을까. 난 비빔밥보다도 햄버거가 더 좋더라. 어쨌는 뉴욕에 가면 파파와 마마의 로맨스 장소인 그 곳으로 가서 바이올린 켜며 음악회도 열어야지. 놋요강 저금통장도 곁에 놓고선. 아리랑과 애국가를 켜면 구경꾼들 중에선 내가 그리던 그이가 나타날지도 모르잖아."

딸내미의 재담이 늘어 갈수록 엄마의 눈동자가 경이롭게 변했다. 세상에, 내 딸내미가 이성을 그리워하다니. 그래, 내가 네 나잇살 때 너의 파파를 만났잖아. 건망증 환자가 따로 없다니까. 난 내 나이만 먹어 가는 줄 알고 속 태웠어. 넌 언제나 품속의 어린애란 착각으로 세월을 저울질 했거든. 놋요강이라니? 너의 저금통장은 놋요강이었지. 무엇이 좋은지 넌 기어 다니면서도 그 안에 동전을 넣곤 했다니까. 걸음마를 시작할 땐 넌 그 안에 들어가서 넘어져 혼쭐났지 뭐냐. 엄마의 기억을 모른 양 리라는 잘도 새실거렸다.

"소크라테스 조각 공원으로 가서 'JOHN NOVAK'이라 새긴 그 바위 글 아래 그이와 더불어 우리 이름도 새길까 봐."

곧이어 리라가 단안을 내렸다.

"암튼 난 한강의 젓줄이 그리워서라도 한국으로 돌아올 거야."

노박은 딸을 가슴에 품었다. 그래. 미오새, 미운오리새끼는 어미 품속으로 파고드는 법이거든. 더불어 미우새, 미운우리새끼도 어미 품속으로 파고들 수밖에.

인천 국제공항에는 관광객들로 붐볐다.

노박은 공항 출입구에 눈길을 주며 곁에 선 승훈에게 투덜거렸다.

"왜 이리 더딜까?"

"성급하긴. 언제는 오지 말라고 퇴박 놓더니."

남은 인생을 헛되이 보내지 말고 함께 누리자. 승훈의 고백이 하도 절절해 노박은 그의 구혼에 응했다. 승훈은 투자금융 부사장이라 생활에 윤기가 나던 것도 구혼을 받아들인 이유였다. 승훈은 여행을 즐겨 다녔다. 세계 명승지를 돌며 리라로 인해 노박의 잃어버린 젊음을 되살려 주는 듯했다. 그들은 골프도 즐겨 쳤다. 레저 활동에도 적극 참여해 노박에게 생기를 북돋웠다. 그들은 재혼한 지 삼 년 지나, 뉴욕으로 가서 리라의 결혼식에도 참석했다. 사위는 리라랑 뉴욕대학 동급생인 아메리카 청년이었다. 그들 부부는 장애인들의 친권대사가 되는 게 꿈이었다. 세상에 무슨 할 짓 없어 그 노릇할 거야. 어미의 반대를 딸내미는 무로 돌렸다. 엄마도 참, 내가 미숙아였던 걸 잊어 버렸어? 난 걔들을 보살피며 내가 잊어버리기 쉬운 어린 날들을 새김질하며 엄마를 기억할 거야. 어미는 딸내미를 부둥켜안았다. 그래, 넌 내 영과 육이 결합된 또 하나의 나거든.

노박은 딸의 결혼식에 참석한 고박과 입을 모았다. 귀국하면 남양주에 있는 부모 묘소에 참배하자고.

저만치서 딸과 사위가 유모차를 끌며 다가왔다.

"아이가 하나잖아."

승훈의 의구심을 노박이 풀었다.

"쌍둥이 오빠는 아메리카 피를 닮았고, 여동생은 코리아 피를 닮았다던데요, 뭐."

노박은 딸에게 외손녀를 받아 껴안았다. 외손녀는 외할미 입술을 쪽 빤다. 입술에 묻은 외할미 입술자국을 외손녀는 곁에 선 승훈의 오른쪽 볼에 하트를 남겼다. 인석이 낯가림도 없이. 승훈이 눈을 찡긋했다.

리라 부부가 뉴욕대학원에서 박사 과정에 도전하자, 크리스티 여사가 간곡히 원했다. 현손은 내가 키우겠다. 쌍둥이를 도맡아 키우기엔 힘이 부치므로 현녀는 며느리 부부가 키우면 좋겠다고.

승훈은 노박과 외손녀를 카메라에 담으며 속삭였다.

난 도리 없이 행운아겠네. 첫사랑의 어린 시절 모습도 보며 키우는 즐거움에 녹아들 테니.

그 남자가 마냥 귀여워

- 배구선수 스토롱 킴 말이야. 트기 미남이래.

경아의 목소리가 전파를 타고 울렸다. 그것도 부족한지 경아
의 감탄이 다시 터졌다. 매력남, 넘버 원.

최고의 매력남이라면 구미가 확 당길 일이지만 나는 수화기를
놓았다. 열변을 토한 걸 보면 꽤나 시간을 넘길 것 같아서다. 얼
굴 없는 기계와 대화를 나누는 건 쉬이 싫증나는 일이었다. 따르
릉따르릉, 수화기를 다시 들자마자 경아가 재빠르게 얼러댔다.

- 귀 좀 열어두지 못하겠니?

언이어 속사포가 터졌다. 남의 이야기를 경청하는 것도 복 짓
는 거란 걸 몰라?

- 복 지을 게 따로 있지.

나의 시큰둥한 반응을 넘겨짚고 경아가 속닥였다.

- 요즈음 곧장 죽을 맛이었는데, 지금 당장 티브이 68번을 켜 봐.

S팀과 L팀과의 배구 대회 결승전 아냐. S팀의 백인 골리앗 말이야. L팀의 스토롱에게 맥도 못 추잖아. 덩치 크다고 스파이크가 강한 게 아니거든. 요는 기술 아니겠어. 스토롱은 코리아 마마의 뚝심과 아메리카 파파의 치즈덩어리가 배합된 신세대 표준 미남이라서 그래. 아휴, 장하기도 하지. 저 재간둥이 좀 봐.

스토롱의 강 스파이크가 터질 때마다 경아의 기성이 전파를 짱짱 울렸다. 마치 상대를 주눅 들게 한 스토롱의 강 스파이크가 살맛인 양.

나는 슬그머니 수화기를 놓았다.

봄빛이 무르녹는 화창한 날씨였다. 나는 벽장 안에 든 엄마 유품을 정리했다. 엄마가 숨진 지 이태 지나도 볼만장만한 게 마음에 켕겼던 것이다. 샤넬 자수 솔, 구찌 라이방, 겐조 파라솔 등 명품들이 손에 잡혔다. 우리 가족사진이 든 앨범도. 나는 그것들을 뒤로 미루고 자색 벨벳 수첩을 펼쳤다.

대한민국 표준미남은 누굴까? 그런 상상을 한 건 내가 이성에 눈뜨기 시작한 15세쯤이었다. 초경 치른 날, 여자의 임신이 그것에서 유래된다는 걸 알고 난 뒤의 의문이었다. 내가 유독 대한민국 표준미남에 관심을 가진 건 아메리카 표준미남이 윌리엄 홀든이란 걸 알고부터였다. 팬들의 요구에 의해 아메리카 표준미남형에 선정된 게 윌리엄 홀든이었잖아. 〈피크닉〉영화에 나온 그를 보고 나의 연인상이라 여겼거든. 근데 〈사브리나〉영화 촬영 중에 오드리 헵번과 로맨스를 즐겼다지 뭐야. 난 아기를 원해요. 오드리 헵번의 고백을 듣고 유부남 윌리엄 홀든이 몸을 사렸다나. 그들 사연이 꽤나 로맨틱해 나의 가슴을 적셨던 것이다…….

일테면 엄마 가슴을 설레게 한 남자들은 바람둥이였다. 엄마도 바람둥이니 바람처럼 날려 보낼 남자들을 탐했는지도 모르겠다. 엄마가 결혼 전 사귄 남자들이 한둘이 아니란 게 이웃들의 입질에 오르내렸다. 엄마는 가슴에 인친 남자들 중에서도 단연 라이언이 돋보였다고 했다. 라이언 씨는 엄마가 꿈꾼, 대한민국 표준미남이 아닌, 윌리엄 홀든을 닮은 백인 미남이었다. 엄마는 눈동자에 무지갯빛을 띄우며 내게 속삭였다. 마리야, 아빠 생김새 중에서도 내가 관심 끈 게 뭐겠어. 웃으면 입술이 냄비 손잡이 같아 밥 굶을 걱정은 안 해도 되겠다 싶더라. 바람둥이치고 매력남에게 속아낸 알토란이 일용할 양식이었다니. 엄마도 엔간히 이익을 챙길 실용성 로맨스를 꿈꾸었는지도 모르겠다. 라이언 씨의 직업이 대한항공 조종사라 밥 굶을 염려는 없었을 것이다.

내가 앤드류를 처음 만난 건 광화문 포토랜드였다. 이메일 사진을 뽑기 위해 그곳에 들렀더니 트기가 도우미역을 했다. 손님이 컴퓨터에 이메일과 비밀번호를 치자, 트기가 노 노 노 내뱉었다.

— 독수리 타법? 손놀림이 매끄럽지 못해 탁탁탁 튀잖아. 그러니 속도도 느릴 수밖에.

트기는 독수리가 나래 접고 내려앉을 때 발가락을 탁탁탁 튀던 흉내를 냈다.

— 빠르게 치기 위해선?

— 다람쥐 타법.

앤드류가 다람쥐 뛰는 흉내를 내며 자판기를 눌렀다. 날렵하면서도 부드러운 타법이었다. 경아와 북경 여행 중에 찍은 사진들이 화면에 떴다. 천안문 광장에서 모택동 사진을 사이에 두고 두 친구가 선 모습이었다. 트기가 컴퓨터를 다시 쳤다. 모택동 얼굴이 나열된 엔디 홀의 작품이 화면에 드러났다.

— 독재자?

내가 의문을 토하며 컴퓨터를 다시 쳤다. 엔디 홀의 다른 작품, 마릴린 먼로의 얼굴이 화면을 장식했다.

— 섹스 여왕?

트기가 푸른 눈동자를 굴렸다. 내가 스커트를 벌리며 마릴린 먼로 흉내를 냈다. 덩달아 트기도 배를 부풀리며 모택동 흉내를 냈다. 우리는 폭소를 터뜨렸다.

근자에 그토록 통쾌하게 웃음을 터뜨리지 못했다. 나는 한동안 시들병에 시달렸다. 불혹을 앞두고, 이게 아니다 라는 자각이 일었다. 삼십대를 마감하고 다가올 사십대는 건너지 못할 강처럼 느낀 탓이었다.

내가 다시 그 가게를 찾은 건 칠월 마지막 토요일 오후였다.

— 오랜만입니다.

트기가 기다렸다는 듯이 반겼다.

— 달포가 지났나요?

트기는 나의 스마트폰에 찍힌 사진들을 뽑아서 내게 건넸다. 대학 동창들과 일본 북해도에 가서 찍은 사진들이었다. 트기의 눈빛이 진지해졌다.

— 파파 고향은?

내가 트기인 걸 눈치 챘나 봐. 푸른 눈동자를 못 지녀도 피부가 하얘 순종 몽골족 후손으로는 안 보였을 데지. 일순 트기끼리의 교감에서 얻은 건 동병상련의 아픔이었다. 혈맥과 국적이 다른 부부끼리 언어와 생활에 어려움을 겪듯, 그 사이에 태어난 자녀들도 마음 편안 삶은 아닐 것이다. 나도 그랬으니. 갈보, 갈보양살보가 누구야. 쟤의 엄마 아냐. 걸핏하면 조무래기들은 나를 가운데 세우고 비아냥거렸다. 아빠가 아메리카 인이고 엄마가 자주 우리 집에서 외국인들을 초청해 파티를 열던 데 대한 반감일 것이다. 나는 눈동자만큼은 아빠를 닮고 싶었다. 그런데도 엄마를 닮아 눈동자가 작았다. 거울을 보면 볼수록 갑갑증을 일으켰다. 그래도 머리숱이 많고 까매 위안이 되었다. 어느 트기는 머리카락이 푸들처럼 뒤엉켜 보기에 흉했다.

— 샌프란시스코. 어떻게 파파가 국적이 코리아가 아니란 감을 잡았죠?

— 일종의 느낌이랄지.

그의 푸른 눈동자가 빛을 뿜었다.

— 덕수궁 돌담길을 걷고 싶은데, 동행해 주시겠습니까?

— 왜 그곳이죠?

— 파파와 마마랑 손잡고 걷던 곳이니까요.

나는 코리아 아빠랑 캐나다 엄마 사이에 태어났다. 부모는 토론토 대학 시절 학우로 만나 연인이 됐다. 마마는 부친이 선교사로 대한민국에서 사역해 유년 시절을 전주에서 보냈다. 그게 그들 사이를 앞당긴 연유였다. 포토랜드 주인이 나의 고모다. 주말이면 일손이 부족해 이 가게 도우미가 된다. 내가 태어난 건 파파가 서울에서 외환은행에 근무 중일 때였다.

— 직장에서 가까운 거리라 파파는 점심시간이면 그 길을 따라 걸으며 머리를 식히곤 했대요. 은행이란 돈이 주요 업무니, 골머리가 아픈 곳이거든요.

일곱 살배기 아이 눈동자에 비친, 정동교회의 단아한 풍경과 엄청 큰 성공회 교회의 건물이 인상 깊었다고 덧붙였다.

- 왜 그곳을 답습하려 하죠?
- 서울에 살고파서. '서울 찬가'를 부르며.

그는 부계혈통에 뿌리내릴 의지를 드러냈다.

- 마마는?
- 사랑했기에 25년 동안이나 토론토에서 지냈죠.
- 직업은?
- 외환은행 광화문 지점 차장.

나는 무어든지 쉬이 싫증 느껴 일정한 직업이 없었다.

- 직업도 부전자전이 있나 보죠?

나의 되물음은 엄마가 아빠에게 솎아낸 알토란에 대한 긍정적인 표현이었다. 은행원이라면 그의 반려자도 밥 굶을 걱정은 없을 것이다.

- 서른이 되자, 마마보다도 파파에게 더 정이 가더라고요. 토론토 외환은행에서 정년퇴직한 파파가 자이언트처럼 여겼으니. 서른다섯 해를 한 직업에 백의종군 하기란 무척 어려운 거지요.

앤드류의 입술이 서랍 고리처럼 변했다. 아빠 입술을 냄비 손잡이라 여긴 엄마랑 나는 30년의 햇수가 가로 놓였다. 엄마 세대에선 냄비가 밥줄이었다면 나의 세대엔 서랍이 밥줄일 터였다. 현금이나 은행통장을 넣어 둔, 그의 서랍 안엔 얼마만큼의 자금이 들었을까.

- 반백년을 한 직장에서 근무한 분들도 수두룩할 텐데.

– 어쨌든 파파가 거인이라면 아들도 그 발자취를 따라야 되겠다 싶은 자각이 뒤늦게 일었거든요. 난 성년식도 치르기 전, 세계 오지를 떠돌던 보헤미안이었으니. 그 후유증으로 요즈음도 깊이 잠들지 못해 불면에 시달리기도 하구.

– 말썽쟁이가 효자로 거듭났다?

– 그런 셈이죠.

그의 푸른 눈동자에 경애를 다진 나의 표정이 비쳤다.

그로부터 자주 앤드류는 스마트폰을 통해 그날에 일어난 일들을 들려주기도 하고, 메시지도 띄웠다. 누나, 잠이 안 와. 지금 무얼 해. 한밤중에도 거침없이 속엣 걸 쏟아냈다. 만남이 계속됨에 따라 누나라고 부르던 그가 아래동생처럼 마냥 귀염둥이로 보였다. 나의 발걸음은 다른 데이트 신청자를 만날 때보다도 훨씬 가벼웠다.

– 누나 볼에 뽀뽀해도 돼?

그가 응석 부리면 나는 퇴자 놓았다.

– 안 돼. 내 입술엔 칼날이 박혔어. 앤드류의 입술이 닿자마자 혀가 토막 날까 봐 겁나지 뭐야.

– 난 마법사거든. 그 토막 난 혀에 날개를 달아 하늘 높이 띄우지 뭐.

– 그 새 이름이 뭔데?

– 앤드류 마리.

– 마리 앤드류?

그의 기발함을 나는 넘겨짚었다.

우리는 경복궁에도 들렀다. 근정전 앞뜰에 당도하자, 마침 사극영화에 출연할 단역배우를 모집 중이었다. 수많은 지원자들이 몰려들었다. 영화 제목은 〈명성황후〉였다. 앤드류는 러시아 군병, 나는 민비 시녀로 뽑혔다. 그가 그 역에 뽑힌 건 큰 키에 푸른 눈동자, 난 초생달 눈과 검은 긴 머리가 주효한 탓이었다. 명성왕후가 시녀를 통해 러시아 군병에게 밀서를 건네 러시아 공사에게 전하는 장면에 선정되었다. 일본의 조선 지배를 물리치고 고종의 권력을 되찾기 위한 명성왕후의 뜻에 동참하기 위한 내용이었다. 그 역의 수당을 받은 날, 우리는 카페에 들려 맥주를 마시며 밤을 새웠다.

며칠 지나, 앤드류가 제안했다.

– 비빔밥이 먹고 싶어. 나의 오피스텔에 와서 만들어 줄래?

– 어느 비빔밥을?

– 전주비빔밥도, 진주비빔밥도 아닌, 마리표 비빔밥.

지난주일, 그와 나는 두 곳의 비빔밥 한식집에 들려 시식했다.

신수비빔밥은 사골국물로 밥을 지었다. 밥 위에는 계절 따라 고사리, 숙주, 애호박, 창포묵, 근대나물 등을 익혀 얹었다. 동황색의 둥근 놋그릇과 쌀밥, 다섯 가지 나물이 어우러져 일곱 가지 색상을 낸다 하여, 꽃밥 또는 칠보화반七寶花飯이라 불렸다. 무엇보다도 진주비빔밥을 그답게 하는 건 색상이 선명하고 신선한 육회를 얇고 가늘게 썬 다음 참기름을 끼얹고 고추장으로 비빈 것이다. 살코기와 선지, 허파, 천엽을 푹 고운 국물에 무, 콩나물, 대파를 넣고 자작하게 끓인 선지국을 곁들였다. 바지락을 다져 참기름으로 볶아 끓인 보탕국도 빼놓을 수 없었다.

전주비빔밥은 양지머리 육수로 밥을 지었다. 계절 따라 콩나물, 시금치, 송이버섯, 고사리나물과, 채 썬 황포묵, 쇠고기 볶음과 달걀 전을 얹고 참기름을 끼얹어 고추장으로 비빈 것이다. 국은 콩나물을 넣어 깔끔한 맛이 시원했다.

앤드류가 진지한 표정을 지었다. 몬트리올에도 두 곳의 비빔밥 한식집이 있거든. 파파는 진주비빔밥, 마마는 전주비빔밥을 선호했다. 비빔밥은 다 같은 비빔밥일 텐데, 파파 입맛은 진주 출신이라 당연히 그럴 테고, 마마는 유년 시절을 전주에서 자라 그 맛에 길든 탓이야. 우리 가족이 외식하던 날, 그 메뉴가 비빔밥이면 부부 싸움까지 일어났거든. 하루는 내가 선수 쳤지.

앤드류표 비빔밥을 선보이겠어요.

요리엔 젬병일 텐데, 무슨 특별요리를 만든다?

마마의 지청구에 파파의 꾸중도 잇따랐다.

아서라. 애써 요리해 봤자야. 시간 낭비, 재료 낭비는 어쩐담?

요리는 정성이거든요. 맛을 보시면 알 텐데.

비빔밥을 장만하기 전 나는 부모에게 다짐시켰다.

제가 파파와 마마의 핏줄인 건 분명하죠?

앤, 누가 너를 다리 밑에서 주워 왔다던?

파파가 호기롭게 나오자, 마마도 장단을 맞췄다.

아무렴. 나이아가라 폭포 타고 쪽배에 실려 온 달나라 왕자였으니.

제발 그만 하시고요. 이 칼로 저를 반반씩 나누시죠. 전 효자라 어느 한 곳에 치우치진 못하므로, 제 몸을 담보 삼을 수밖에.

나의 지론을 파파가 중간에 잘랐다.

아니면?

나는 보란 듯이 미리 주문해 둔 그 두 곳의 비빔밥을 식탁 위에 올렸다. 전주비빔밥과 진주비빔밥을 큰 그릇에 넣어 비벼, 우리 가족 수대로 대접에 담았다.

이게 앤드류표 비빔밥이랍니다. 저의 태자리이기도 하니까요.

트기가 바로 비빔밥과 다름 아니냐는 아들의 주장을 두 분은 너그러이 받아들였다.

그래. 이젠 앤드류표 비빔밥을 먹자꾸나.

파파의 건의에 마마도 응했다.

세계 제일 비빔밥이 되겠는 걸.

마치 그들 부부는 진주비빔밥과 전주비빔밥을 고집했던 걸 뉘우친 양.

너의 그 방식대로 사람을 사귐에도 중용이 필요하거든. 자기 주장만 내세운 건 문제 해결에 걸림돌이 된다는 걸 명심해.

파파는 인간관계의 중요성도 일깨웠다.

듣고 보니 과연 그렇구나.

마마도 수긍했다.

그의 고백을 듣고, 나도 선선히 응했다.

– 마리표 비빔밥은 서울 비빔밥의 원조일 테니.

전주와 진주의 비빔밥이 있다면 서울 비빔밥도 있어야 할 게 아냐. 난 서울 태생이거든.

경아의 결혼식이 이천 늘봄 농원에서 이루어졌다. 신랑은 오십 대 중순의 상처한 홀아비였다. 매력남도 재간둥이도 아니고 스토롱을 닮은 건 더더욱 아니었다. 초로의 농장 주인이었다. 마흔을 코앞에 둔 미혼녀에게 참한 신랑감이라며 중매쟁이의 칭찬이 입 다발로 묶여지진 않았을 게다.

열흘 전, 나는 그 소식을 접했다. 신랑의 신상명세서는? 신랑도 아니고 구랑은 더더욱 아닌, 그저 그런 남자. 경아의 반응이 신통찮아 나는 화가 치밀었다. 오십육 세라면 인생을 반타작 하고도 남은 거잖아. 어찌 우리 나이가 새 신부라 불릴 정도로 대접 못 받을까 봐 겁주시네. 그러면서도 나의 목소리엔 맥이 없었다. 누군 모 사장의 내연녀인데, 걔네 집에 본부인이 들이닥쳐 살림살이가 박살나고 간통죄로 감옥살이 직전이래. 걘 이혼한 홀아비전처 아들을 키우느라 밤샘한대, 등등. 불혹을 코앞에 둔 대학 동창 미혼녀 값이 바닥이란 소문이 들려오곤 했다.

내 눈 높이에 딱이다 싶어, 그이 청혼에 응했어. 난 몸이 약해 아이를 낳아 기를 수도 없잖아. 그이 슬하 남매가 대학생들인데 미국 유학 가서 신경 쓸 일도 없어. 고백하던 경아의 눈빛이 그 윽해졌다. 그이를 처음 만난 게 바로 이 농원이었어. 고모네 식구랑 여기 들렀더니 복숭아가 한창 물오를 즈음이었단다. 그이가 나를 본 순간, 시를 읊조리잖아. 햇사레 아가씨, 반가워요. 아가 씨란 단어도 잊어버린 내 젊음의 싱싱함을 일깨우는데, 햇사레라 니. 난 그 어감이 넘 좋았거든. 늘봄 농원의 주 수입원이 햇사레 였지. 달보드레한 햇사레와 나의 도화색 피부가 짝꿍인 양 그이 가슴에 아로새겨졌대나.

그들 주례는 농장지기 노인이요, 신랑신부는 평복에 앞치마 두른 차림새였다. 경아 고모도 대환영이었다. 친정 질녀가 부모 를 일찍 여의고 고생했지만 진정한 버팀목을 맞이했다며. 남편은 예일대학 법대를 졸업한 지식인이었다. 나의 입에선 탄식이 새어 나왔다. 요 앙팡진 것. 진짜백이 알토란을 선택했군.

거리에는 크리스마스 축제로 붐볐다. 광화문 앞에서부터 서울 역까지 인파들이 붕 떠 오른 듯 했다. 앤드류와 나는 대한문 앞 에서 만났다. 산타클로스로 분장한 청년들이 종을 치며 구호금을 외쳤다. 앤드류는 나의 손을 잡고 만 원 지폐를 구호대 안에 넣었다. 트기 이란성 쌍둥이가 대한문 앞에 놓인 해태 쌍둥이 위에 올라 말 탄 흉내를 냈다. 해태 위에 오르지 마시오, 란 경고문 판자가 그 옆에 놓였다. 아빠는 한국인, 엄마는 서양인이었다. 그들 부부가 얼른 아들딸을 끌어내 품에 안았다. 우리는 서로의 자화상을 본 양 가슴이 먹먹해졌다.

덕수궁 돌담길을 그와 나란히 걸었다. 얼마 전, 그 돌담길이 60여 년 만에 완전히 뚫려 연인들의 발걸음이 잦다고 언론에 보도 되었다. 그 길을 걸으면 연인 사이의 불화를 화목으로 이끈다는 여론 때문이었다. 안전을 위해 그 길 개방을 반대하던 영국 대사관 측이 서울 시청 관계자들의 끈질긴 요구에 응했다. 걸음을 옮길 때마다 기쁨이 나의 발바닥에서부터 묻어났다. 그런 느낌은 곁에 선 그와 호흡을 맞춘다는 사실이 발걸음을 가볍게 해서였다. 정자나무 아래에서 가야금 합주 연주회가 열렸다. 한복 입은 일곱 명의 여성 연주자들이었다. '기쁘다 구주 오셨네.' 가락이 울려 퍼졌다. 그 가락이 정자나무와 은행나무 사이로 비쳐 든 햇빛과 어울려 알록달록 무늬를 낳아 공중에 둥둥 떠다닌 듯했다. 그런 사이 앤드류는 커피숍에서 구입한 바닐라 라테가 든 종이컵을 내게 건넸다. 나는 그걸 마시며 그와 나무 의자에 앉기도 하고 크리스마스트리가 놓인 곁을 지나쳤다. 그 길은 계절마다 새 옷을 갈아입은 나무들의 향연으로 지친 영혼들의 쉼터였다. 나도 대학 시절, 광화문 교보문고로 가서 책을 읽고 나면 저절로 발걸음이 닿았던 곳이었다.

가야금 명인들의 모습을 담기 위해 외국인 카메라맨들이 몰려들었다.

- 누나, 저곳을 봐.

앤드류가 가리킨 곳은 덕수궁 담장이었다.

- 저 담장 위에 기와를 얹었잖아. 귀한 거라며 세계인들의 찬사를 받은 곳이거든. 내 친구도 저걸 사진 찍어 〈지오 그래픽〉 책자에 올렸어. 친구 안내를 내가 했으니 나도 대한민국 발전에 기여한 공로자잖아.

우리는 그 길목에 자리 잡은 정동교회로 가서 예배를 드렸다. 담임목사의 설교 제목은 '서로 사랑하라'였다. 동서양 사람들이 전쟁의 소용돌이에 휘말린 악순환의 연속이다. 사랑이야말로 지구촌의 충돌을 녹이고 온 인류에게 화평을 준다는 내용이었다. 그 교회학교 강당으로 들어서자, 앤드류의 푸른 눈동자가 감회에 젖었다. 교회학교 어린이들이 〈아기 예수 탄생〉이란 연극 공연을 하고 있어서였다.

- 크리스마스 축하 공연 때면 나도 이곳에서 예수님 역을 맡았어.

그랬을 테지. 얼굴 생김새가 영화에 나온 그 또래 예수 역과 닮았잖아. 키도 크고 코는 우뚝하고 눈동자는 둥글고 또렷했을 테니. 입술은 붉고 강렬한 인상이지만 모나지 않게 생겼거든.

– 지금은 그리스도 역이 격에 맞진 않을 텐데.

여전히 꽃미남이지만, 33세라면 예수가 사역한 나이라 수염 기르고 고뇌에 찬 모습과는 달라 보일 것이다.

– 요는 분장과 연기 아니겠어. 대학 시절에도 예수님 역을 맡았지. 연극 지도교수는 자넨 동서양을 잇는 징검다리라 동양인들도 서양인들도 반길 테니 타고난 그리스도라지 뭐야.

그는 세상 고뇌를 다 짊어진 듯한 표정을 지어 보여 나를 웃겼다.

해질녘이었다. 우리는 나란히 미국 대사관 관저와 덕수궁 후문 사이에 난 길을 걸었다. 동쪽으로 걸음을 옮기니, 이번에 개방된 길이 보였다. 광화문 광장에 크리스마스 축제가 열려서인지 의외로 사람들의 발걸음이 뜸했다. 덕수궁의 낮은 지붕 위에 나뭇가지가 드리워졌고, 영국식 적조 담장이 마주해 낭만적인 분위기를 풍겼다.

그가 윤기를 더했다.

– 성공회 건물이 엄청 커서 마법의 성처럼 보였더랬지.

고궁 담과는 사뭇 다른 성공회 건물이 어린아이에겐 그리 보였을 터였다.

– 잠들고 싶어.

그가 나의 어깨에 머리를 기댔다.

– 이부자리 깔아 주련?

– 누나가 바로 이부자리잖아. 자장가 불러줄래?

그는 양팔로 나의 어깨를 감쌌다.

앤드류와 나는 토요일이면 만났다. 그는 어디서 봤는지. 'T끌
모아 태산, 여기 多 있네' 라는 영어와 한문, 한글이 뒤섞인 문구
를 수첩에 적고 외웠다. 한국어를 익히기 위한 열성 탓인지 영어
에 가린 억눌린 한국어 발음이 순해졌다. 그즈음 나는 광화문에
위치한 앤드류의 오피스텔을 방문했다. 15평의 좁은 공간이지만
깔끔하게 정리된 곳이었다. 티브이와 책상 겸 식탁, 찬장 위엔 두
어 사람이 공유할 그릇들이 놓였다.

나는 준비해 간 것들을 요리해 식탁 위에 올렸다.

– 마리표 비빔밥? 세계 제일 특등 비빔밥이로군.

그는 내가 요리한 비빔밥 두 그릇을 먹어치웠다. 마리표 비빔
밥은 고사리와 도라지나물 대신 미나리나물을 넣어 비빈 것이다.
미나리나물은 내가 선호한 채식 별미였다. 그는 감격해 나의 양
손을 잡았다.

– 누나도 트기, 나도 트기, 우리 더불어 살면서 비빔밥을 특등
요리로 계발해 세계 제일 요리로 거듭나게 하자꾸나.

며칠 지나자 그는 다시 도움을 청했다.

– 구멍 난 양말 좀 기워 줘.

그 주문이 왜 그리도 마음에 닿았을까. 엄마가 라이언 씨에게 건진 알토란이 일용할 양식이었다면, 구멍 난 양말을 기워 달라던 앤드류에게 내가 건질 건 무엇일까. 남에게 꿰줄지언정 내가 꾸지 않을 거란 확신이었다. 약속하면서도 나의 반응은 전혀 엉뚱한 데로 흘렸다.

− 수전노 중의 수전노로고.

− 노. 누나가 그리 여길 법한 거겠지만.

난 알레르기 체질이라 면양말을 신어야 돼. 허벅지까지 덮는 긴 양말을. 근데 마마가 내 양말을 토론토에서 특별 주문해 일백 켤레를 구입해 주셨거든. 이젠 열 켤레가 남아 아껴야 하잖아. 나는 의구심이 들었다. 면양말은 어디든 있을 텐데. 우리 대한민국 면양말이 캐나다 제품에 못 미칠까 봐? 서울의 상점 어디에도 무릎까지 덮은 건 있어도 허벅지까지 덮는 긴 건 없었어. 나의 엄지발가락이 엄청 크니 구멍이 잘 나기도 하거든.

그러고 보니 나의 고민도 점점 커졌다. 알레르기치곤 유별난 악성 알레르기지 뭐야. 저 재간둥이의 응석을 마냥 귀엽다고 봐줄 게 아니잖아. 경아 남편과의 나이 차이가 23년이란 것도 걸림돌로 다가왔다. 동갑내기 친구 반려자끼리 부자 관계처럼 세대 차이가 나는 것도 예사로이 넘길 일도 아니었다. 그러나 어쩌담. 약속을 어길 순 없으니. 그냥 오누이처럼 지내면 되는 거지. 나는 다시 그의 오피스텔로 갔다. 그가 내민 양말에 전등알을 넣어 면

실을 가지고 날줄 씨줄로 엮어 헐은 곳을 짜깁기 했다. 그 체질이라면 나일론 실로 꿰맬 순 없었다. 더욱이 그냥 구멍 난 곳을 기우기도 하겠지만 걷기엔 불편할 터이므로. 문득 나는 유년 시절, 외조모가 내 양말을 짜깁기 해 주시던 모습을 떠올렸다.

외조모는 독립 유공자의 따님이었다. 외증조부는 일제 때 만주에서 독립군에 가담해 왜경에 맞선 의혈 지사였다. 그 당시 부친을 뒷바라지 하시던 외조모야말로 수전노 중의 수전노였다. 엄마가 바람둥인 건 그 짠돌이에 대한 반발이었다. 엄마가 아빠에게 건진 알토란도 그에 대한 경외감이었다. 그런 이중적인 게 엄마를 더 이상 나락으로 안 떨어진 지침이이기도 했다.

앤드류가 울음을 토하며 나의 품에 안겼다.

– 누나야말로 숨졌던 마마가 환생한 거잖아.

또 열흘쯤 지나, 그가 제의했다.

– 와이셔츠 다릴 게 열 개거든. 그것들을 다려 주면 이 세상에서 가장 달콤한 걸 선물할게.

응석받이치곤 덩치가 컸지만 허점도 감싸고 싶을 정도로 정이 가는 걸 어쩌랴. 또다시 그의 오피스텔로 가서 와이셔츠를 다리고 나자, 그가 나를 껴안았다.

– 이 세상에서 가장 달콤한 게 무어겠어.

그는 나를 껴안고 입술을 포갰다. 나도 선선히 응했다.

– 파파를 사랑했어?

그가 물었다.

― 그럼. 엄마보다도. 아빠의 파란 눈동자가 넘 좋았거든.

엄마와 아빠는 서로 이혼 도장은 안 찍었지만 말년에는 헤어져 살았다. 아빠가 칠순을 넘기자, 사랑보다도 고향에 더 애착을 느꼈을까. 엄마는 무남독녀라 노모의 병구완을 위해 아빠 따라 샌프란시스코 행을 포기했다. 이태가 지나 아빠는 고향의 생가 옆 공원에 묻혔다. 엄마는 나를 데리고 아빠 고향으로 가서 장례식을 지켜보았다. 그로부터 오 년 후, 친척들의 도움으로 엄마는 부평의 친정 부모 무덤 아래 묻혔어.

― 파파와 마마의 무덤은?

나의 의문은 그의 가족에 대한 탐색이었다.

― 마마가 먼저 숨졌거든. 파파는 마마 유골을 토론토에서 진주로 가져 가 우리 가족 동산 묘지에 묻었어. 마마의 유언이 당신 고향이 바로 나의 고향이라며, 그곳에 안식하기를 원했지. 파파의 유언에 의해 고모가 오빠의 시신을 마마 묘 옆에 묻었고.

― 괜히 눈물 나네. 파파의 무엇이 마마가 저 세상에 가도 오직 당신 반쪽임을 증명하고 싶었을까.

앤드류는 나를 응시했다. 그의 파란 눈동자에 마리별이 뜬다면 나의 눈동자엔?

― 초생달 눈. 마마는 파파의 초생달 눈이 너무 좋아 신경쇠약에서 벗어났대.

– 이유는?

나는 그가 동행하기를 원하던 진주의 부모 묘지 참배에 응할
참이었다. 앤드류는 진지하게 고백했다.

– 평안을 안겨 주거든. 누나도 초생달 눈이라, 난 누나를 볼
때마다 잠들고 싶으니 어쩌지? 불면증 환자에겐 그만한 묘약이
없잖아.

결을 향한 단상

숨결

아이를 잉태하고 마마가 태동을 느낀 건 파파랑 합궁할 때라고 했다. 태동은 여인이 임신한 지 3개월쯤 돼야 나타나는 징조였다. 하지만 마마는 파파의 정액이 자신의 자궁에 둥지를 튼 순간, 꼬끼오 꼬꼬, 수탉의 자명종이 울리더란 것이다. 그 자명종은 새벽의 미명을 거두고 새날을 맞이한 청신호인 양 임부의 가슴을 달궜다. 태아는 양수 속에서 헤엄치며 하루가 다르게 눈썹만큼 몸무게를 늘리고 늘려 자신의 영역을 개척해 나갔다. 동그라미를 그리고 양팔과 양다리를 뻗어 골격을 이뤘다. 그런 사이 태아의 둥지는 임부가 알게 모르게 돌고 돌았다. 날마다 태아는 동그라미 영역엔 두상, 눈동자, 코, 입술, 귀를 세필화로 그렸다.

양팔엔 어깨, 팔꿈치, 손목, 열손가락, 손톱 모양새를 가꿔 나갔다. 양다리엔 허벅지, 무릎, 장딴지, 발목, 발가락, 발톱을 키웠다. 마마는 태동을 느낄 때마다 태아가 새근새근 잠자기도, 쿵덕쿵덕 떡방아 찧고 풍년을 노래하기도, 이리저리 헤매며 토한 신음을 듣곤 했다. 마침내 태아는 마마의 자궁을 헤치고 천지를 깨우칠 사자후를 발했던 것이다.

바람결

아이는 쑥쑥 자라 열 살이 되었습니다. 마마 품속을 떠나 어디든 혼자서 나다니길 좋아했습니다. 일테면 풍을 맞아서 그렇다나요.

아이의 배냇짓에 군자의 덕을 읽고 우렁찬 울음소리에 장군의 기상을 노래하던 부모의 바람은 뒷전으로 밀려 났습니다.

아이가 집을 떠날 채비를 서두르자, 마마는 아들 등을 토닥였습니다.

다솔아, 어디로 가던 너를 지킨 눈동자가 있음을 잊지 마라.

그러고는 신생아 때 입었던 배냇저고리를 가슴에 품게 했습니다.

아이가 집을 떠나 처음 맞닥뜨린 게 윙윙 울린 말발굽 소리였습니다. 그 소리는 어디론지 떠날 방랑벽을 일깨웠습니다. 위이

잉 울림이 귀를 간질이자, 개나리가 세상을 노랗게 색칠했습니다. 꽃샘바람에 등을 탄 아이 눈동자가 가물가물 거렸습니다. 끊어졌다 이어지고 이어졌다 끊어진, 아지랑이의 술래놀이에 아이는 동아리가 되었습니다. 양손을 휘저으며 아지랑이를 쫓았지만 손에 잡히지 않았습니다. 바람은 언제나 아이를 앞서 달렸습니다. 아이는 쉼 없이 부는 바람이 배고플까 봐 밥을 먹이고 싶었습니다. 아이도 배가 고팠습니다. 그리하여 동산에 올라 진달래를 따 먹었습니다. 아이는 바람도 진달래랑 입 맞춘 걸 보고 어디든 성찬이 준비 돼 배고프지 않을 거라 여겼습니다. 계절 따라 먹거리들은 풍요로웠거든요. 머루, 다래, 수박, 복숭아, 사과, 배, 홍시와 곶감도 입맛 다실 먹거리였습니다. 그리고 바람은 밥과 반찬에도 입맛 다신 미식가란 걸.

아이는 훌쩍 자라 열다섯 살이 되었습니다. 소년은 바람도 산들바람, 회오리바람, 태풍도 있음을 알았습니다. 덩달아 바람에 당당히 맞서야만 고통에서 놓임 받아 지혜가 늘고 강건해진다는 세상 이치에 눈이 밝아졌습니다. 소년은 무언가에 집착하기를 즐겼습니다. 세상 만물이 어디에서 나서 어디로 흘러가는지, 의구심에 젖었습니다. 진정 바람 같이 생수 같이 임할 신의 존재는 있는 건지. 하늘과 땅은 구만 리 장천이라던데 그 길이는 얼마만한 걸까. 마마가 항시 너를 지킨 눈동자가 있다던데 누굴까. 날개가 없으면 날지 못한 새들의 생태는 어떤 걸까. 왜 비행기는 프로펠

러를 달아야만 나는 걸까. 의문은 의문을 낳았습니다.

돌결

소년은 점점 자라 의문을 풀기 위해 먼 곳으로 떠났다. 먼저 간 곳이 제주도였다. 그곳은 집집마다 돌담으로 에워 쌓였다. 다솔은 돌담의 돌들을 유심히 살폈다. 반반한 돌로 땅 뺏기 놀이를 한다든지, 수석을 모아 돌에 나타난 대한민국 전도를 보고 징으로 각을 뜨곤 했다. 돌담의 돌들은 야생초가 숨 쉬고 기린과 말이 뛰노는 무늬에 다솔의 눈이 밝아졌다. 말이라니. 제주도가 말의 본고장 아닌가. 돌도 나이테를 지니고 자란다. 주위의 풍광에 젖어 무늬를 낳는다는 건 유년의 감미로운 상상이었다. 무궁화, 매화, 목련, 장미, 국화도 있네. 그러고 보면 꽃돌은 억만 년의 세월을 물레질하며 그리움을 잉태한 영원불멸의 혼일 테지. 계절 따라 돌의 무늬가 달라 보인 건 저마다 현재에 초점 맞춘 환경의 적응성일 게다. 산봉우리가 도도히 손짓하고, 칭노루가 뛰놀고, 강물이 흐르는, 산수화를 품기도 하잖아. 백마 타고 오는 초인도, 일세를 풍미하던 영웅들의 전투도, 손짓으로 기적을 행한 성자의 호령도 있거늘. 저건 뭐지. 오래도록 그리움에 목 멘 연인끼리 서로 만나 키스를 날리는구나. 다솔은 어디선지 그를 기다릴 연인이 있을 거란 상상에 사로잡혀 아랫도리가 불근해졌다.

가이드가 입심을 발했다.

모래가 흙이 되려면 이백여 년이 걸린답디다. 오랜 세월 해풍에 젖어서인지 하와이는 갯벌이 없고 돌멩이가 드물어요. 제주도는 돌이 명물이잖습니까. 같은 화산 폭발 섬이라도 전혀 다르게 관광객들을 끌어들이니 묘한 조화 아니겠소.

단순히 그런 건 아닐 거야. 돌은 바위가 낳은 신생아인지도 모르지. 신생아가 자라서 어른이 되고 아빠 엄마가 되어 가정을 이룰 테지. 어느덧 노인이 되어 지나간 삶을 되돌아보며, 아, 내가 살아온 나날들이 아름다웠노라고, 찬미가를 부를지도.

자아 그럼, 자연에 도전하기 위한 인간들의 기예는 어떠했는지. 먼저 하루방을 살펴볼까요. 하루방이 제주도 방언으로 할아버지란 뜻입니다. 벙거지를 눌러 쓰고 왕방울 눈에 자루 병 같은 코, 불룩한 뺨, 꽉 다문 입술에 번진 온화한 미소, 특유의 해학적이면서도 근엄함이 돋보이지 않습니까. 마을의 재난을 막고 전염병을 예방하며 전란을 막기 위한 수호신입니다. 하루방의 재질은 화산으로 생긴 현무암이라, 다솔에겐 촘촘히 팬 곰보자국마저 친근미를 일깨웠다.

마마는 보석에 관심이 많았다. 아들이 집을 떠나자, 손과 발과 마음마저도 심심하다며 마음 둘 데를 찾은 게 보석이었다. 홍옥, 호박, 옥, 자수정, 다이아몬드에 이르기까지 그 영롱한 빛에 취했다. 보석의 원조가 돌이며, 고대부터 장신구로 애용되었다던 걸 알고부터, 그에 대한 탐색에 빠져들었다. 어디든 발에 채인 게 돌이잖아. 이렇듯 매혹덩어리로 마음을 사로잡다니. 돌에 나타난 얼과 무늬가 창조 역사에 공헌 했다던데. 마마의 입에선 팡팡 나팔 소리가 터져 나왔다.

다솔이 두 번째 순례 길을 떠난 곳은 앙코르 와트였다. 그곳의 조각상들이 어떻게 밀림 속에서 수천 년 동안 비바람에 부대끼며 무늬를 낳았을까. 더불어 곰팡이꽃도 피었는지 경이로움에 젖었다. 수많은 조각상들은 저마다 다른 모양새의 무늬를 낳고 곰팡이꽃을 피우며 세월을 물레질 했던 것이다. 그리고 보면 인간들이 돌을 가루로 내어도 돌은 원초의 본능을 독야청청 누린다는 걸.

이집트의 피라미드와 스핑크스도 무늬를 낳고 곰팡이꽃을 피우며 위풍당당이 순례자들을 맞이하곤 했다. 몸에 수천 년의 나이테를 되감을 때마다 심장이 뜨거워져 무늬로 환생한다는 걸. 곰팡이꽃을 피우며 가슴앓이를 바깥으로 내뿜는다는 걸.

다솔이 쿠푸왕 피라미드 앞에서 낙타를 타기 위해 발을 올린 순간이었다. 모래바람이 휘몰아쳐 순례자는 쓰러졌다. 누군가가 손을 내밀며 순례자를 일으켜 세웠다. 깨어나니 터번을 머리에 두른 노인이었다. 노인은 자라 모양 물병을 다솔 입 가까이 들이댔다. 아, 이 현자야말로 나를 지킨 눈동자를 지녔구나. 다솔은 물을 들이켰다.

아뿔싸, 이스트 섬의 모아이 석상들에 나타난 한결같은 표정들은 어떠한가. 경건함과 선뜩함을 동시에 심어주잖아. 세상을 달관한 듯, 어떤 유혹에도 무심한 듯, 그러면서 천지재변에도 불가항력을 지닌 듯, 아니면 순간을 영원으로 물레질하기 위한, 죽음을 견딘 사랑의 꽃을 피우는지도. 다솔은 불가사의란 신비의 겹을 풀고 싶었다. 그리하여 현지 남정네의 도움으로 밧줄을 타고 모아이 중에서도 가장 키 큰 모아이 석상 머리 위에 올랐다. 그 아래를 내려다보며 외계인들이 모아이를 만들었다던 전설에 동참하기 위한 구실이었다. 그랬지만 시간이 정지된 듯한 아찔함에 황급히 밧줄을 타고 내려왔다. 진정 다솔이 기원한 건 차렷 자세로 하늘바라기 하던 모아이 석상들의 기를 받아 하늘을 날고 싶은 바람이었을 게다.

물결

성년식을 치르기 위해 다솔이 발길 닿은 곳은 갈릴리 호숫가였습니다. 아침 햇살이 동녘에서 화라락 피어오르자, 진분홍 이브자리가 호수 위에 드리워졌습니다. 그 호숫가에 정박한 그리스도 시대의 배 모양을 본 뜬 어선이 다솔의 눈길을 끌었습니다. 어선의 이름은 〈메시아〉였습니다. 어떻게 성자가 물 위를 걸었을까. 그 화두는 새와 비행기가 나는 것보다도 훨씬 쉬울 것 같았습니다. 왜냐면 분명 성자도 영을 지닌 인간일진대, 자신과 가까운 이웃이란 감이 들었던 겁니다.

다솔은 그곳에 사는 자신의 또래들을 갈릴리 호숫가로 초청했습니다. 저마다 성년이 될 경이로움에 취했습니다. 십대를 마감하고 다가 올 이십 대는 어떤 걸까. 호기심이 팽배했습니다. 때 맞춰 팔복산 위에서부터 갈릴리 호수 초입까지 무지개가 떴습니다. 이제껏 보지 못한 기나긴 하늘다리였습니다. 팔복교회 지붕 위를 날던 비둘기들이 그 하늘다리에 도레미파솔라시 음계를 그렸습니다. 덩달아 바람 따라 호수 물결도 뽕뽕뽕뽕뽕뽕뽕뽕 음계를 그리자, 사마귀들이 비둘기들의 화음에 맞춰 춤사위는 절정에 달했습니다. 또래들은 만세를 부르며 달떴습니다. 무지개를 우러르며 키다리가 외쳤습니다. 우리 수수께끼 놀이 하자. 빨주노초파남보, 보라는? 꼬맹이의 해답이 뒤따랐습니다. 나탈리가 입은 옷 색깔이잖아. 또래 중에서 유일한 여친이 화답했습니다. 내가 왜 보라 옷을 입었게. 하늘의 파랑과 내 가슴의 붉은 피가 합해진 게 보라거든. 따라서 나는 하늘의 새 소식 전하는 땅 위의 천사야. 남색은? 말코가 의문을 발하자, 짱구가 그물 내린 시늉을 했습니다. 갈릴리 호수 물빛. 파랑은? 왕방울이 눈동자를 둥그렇게 뜨자, 점박이가 이마에 난 점을 매만졌습니다. 하늘 빛. 우리들이 하늘바라기 한 건 평온을 안겨 주기 때문이고. 아냐, 그건. 다솔이 주를 달았습니다. 또래들의 시선이 이방인에게 쏠렸습니다. 하늘을 날기 위한 꿈을 심어 주잖아. 꿈꾸는 자여, 복이 있을 지어다. 성자 흉내를 낸 이방인에게 박수가 쏟아졌습니다. 꺽다리가 손사래 쳤습니다. 초록은? 풀빛 아닌가. 스러져도 다시 일어서는 생명의 씨앗이고. 얌생이가 응답했습니다. 노랑은? 누군가의 물음에 주걱턱이 너스레 떨었습니다. 평화의 행진. 독재자여 물러가라. 주황은? 누군가가 소리치자, 저마다 말마디 했습니다. 노을이잖아. 황제 옷자락. 타오르기 전의 입술. 연옥으로 가는 통로, 등등. 빨강은? 누군가의 질문에 다솔이 공중을 향해 성호를 그었습니다. 타오르는 불꽃, 피의 꽃 십자가. 수수께끼 놀이가 끝나자, 나탈리가 팔복교회를 손짓하며, 온유한 자는 복이 있나니, 성경 내용을 읊조렸습니다. 팔복은 삶의 황금률이래. 우리들이 그 팔복을 누려야 하잖겠어. 뒤이어 다솔과 또래들은 메시아 어선 안에 마련된 성찬을 들었습니다. 빵을 먹고 포도주를 마셨습니다. 특별 요리로 식탁에 오른 '베드로 물고기'들을 그들은 하나씩 냠냠거렸습니다. 붕어라기엔 둥글넓적하고 도미라기엔 늘씬한 모양새였습니다. 맛도 붕어 같기도, 도미 같기도 했습니다. 또래들은 민물 생선 맛에 길들면 바다 생선은 맛이 제로라고, 갈릴리 호수에서 건진 베드로 물고기야 말로 최상의 진미라고 칭송했습니다.

이젠 우리들은 성년이 되었잖아. 축배를 들자.

다솔이 외치자, 청년들은 잔과 잔을 부딪치며 함성을 질렀습니다.

우리 모두 초대교회 시대로 되돌아가자.

청년들도 흔쾌히 응하며 제비를 뽑았습니다. 마태, 마가, 누가, 요한, 베드로 등, 예수의 12명 제자들이 뽑혔습니다. 나탈리는 막달라 마리아 역을 맡았습니다. 그리고 보니 자연 예수 역은 뱃사공 역인 다솔에게 안겨졌습니다. 다솔은 포도주에 취하고 달밤의 정경에 매혹 당했습니다. 더욱이 하늘다리라니. 배의 이름도 메시아잖아. 예사 징조가 아니거든. 덩달아 다솔은 어선을 타고 노를 저어 호수 가운데로 나아갔습니다. 수위는 탄력이 팽배했습니다. 다솔이 외쳤습니다.

물 위를 걷자.

먼저 뱃사공이 시범을 보였습니다. 다솔은 서너 발짝 물 위를 걷더니 그만 물속으로 빠져 겨우 헤엄쳐 물가로 나왔습니다. 갑자기 파도가 엄청 몰아쳐 나탈리의 도움을 받아서였습니다. 나탈리는 갈릴리 호수에서 멱을 감고 자란 갈릴리 호수 체질이었습니다. 다솔은 한강에서 멱을 감고 자란 한강 체질이었던 겁니다. 남자 또래들도 갈릴리 호수 체질이라 헤엄은 잘 쳤지만 물 위를 걷진 못했습니다.

다솔은 물 위를 걷는 게 하늘 나는 것보다 더 어렵다는 걸 실감했습니다. 하늘을 나는 건 나무 위에 올라 또 다른 나뭇가지를 붙잡기 위해 훌쩍 날기도 했으니까요.

나뭇결

약초를 캐기 위해 다솔은 산자락을 타고 올랐다. 새들의 지저 귐에 콧노래를 부르며 흥을 돋웠다. 청청 공기를 마시며 나뭇가 지 사이로 얼굴을 내민 하늘은 왜 저리도 파랑인지. 수목 사이로 드러난 산봉우리들은 왜 그리도 어서 오라 손짓하는지.

발에 요령을 단 듯 외지에서 지내다보니 몸은 야위고 정신은 어지러웠다. 의사의 진단은 아무런 병이 없다는 것이다. 병명이 없는데도 무기력하며 까라진 고통은 견디기 어려웠다.

다솔이 외지를 나돌 때였다. 파파는 증권회사에 근무하다 숨 졌다. 병명은 과로로 인한 스트레스가 쌓여서라고, 마마가 들려 주었다. 지나친 집착은 탐욕이며 결국 중병을 얻기 마련이라고. 마마는 한동안 보석에 탐닉한 걸 뉘우치며, 그걸 정리해 불우이 웃돕기 단체에 희사했다. 그랬더니 항시 두근거리던 심장병이 나 았다. 아들에게 떠돌이 생활을 마감하고 어디 조용한 곳에 가서 쉬라고 호소했다.

다솔이 둥지를 튼 곳은 지리산 자락 토굴이었다. 아프리카 오 지에서 부족민들의 세력 다툼 때 동굴에 피신했던 터라, 그곳의 토굴 생활이 어려운 건 아니었다. 그러나 박쥐가 드나들고 습기 찬 곳이라 토굴에서 달포를 지내니 으스스한 기운에 몸이 저려 새로운 보금자리가 절실했다. 그 산자락 10만여 평은 파파가 정년퇴직 하면 별장을 지어 요양 하리라고 미리 마련해 둔 야산이 었다. 그러고 보면 파파는 오래 전부터 불안과 초조에 시달려 온 내력의 소유자였다. 파파의 무덤은 그 토굴에서 얼마 안 떨어진 볕바른 양지였다.

보금자리를 짓기 위해 다솔은 그 주위에 쓰러진 나무들을 모았다. 더러는 가지가 기형이거나 잘라내지 않으면 안 될 나무들을 골라 정리했다. 이미 숨진 나무들은 껍질을 벗기니 속살이 거뭇했다. 다솔은 병들면 사람 속도 거렇게 되리라 싶었다. 내가 살기 위해 쉼터를 찾아 예까지 왔잖아. 숨진 나무들로 보금자리를 꾸밀 순 없거든. 그리하여 쓰러진 나무들은 땔감으로 사용하기 위해 산자락 구석진 곳에 쌓아두었다. 살아 숨 쉬는 나무들을 고르고 골라 대패질 하고 톱질해 집을 지었다. 대패질 할 때 드러난 하얀 속살은 그걸 벗겨 자신의 피부에 접붙이고 싶도록 정감을 일으켰다. 하얀 속살에 스며든 이슬 같은 수액은 혀로 핥거나 얼굴에 바르곤 했다. 속살의 무늬들은 천지를 품은 듯, 강물이 흐르고, 사슴이 뛰놀고, 호랑이가 어슬렁거린 듯해, 별천지 세계로 빠져들곤 했다. 나무를 토막 낼 때마다 드러난 나이테는 그 나무의 나이를 아는 좋은 예였다. 지구는 둥글게 돈다던데, 그에 발맞춰 나무들도 하늘을 향한 그리움으로 가지를 쭉쭉 뻗어 동그라미를 그리며 세월을 키질 했는지도 모르지. 벽과 천정은 황토로 바른 친환경 보금자리였다. 황토로 벽돌을 만들어 켜켜이 벽을 쌓고 황토로 천정을 도배했다. 그곳을 지나치던 심마니 선우 씨의 도움을 받아 대목과 일꾼들이 와서 지어준 것이다. 산사람이 되고부터 다솔은 동의보감과 식물도감을 섭렵해 그에 대한 상식도 익혔다. 도라지와 씀바귀를 캐고 취나물을 뜯었다. 칡뿌리와 산삼을 캐고 버섯을 채취해 몸보신에 애썼다. 그것들을 양념장에 곁들려 씹으면 입 안에선 현악기들이 연주하는 듯, 감미로움에 젖었다. 옥수수, 가지, 고추, 배추, 무도 심어 가꿨다. 해바라기, 봉숭아, 채송화, 맨드라미를 심어 화원도 마련했다. 눈이 즐거우니 마음도 즐거워 원인 모를 병도 완쾌 됐다. 자연은 노력한 만큼 내게 안겨 준다던 게 실제 경험해 보니 그게 바로 진리였던 것이다. 계곡에서 흐른 물은 약수였다. 약수를 마시고 멱을 감으니 몸의 탄력이 되살아난 듯했다. 개와 닭, 염소도 길러 식구가 늘어나는 건 신바람이었다. 몽골의 초원에서 지낸 경력이 그런 일들을 뒷받침 했다. 그가 손에 모이를 쥐면 새들이 날아와 그걸 쪼았다. 그가 그네를 타면 다람쥐들이 그의 흉내를 내며 뛰놀았다. 그네를 타고 공중을 치솟아 몸을 한 바퀴 돌고 훌쩍 뛰어 나뭇가지들을 부둥켜안곤 했다. 외지를 돌며 호신술도 배웠다. 그런 경험이 나무를 탈 때마다 몸이 가벼워지며 하늘을 날 듯 쾌감에 젖곤 했다. 그는 환호성을 질렀다. 비 상 은 영 혼 이 빛 은 날 개 다. 그러면 그의 환호성이 메아리 되어 울렸다. 비·상·은·영·혼·이·빛·은·날·개·다.

꿈결

벌거숭이 여인이 계곡에서 멱을 감곤 바위 위에 드러누웠습니다. 그걸 훔쳐보던 남정네가 여인을 덮쳤습니다. 남정네와 여인의 기성이 계곡의 물 흐르는 소리를 넘나들었습니다. 남정네가 흘린 정액과 여인이 흘린 피가 바위를 지나 흐르는 물에 흘러내렸습니다. 남정네도 여인도 첫 경험이었습니다. 근자에 다솔은 자주 여인과 교접하는 꿈을 꾸었습니다.

어느 사이 다솔은 불혹이 되었습니다. 산사람이 되고부터 다솔이 견딜 수 없는 건 성욕이었습니다. 약초를 캐서 보신하고 건강을 되찾자, 그의 중심부는 불끈거렸습니다. 수음을 해도 걷잡을 수 없이 여자가 그리웠습니다. 꿈에도 여자랑 동침하는 장면이 떠올라 그를 괴롭혔습니다. 외지를 돌며 발길 닿는 곳마다 여자랑 동침했던 기억이 되살아났습니다.

첩첩산중이라 선우 씨와 마마 외는 달리 사람의 그림자도 안 비쳤습니다. 선우 씨는 닭과 달걀, 염소들을 거래처로 팔아 준 거간꾼이기도 했습니다. 덕분에 그것들은 생계 수입이 되었습니다. 마마는 달마다 사나흘씩 머물다 되돌아가곤 했습니다. 오징어, 멸치, 명태와 미역, 조개 등 해산물과, 조기, 고등어 등 생선을 가져왔습니다. 간장과 된장도 손수 만들어 주었습니다. 다솔은 마마를 모시기를 원했지만 산사람이 되기엔 생리에 맞지 않는다며 도리질 했습니다.

그가 산사람이 된 지 삼 년 지난 섣달이었습니다. 한밤중에 일어나니 웬 물체가 어슬렁거렸습니다. 다솔은 성냥을 켜서 초에 불을 댕겼습니다.

이보게 젊은이, 놀라지 말게나.

웬 백발노인이 손을 휘저었습니다. 목소리마저 우렁우렁 거려 산신령인 줄 여겼습니다.

누구신지요.

다솔은 겁에 질렸지만 공손히 인사 올렸습니다.

한파에 산송장 될까 봐 따신 곳을 찾아들었네. 능허라 부르게나.

백발노인이 허허, 웃었습니다. 다솔은 능허가 눈빛도 형형하고 차림새도 단정해 예사 노인이 아니란 감이 들었습니다. 이튿날 깨어나니 백발노인은 온 데 간 데 없었습니다.

뒷날 선우 씨에게 다솔은 능허의 내력을 들었습니다. 이곳 아랫동네에 살았는데 6·25 때 가족을 잃었다. 일정한 거처 없이 여기 저기 토굴에서 지내며 생식한다. 한의학에 도통해 지리산을 찾는 사람들이 쓰러지면 침도 놓고 환약도 준다는 내용이었습니다.

산사람 된 지 사년 째 접어든 오월, 마마가 숨졌습니다. 임종을 예감 했는지 마마는 아들에게 와서 달포도 못 돼 숨졌습니다.

다솔아, 여긴 너의 보금자리가 아니란다. 인간답게 살아야지.

마마의 유언이었습니다. 인간이 인간과 더불어 등을 부대끼며 그 체온으로 사는 게 가장 인간다운 삶이라고 강조했습니다. 그동안 아들이 하산해 결혼도 하고 삶을 꾸려 가야 한다고 보챘지만, 다솔은 이곳이 나의 안식처라며 거절했습니다.

다솔은 파파 무덤 곁에 마마 시신을 묻었습니다. 부모 산소가 곁에 있어 다솔에겐 든든함을 안겨 주었습니다. 생과 사가 동전 앞뒤란 걸 외지 여행 중에 터득해, 부모가 살아 계신 양 자신을 지킨다고 여겼습니다. 날마다 저녁이면 부모 산소 앞에서 예를 올리고 그날 일어난 일들을 보고 했습니다. 그동안 외지를 나돌아 자식 노릇 하지 못한 면죄부였습니다.

나날이 다르게 염소 식구가 불어났습니다. 수놈들이 많고 암놈들이 적었습니다. 그러므로 수놈들의 성기를 제거해야 할 상황에 처했습니다. 암놈들이 비실거려 새끼 낳는데 지장이 있어서입니다. 다솔은 칼을 들고 건장한 수놈을 잡아 놈의 성기를 자르려는데, 아랫도리가 불끈해지더니 축 늘어진 감이 일었습니다. 동시에 누군가가 자신의 성기를 토막 내는 환각에 아찔해졌습니다. 그런 예는 동시 다발로 터져 다른 수놈들도 고자로 만들 순 없었습니다. 그 후유증은 무기력 상태로 변해 매사에 자신이 없었습니다. 나뭇가지에 올라 다른 나뭇가지 사이를 건너뛰던 놀이에 취해 떨어져 허리를 다친 것도 무기력에 보탬이 되었습니다. 밤마다 예의 그 여인이 나타나 성욕을 채워주어 일어나면 팬티가 촉촉이 젖었습니다. 종당엔 기력이 없어 드러누웠습니다.

그로부터 사나흘 지났을까. 선우 씨의 안내로 능허가 그 산장을 방문했습니다. 다솔의 맥을 짚어 본 능허가 진단을 내렸습니다.

이보게, 젊은이. 하산 하게나. 아직 젊은이는 해야 할 일들이 너무 많아. 혼인해 아이 낳는 것도 국익에 기여하는 거라네.

마치 성욕을 제어하지 못한 자신을 꿰뚫은 능허의 깨우침이었습니다.

사람결

남산 위에 무지개가 떴다.

일백 년 만에 나타난 경사 아닙니까.

왜 일백 년인지. 하고 많은 숫자가 많겠지만 일백이라면 완전한 숫자라서 그런가요.

저마다 환호성을 질렀다.

인간 수명 한계가 일백 세라서 그런 건 아닐는지.

중년 여인도 고개를 끄떡였다.

옳은 말씀. 나의 조부님 시대 땐 육십 년만의 경사, 아버님 땐 팔십 년만의 경사라 했으니, 우리들에겐 일백 년이 알맞겠지요.

중년 신사가 되짚었다.

인간 수명을 육십 년, 팔십 년, 일백 년이라 가정한다면 그 수치만큼 엄청난 숫자가 없다는 뜻 아닌가요?

삼십 대 장년의 이마에 의문이 도드라지자, 이십 대 청년이 혈기를 부렸다.

형은 뭘 몰라도 한참이나 몰라. 천년이잖겠어.

미수노인이 단춧구멍 눈을 둥글게 굴렀다.

바야흐로 삼십 세기 땐 인간들에게 천년의 나이테가 온몸에 문신으로 새겨지겠네.

남산 타워호텔에선 다솔의 결혼식이 열렸다. 신부는 갈릴리 출신의 승무원이었다. 나탈리는 다솔의 꿈속에 나타난 여인이었다. 성년식이 열렸던 밤, 다솔과 나탈리는 갈릴리 호숫가 바위 위에서 첫 경험을 치렀다. 그날 밤, 성년식에 참여했던 청년들이 몰려들어 행패를 부렸다. 어디서 굴러 온 망아지 새끼가 성스런 우리 공주를 우롱해. 나탈리를 우롱한 건 바로 우리 갈릴리 사람들의 자존심을 파괴한 거라고. 다솔은 청년들에게 몰매를 맞아 쓰러졌고, 나탈리는 청년들에게 끌려갔다.

그들 결혼식은 먼저 나탈리가 다솔의 산장을 방문해 이뤄진 경사였다. 나탈리가 고백했다. 그동안 한국어를 열심히 익혔다. 더불어 한국의 풍습과 역사에 관해서도. 코리아가 좋은 건 다솔이 좋아서였다. 예루살렘에서 인천 국제공항으로 오는 대한항공의 승무원이 되었다 그동안 다솔을 찾기 위해 엄청 노력 했다.

예까지 오게 된 결정적인 증거가 뭔 줄 알아요?

뭘까?

되묻는 연인에게 나탈리가 무얼 펼쳤다.

다솔의 배냇저고리였다.

그들의 첫 경험이 묻은. 그곳에 마마가 수놓은, 다솔의 부모 이름 아래 다솔의 이름이 적혔던 것이다. 그 밤의 정사를 잊지 못해 이런 경사가 오기를 기다렸다. 나탈리의 눈동자가 별꽃처럼 튀었다. 어제가 오늘인 듯, 내일이 오늘인 듯, 나이테를 풀기도 되감기도 하던 여유는, 성경을 거울삼아 자신의 나신에 접목한 소망의 산실이라며.

'너희가 내 안에 거하고 내 말이 너희 안에 거하면 무엇이든지 원하는 대로 구하라. 그리하면 이루리라.'

그 말씀을 붙잡고 인고의 나날을 견뎠노라고 했다.

결혼식장에 들어서기 전, 다솔이 남산 위에 걸린 무지개를 보고 나탈리에게 속삭였다.

지금 이 순간을 위해 신이 우리에게 선사한 축복의 통로로고.

나탈리도 다솔에게 속닥였다.

하늘다리는 언제 어디든지 내 가슴에 존재하거든.

주례는 능허가 맡았다.

만물은 결을 지녔습니다. 세월의 흐름에 따라 그만한 결이 생기게 마련이고, 그만의 무늬가 아로새겨져 결을 이루지요. 우리는 만물의 영장인 인간입니다. 세상의 모든 결을 다스릴 능력을 지녔지요. 우리는 인간답게 사는 게 생의 목표 아니겠습니까. 가장 인간다운 삶이란 내가 네가 되고, 네가 내가 되는, 남녀가 동심 일체에서 일군 화평한 가정을 뜻합니다. 그게 바로 인간이 누려야 할 복락이고 생의 가르침입니다.

그날 사회자는 선우 씨였다. 이미 다솔이 산장지기로 영입했다. 능허도 그 산장에서 지내며 산사람들의 버팀목이 되었다.

다솔은 나탈리의 눈동자에 뜬 별이었다. 마마가 항시 너를 지킨 눈동자가 있다던 게 바로 나탈리의 눈동자였다. 떠돌이별은 나탈리의 눈동자를 통해 하늘 나는 새가 되었다.

신의 손

– 내가 너를 내 손바닥에 새겼고 (이사야 49장 : 16절)

1

모든 게 예정된 수순이었다.

2

무언가 섬뜩한 느낌이 든 순간, 왼손에서 무엇이 쌩 날아간 듯하다. 새의 날갯짓 같으면 가볍기도 하련만. 아냐, 독수리 날갯짓이었잖아. 아니면 번개가 친 게 아닐까. 저만치서 달아난 빨강과 검정이 성란의 시야에 잡힌다. 빨강은 스마트폰이고 검정은 핸드백이란 걸 가늠한 순간, 웬 사내의 목소리가 쩽 울린다.

"아줌마, 괜찮으세요?"

사내가 양손으로 몸을 일으켜도 성란은 일어서질 못한다.

"안 괜찮습니다만."

성란은 왼쪽 가슴과 엉덩이에 통증이 일어 다시 그 자리에 주저앉는다.

"내가 죽을죄를 지은 거라요."

사내가 암울하게 내뱉는다.

성란은 사내가 죽을 죄 운운한 게 두렵다. 오십 대 중반쯤 되었을까.

"누구시죠?"

"저 트럭 운전삽니다."

그러고 보니 저만치서 하얀 용달 화물차가 보인다.

사내는 성란을 힘겹게 인도로 이끌어 낸다. 그런 사이 차량들이 경적을 울리며 멈춘다.

"이걸 어쩌나. 주일 예배도 안 드리고 기도도 멀리 달아나 하나님께 벌을 받은 게지."

사내의 순전한 믿음이 성란의 마음을 움직인다. 성란은 모태신앙이다.

"괜찮습니다. 걱정 놓으세요. 이렇듯 정신이 멀쩡하잖습니까."

하늘은 파랗고 날씨마저도 다사롭다. 성란은 통증을 참고 사내의 부축을 받으며 일어선다. 사내가 와락 성란을 껴안는다.

지나치던 청년이 위로를 했다.

"다행 중의 다행입니다. 복을 제곱으로 받은 줄 아세요."

사내가 핸드백과 스마트폰을 가져와 성란에게 건넨다. 핸드백 겉면은 헤어졌지만 오래 되고 값비싼 게 아니라서 속상할 정도는 아니다. 스마트폰은? 성란은 그걸 켠다. 이런 와중에도 멀쩡하다니. 어느 새 구조대원들이 성란을 에워싼다. 그들은 호각을 부르며 성란에게 구급차에 타기를 재촉한다.

"어디로 가려고요?"

"어딘 어디겠어, 병원이죠."

고참이 이 양반 참 겁 없이 구네, 란 표정을 짓는다.

"병원이라뇨? 이렇듯 멀쩡한데요."

"사고도 보통 사곱니까? 생명이 오락가락한 교통사고라고요."

고참이 성란에게 구급차에 오르기를 거듭 재촉한다. 그들의 표정이 험악해질수록 운전사의 얼굴이 겁에 질려 시퍼렇다.

"전혀 아무렇지 않아요. 긴한 약속이 있어 어서 가야 하거든요."

광화문 교보문고 별실에서 문단 선배의 시집 출판기념회가 오후 3시에 열리기로 예정되었다. 상대의 짜증 섞인 어투에 고참이 다그친다.

"안 됩니다. 우린 댁의 안녕을 지켜야 할 의무를 지닌 공복입니다."

성란은 고개를 빳빳이 세우며 고집을 부린다.

"꼭 가야 해요. 이것도 저 건너편 건물로 가서 전해야 하고."

그 건물 4층에 '진리교회'라고 쓴 현판이 미풍에 흔들린다. 그곳은 성란의 장남이 시무하는 예배당이다. 조금 전, 성란은 장남과 스마트폰으로 대화를 나눴다. 장남이 그 서류를 진리교회 우편함에 넣어 두라고.

성란이 행단보도를 건너던 중이었다. 용달화물차가 쌩하니 달려와 핸드백에 부딪쳐, 성란은 넘어지고 열려 있던 핸드백 안에서 스마트폰이 튀어나왔던 것이다.

"그건 이리 주십시오. 내가 갖다 놓을 테니까요."

그들 중에서 막내가 손을 내민다. 성란이 그 서류를 막내에게 건네자, 고참이 이끈다.

"이젠 됐지요. 자아, 차에 오릅시다."

그들은 성란을 싸안다시피 하곤 구급차에 태운다.

3

달콤한 잠, 그게 소원이었다. 맥없이 축 늘어졌는데도 바늘을 찌르듯 가슴의 통증이 일곤 했다.

천장에 매달린 링거가 수정처럼 해맑다. 양팔을 돌려가며 하루에 하나씩 몸속으로 들어가던 링거액. 나의 몸에도 저렇듯 해맑은 피가 흐른 걸까. 방울방울 떨어져 내린 링거액을 점검한 간호사가 주사기를 들고 허리를 구부렸다. 빼빼는 왜소한 체격에 마흔 앞둔 노처녀라 사슴 눈빛이 더욱 애잔해 보였다.

나는 누운 채 오른 손을 내밀었다. 반창고로 봉한 링거 줄 사이로 손등이 푸르죽죽했다. 피멍이 고인 주사 바늘 흔적이었다.

"깜빡했군요. 아침마다 문안 인사 올린 불청객은?"

무슨 새삼스런 질문이냐는 듯, 빼빼의 벌어진 입술 사이로 보철補綴이 드러났다.

"내 몸 속에 들어 간 건 알고 넘어 가야죠."

빼빼는 내가 내민 수첩에 볼펜으로 적었다. 항생제, 마이신, 진통제, 지혈제.

내 옆 침대에는 아가씨가 연인 앞에서 족집게를 들고 멈칫거렸다. 연인의 콧김에 아가씨의 동그란 귀걸이가 나뭇잎처럼 흔들렸다.

"넌 눈썹에 털이 많고 까만 건 눈요기지만 콧구멍도 그러니 숨을 제대로 쉬겠느냐고?"

"질식사는 안 할 테니 염려 놓으슈."

갑자기 아가씨가 맥없이 침대 위에 드러누웠다.

"소오리, 쇼리, 미안 미안."

청년이 아가씨를 껴안았다.

"목숨이 오락가락인데 미리 앞당겨 겁주기야?"

질식사란 어감에 충격 받았는지 아가씨가 목청을 높였다.

내일 모레면 유니는 폐 수술 받는다. 폐에 구멍이 뚫렸지만 별다른 이유가 없다는 의사 진단이 나왔다. 모든 생물은 이유가 있어 건강하고 병도 생긴다. 이유 없다는 건 환자에게 불안을 안겨준다. 그걸 떨치고 싶은지 유니는 연인을 애완용처럼 다뤘다. 연인의 귀를 크게 벌려 귓속을 후벼 파기도 하고 몸을 밀가루 반죽처럼 주물러댔다.

족집게를 든 유니에게 기홍이 너그럽게 나왔다.

"내 콧구멍 털을 한꺼번에 죄다 뽑아버려."

"누군 못할까 보냐."

유니의 족집게엔 잔털이 뽑히고, 기홍이 비명을 지르며 침대 밖으로 나동그라졌다.

열흘 전, 유니와 나는 침대 2개가 놓인 이곳 특실에 배정받았다. 산소 공급기가 장치된 집중 치료실이었다. 고무호스를 코에 대고 숨 들이쉬기를 거듭하는 기구였다.

"숨을 깊게 내쉬어야만 폐 기능이 좋아집니다."

흉부외과 과장이 주의를 주었다.

간병사가 내게 폐활량계를 건넸다. 네모꼴로 된 무색 플라스틱 세 개의 대롱 안에 청색 공이 하나씩 들었다. 고무호스가 달린 마개에 입을 대고 힘차게 숨 쉬면 공들이 위로 오른다던데. 내가 아무리 힘을 다해도 중간 지점밖에 안 올랐다.

"폐가 오그라들면 목에 구멍 내는 수술을 받아야 한다니까요.

투병이 곧 전투죠. 병을 이기는 것도 전투와 다름 아니죠.

수간호사가 엄하게 나무랐다. 눈을 흘기며 찡그린 표정을 짓자, 과장이 하하하 웃었다. 수간호사의 진지함과 유들유들한 과장의 표정이 환자를 어리둥절하게 했다. 그런 묘한 조화도 환자를 다스리기 위한 방편일 것이다.

산소 호흡기엔 파릇한 냄새가 솔솔 불었다. 풀잎 냄새였다. 새삼 숲이 그립다.

"기홍아, 내가 수술실에 들어가면 무얼 할 거야?"

유니가 혀로 청년 코를 깨물었다.

"너의 어금니, 사자 이빨보다 더 날카로운 걸 기억하겠지."

"호랑이마냥 무섭진 않구?"

유니가 혀로 기홍의 코를 핥았다. 딸기코가 조금은 부드러워져 분홍빛을 띠었다.

핥고 빨고 주무르고 양팔로 힘겨루기 등, 유니와 기홍은 서로에게 몰두했다. 나를 돕던 간병사가 혀를 찼다. 대낮에 꼴불견이지 뭐예요.

기홍은 유니가 원한 것, 필요한 걸 잘도 도왔다. 산소 호흡기가 빠지면 그걸 주어 유니 코에 끼었다. 약도 제 시간에 꼭 챙겨 먹였다. 식사도 손수 떠 먹였다.

엊그제, 기홍이 자리를 비운 뒤였다.

"청년이 간병을 아주 잘 하던데?"

내가 묻자, 유니가 싱긋 웃었다.

"남친? 물어도 잘 물었나 봐요."

어쩜, 저리도 거리낌 없을까.

"훤하고 미더운 짝을 만나기가 쉬운 건 아니거든."

"재력도 튼튼한 집안이구요. 우리 집도 그러니, 사실 남자 친구도 절 잘 물은 셈이죠. 우린 이곳 서귀포에서 소꿉동무로 자라 어쩌다 떨어져 있으면 이상할 정도예요."

유니는 오목조목 생긴 얼굴에 스타일도 미끈했다. 윗도리엔 탑을, 반바지에 셔츠를 걸쳤다. 발목엔 발찌를 달고 손톱 발톱엔 진달래색 매니큐어가 보석처럼 아롱거렸다. 톡톡 튄 행동도 덧나 보이지 않고 표정 또한 해맑다.

"쉿, 서태후가 오시네."

나의 귀띔 듣고, 유니가 보던 패션 잡지를 덮었다. 수간호사 이름이 서태희였다. 분위기에 따라 엄하게 굴면 서태후, 순하면 나이팅게일이라 불리었다.

"유니 아가씨는 금식."

서태후가 호령하자, 삐삐가 재빨리 금식 팻말을 유니 침대 머리맡에 끼웠다.

"굶으라니 살겠네. 남친이 치킨과 아이스크림, 포도를 한 아름 가져 왔는데."

유니가 입을 쩝쩝 다셨다.

"예쁜 아가씨 얼굴에 금 간다? 오늘밤은 봐 주기로 함."

"나이팅게일 선생님 만세."

유니가 홀짝 뛰어 수간호사 목을 껴안았다.

서태후가 내 곁으로 다가왔다.

"여사님은 옆방으로 옮겨야죠."

여기 있고 싶다. 예쁜 아가씨랑. 빼빼가 소곤거렸다.

"여기 집중치료실은 중환자만 있는 곳이거든요. 보험 혜택도 십일 동안만 받고. 이젠 건강이 위험 수위에서 벗어났잖습니까."

보험 혜택을 받을 수 없다면 내가 치료비를 부담한다? 그건 금기였다. 갑작스런 교통사고를 당해 고통을 참고 병원 신세 진 것도 억울한데. 생돈을 깎아 먹히다니. 더구나 우리 가족 어느 누구도 나를 위해 도울 여력이 없었다.

"빨리 이사 가죠, 뭐."

간병사가 나의 이삿짐을 챙겼다.

승합차 운전자는 한라산을 향해 핸들을 돌렸다. 전나무 숲에서 노닥거리던 까투리 무리가 빵빵 소리에 공중으로 날아올랐다.

"한번 구경 오십시오. 숫자로 나타낸다면?"

고 회장이 잡은 핸들에 힘을 주었다. 승합차에 합승한 회원들은 여의도문화예술인선교회 회원들이었다. 문학, 연극, 무용, 서예, 꽃꽂이 등 예술인들이 모여 친교를 다진 단체였다. 일 년에

서너 번 양로원, 고아원, 재소자들에게 위문 공연도 가곤 했다.

"우리 선교회 회장이라고 엔간히 폼 재시네."

수애가 땅콩 껍질을 벗겨 고의 입에 넣어주었다. 고는 서예가 겸 복음가수고 수애는 무용가였다.

"두뇌 회전이 너무 쉬워 기름을 쏙 빼야겠는 걸."

연극배우 피에로가 엉너리쳤다.

"이 양반, 감추기 작전? 난 도무지 못 알아듣잖아."

화훼가 금화 여사가 피에로의 어깨를 쳤다.

"한번 하나, 구경 구, 오십은 저절로 오십이라."

고가 뒤를 돌아 봤다.

"한라산 노노피 아니니까."

한라산 높이가 1950m임을 승리가 밝혔다. 승리는 열 살 때 뇌성마비에 걸린 후유증으로 발음이 똑똑치 못했다.

"영리하기 이를 데 없었는데."

금화 여사가 말끝을 흐렸다.

"여사님도 참, 무엇이 부족해 언짢아 하셔요. '베이비시티'에서 어서 오라 반기고, 어머님 늘그막에 외로울까 봐 한 집안에서 잘도 모시는데."

수애가 땅콩과 오징어포를 일행에게 나눠주었다.

"베이비가 뭐야. 교수되고도 남을 아이큐였는데."

금화 여사가 쥘부채를 펴서 부채질 했다.

"교수가 뭘 좋다고. 밤낮 없이 교재 연구하고 제자들 눈치 보며 끙끙거리는데. 아기 눈동자에 별 헤고 아기 재롱에 우주를 발견하잖습니까. 비가 오시는데 무슨 부채질이람."

내가 금화 여사의 쥘부채를 받아 접었다.

"회장님은 좋겠슈. 미인이 옆에서 시중드니. 사실 나도 안 좋을 리 없지. 시인이 뒤에 앉아 김새긴 하지만."

피에로가 뒤에 앉은 나를 보고 눈을 찡긋 하자, 왼쪽 이마에 난 흉터가 실룩거렸다. 그 흉터는 보르네오 섬에서 원목을 찍다 도끼날이 튕겨 입은 상처라던가. 피에로는 전직이 원양어선 타고 바다를 누빈 어부였다.

비가 세차게 퍼부었다. 빗물을 닦아내는 브러시가 사마귀처럼 튀었다 내렸다. 밀감나무 밭에는 주렁주렁 매달린 밀감들이 비바람에 떨어지곤 했다. 활짝 핀 유도화도 비에 젖어 움츠러들었다.

돌담 사이로 흐른 빗물, 고난 삼킨 눈물인가.

내가 돌담들을 살피며 시를 읊조렸다.

앞차가 급정거하자, 고가 일어나 앞차 운전사와 얘기를 나누곤 돌아왔다.

"정방폭포는 비 때문에 구경 못한다는군요."

고의 표정이 얼룩졌다.

"어제 천제연폭포 본 걸로 때우지 뭐. 옥황상제 모신 칠선녀가 밤이면 구름다리 타고 옥피리 불며 내려와 멱을 감는다던 곳에서 선녀춤도 추었잖아.

내가 분위기를 띄웠다.

"여미지 식물원은 어떻구. 공작이 긴 날개 펴고 날 듯 하고. 하루방님은 어찌 그리 미더웠을까. 몸 기대고 옛 삼다도 전설 들려 달라 응석 떨었지, 뭐."

수애가 몸을 비비꼬며 고의 어깨에 머리를 기댔다.

"친구 부인 유혹했다간 간음 죄목으로 지옥 떨어질라."

피에로가 으름장 놓았다.

"선인장 가시에 찔러 피 흘린다면 내 가슴에 못 박힌 한이 풀릴까."

수애가 뒤돌아보며 손짓으로 그 내용을 흉내 냈다.

"남편 친구 좀 구슬렸다고 고자질할까 봐? 앙큼스럽긴."

내가 눈을 흘겼다. 수애는 나랑 동갑나기였다. 우리는 30여 년 동안 친애를 다져 온 사이였다.

"여미지 식물원의 선인장 하나를 진상할까 봐. 한풀이 찜질에 특효약일 테니."

그 선인장과 망고, 열대어 식물들을 키우기 위해 온도 조절에 많은 자금이 들어간다던 걸, 고가 환기시켰다.

"근자엔 기온도 제 멋대로 까불잖아. 그러니 밀감 체온 온도가 남해 완도로 달아나 제주 밀감 당도가 떨어졌대."

피에로가 기지개를 켰다.

우리 선교회 회원들은 어제 오후 '삼다도 양로원'에서 노인들을 위한 위문 잔치를 베풀었다. 고는 노인들에게 붓글씨로 가훈을 써 주고, 금화 여사는 무대에 꽃을 장식했다. 연극 제목은 〈내 영혼이 은총 입어〉였다. 피에로는 장애인 둔 아비 역, 승리는 버버리 역을 맡았다. 수애는 그들 부녀를 돕는 천사 역을 하며 춤추고, 고는 목사 역을 맡아 분위기를 달궜다. 나는 해설 겸 시도 읊조렸다. '서귀포문화예술인선교회' 회원들도 협찬해 감동을 준 위문 공연이었다고, 현지 신문에 대서특필 되었다. 승리가 실제 언어 장애자라 그 연기가 더욱 돋보였다.

사기가 충천된 우리 일행은 예정대로 한라산에 오르기로 입을 모았던 것이다.

비는 계속 세차게 퍼부었다. 수애가 다그쳤다.

"정말 예까지 와서 한라산 중턱에도 못 오르고 돌아가기예욧."

"난들 어떡합니까? 날씨가 이 모양이니."

앞선 관광버스들도 되돌아가자, 고가 반대 방향으로 브레이크를 밟았다.

피에로가 수수께끼를 냈다.

"우리가 사는 서울의 동 이름 알아맞히기. 눈은 무슨 동?"

저마다 답을 맞혔다. 안국동. 머리는? 용두동. 발은? 발산동. 입술과 코는? 후암동과 구로동. 승리가 정정했다. 구로로도동과 후아암도동. 순서가 틀렸잖아. 일행이 손뼉 쳤다. 등허리와 장딴지는? 둔촌동과 장지동. 내가 검지와 장지를 높여 V를 그렸다.

승합차가 렌터카에 닿을 듯 옆을 스쳤다. 고가 클랙슨을 팡팡 울렸다. 피에로의 목소리가 점점 쇳소리 냈다.

"여자들 고추는?"

"난 몰라."

수애가 안전벨트를 조여 맸다. 일행은 배꼽 쥐고 웃었다.

"보문동."

발음도 똑똑하게 승리가 대꾸했다.

"천재 박사 납시오."

피에로가 승리를 치켜세우자, 금화 여사가 혀를 찼다.

"보문동은 우리가 사는 곳이야."

피에로가 면 잠바를 벗어 빈자리에 놓았다. 그 자리엔 승리가 앉았는데 목 받침대가 안 놓여 불편하다며 뒤로 와서 내 옆에 앉았다.

"다음은 어느 부서의 주제가인지 알아맞히기."

피에로가 노래 부르면 일행이 후렴했다. 학교 종이 땡땡땡? 문교부. 송아지 송아지 얼룩 송아지? 농림부. 따르릉 따르릉 비켜나세요? 교통부.

고가 백미러를 살폈다. 트럭이 뒤따라서였다,

나는 졸음을 견디지 못해 졸았다. 엊저녁 전망 좋은 서귀포 바다를 내려다보며 잠을 설친 탓이었다.

이를 닦자 이를? 보사부. 고기를 잡으러 바다로 갈까요. 수산부. 잠에 빠져들면서도 나는 속으로 되뇌었다. 산에 산에 나무를 심자, 한라산에 나무를? 산림청. 한 라 산, 산 림 청, 청 청 청……

뒤에서 쾅 부딪친 소리가 나더니, 쟁그랑 유리 깨진 소리가 아득히 들렸다.

4

왼발에 기브스 하고 오른 손등에는 링거액 주사 바늘이 꽂혔다. 성란은 몸을 제대로 움직일 수가 없다. 간호사에게 기브스를 떼 달라고 사정했더니, 겨우 하룻밤 지냈는데 엄살떨기예요. 사뭇 명령조로 눙친다. 어제는 아무렇지 않은 듯 했다. 오늘 새벽부터 온몸이 쑤시며 아렸다.

성란은 이미 서귀포에서 교통사고를 당해 환자의 고통을 경험했지만, 과거의 고통보다도 현재의 아픔이 더욱 가슴을 아리게 했다.

엊저녁, 성란의 남편이 아내가 입원한 병실로 들어왔다.

"왼쪽 갈비뼈와 왼쪽 발목뼈도 금 가고 온몸에 찰과상 입어 종합 진단 결과 6주 동안 입원해야 한대."

"어떻게 40여 일 동안 병원에 입원해 있담."

"조심성 없긴."

"난 아무렇지 않으니 제발 며느리들이나 친척들, 지기들에겐 알리지 마세요."

남편은 의사가 시킨 대로 해야 한다고 윽박지르곤 돌아갔다. 몸도 허약하고 심근경색으로 날마다 약을 복용하는 남편이 아내 간병사가 될 순 없다. 삼형제들도 직장에 충실해야 하고 며느리들도 가사와 아이들을 돌봐야 한다. 중환자도 아닌데 생떼 부릴 순 없다고, 성란은 자위한다.

날이 밝자, 옆에 새 환자가 짐을 풀었다. 성란은 혼자 있는 게 무섬증까지 일었는데, 새삼 반갑다. 환자 팻말을 보니 오십 대 중반이다.

"병명은?"

"신우신염. 콩팥과 신장 염증으로 자칫 잘못하면 고열을 동반하니 예방이 필요한 거죠."

명희는 S생명보험 소장으로 근무 중이라고 밝혔다. 기업 대출을 하다보면 두뇌 싸움으로 신경을 많이 써서 그런 병명에 시달린다고 했다.

성란은 앞으로 보험회사 관계자와의 실랑이가 순조로울 거란 감이 들었다. 어차피 합의금이 많든 적든 그 방면에 익숙한 자의 도움이 필요할 것이다.

저녁때였다. 명희 남편과 딸이 먹거리를 가져왔다. 딸은 민첩

하면서도 영리해 보인다. 남편은 연신 웃는 얼굴로 아내를 대한다. 첫눈에도 애처가임이 드러난다. 딸이 나가고 난 뒤, 명희 남편은 칸막이 커튼을 친다.

그들 부부의 속삭임이 성란의 귓전을 울린다. 오늘 내가 떠나면 언제 오지? 달포가 지나야 하잖아.

자정이 넘었는데도 성란은 정신이 멀뚱하다.

"부군은 출장 가셨나요?"

"직업이 파일럿이라, 지금쯤 뉴욕행 비행기를 몰 테죠."

"부군 덕에 외국 여행을 자주 하시겠네. 보수는?"

"기장이라 월급을 천 만원 넘게 받지만 외국항공사에 비하면 훨씬 적지요. 흔히 파일럿이라면 겉으로는 매력덩어리로 보여도 그게 아네요. 떠돌이 별이랄지. 라면과 누룽지를 준비해 식사를 때우랴, 잠자리도 불편한 아주 고단한 직업이에요. 저도 연봉을 일억 원 남짓 받지요."

"어머머, 부자가 따로 없네. 우리 부부는 국민연금 혜택도 못 받는 얼치기 부부라우. 겨우 기초노령연금으로 때우는데……."

성란의 말끝이 점점으로 이어진다.

"그만한 벌이라면 빌딩 살 돈을 비축해 두었다고 사람들이 부러워 하지만 아네요. 딸과 아들을 외국으로 유학 보내서 저희 부부도 힘들긴 매 한가지죠, 뭐."

딸은 미국 하버드대학원에서 국제경제학 박사학위를 취득했다. 고교부터 미국에 유학 가서 영어는 원어에 가까운 수준이라 현지인들에게 무시를 당하지 않았다. 그래서 외교통산부와 국회 측에서도 딸을 영입하려고 했다. 아들은 프랑스 리옹대학 경영학과에 다니고 있다. 국립대학이라 등록금이 이백만 원도 안 돼 우리나라보다도 훨씬 저렴하다. 프랑스는 예술과 패션의 나라로 알려졌지만 본받아야 할 좋은 나라라고 했다. 자국민들은 등록금이 무료이며 외국인들에게도 등록금의 30% 정도만 받았다. 대한항공 측에서 등록금 절반을 보태 주니 고맙다고 고백하는 명희의 눈빛이 밝다.

5

남새밭엔 고추, 가지, 부추, 상추, 깻잎, 호박순이 푸르디푸르게 야산을 물들였다. 남새밭 샛길 경계선을 타고 죽죽 뻗어나간 호박순 사이로 고깔모자 벗은 애호박이 주렁주렁 매달렸다. 채 썰어 전을 부치거나 나물 볶아 먹기엔 아직 멀었다. 오롱이조롱이 매달린 여린 가지들은 손가락만한 크기였다. 호박 줄기에는 주황빛 꽃이, 가지 줄기엔 보랏빛 꽃이 피었다. 열매는 더 늘어날 테지. 고추는 탱탱하게 약이 올랐다. 상추와 깻잎은 솎아 먹기엔 알맞을 성싶다.

나는 고향 뒷동산 과수원에서 참외와 수박을 서리하던 유년 시절이 되살아났다. 눈앞에 보인 것들을 따고 싶어 손이 근질근질해졌다. 그런 사이, 남새밭 아래 길섶에서 봉숭아꽃들이 피어 더욱 눈길을 끌었다. 그것들이 작년보다도 더 번져 봉숭아 밭을 이루었다.

작년 여름, 남편과 나는 장남이 살던 이곳 근처를 다녀오곤 했다. 열흘에 한번쯤이었는데 닷새로 당겨진 건 손주를 보기 위해서였다. 백일 지난 첫 손주가 방실방실 웃으며 아장걸음을 걷자, 남편은 자주 손주 보러 가자고 졸랐다.

장남이 근무하는 회사는 서울 논현동이라 경기도 담소까진 먼 거리였다. 하지만 아침 일찍 차가 막히지 않는 도로를 달리면 한 시간 남짓 걸렸다. 서울에서 직장생활을 하려면 그 정도는 감수해야 한다고, 장남은 우리 부부를 안심시켰다.

우리 부부는 손주 재롱에 시간 가는 줄도 모르게 한 나절을 보냈다. 기저귀를 갈아주면서도 손주가 뀌는 방귀조차도 명곡으로 들렸다. 손주를 유모차에 태우고 공원에서 얼마 안 떨어진 이곳 야산으로 발길을 돌렸다. 때맞춰 뻐꾸기가 뻐꾹뻐꾹 노래 불렀다. 덩달아 손주가 그 가락에 맞춰 고개를 도리도리 짝짝 하더니 공중을 향해 손을 휘저었다. 인석이 명지휘자가 되려나. 남편의 감탄이 터졌다.

봉숭아밭 아래는 개울물이 흘렀다. 채소밭 위는 단풍나무, 느티나무, 뽕나무들이 숲을 이루었다.

나는 봉숭아꽃을 따려다 인기척에 손을 멈췄다.

"마음대로 딴다고 누가 나무랍디까?"

언제 나타났는지 여인이 개울가 바위 위에 걸터앉았다.

"아, 그렇군요."

나도 여인 곁에 앉았다.

"자연은 길손을 후히 대접하는 걸 보람으로 여긴답니다."

"저 남새밭의 채소도?"

"그럼요. 내가 가꾼 거니 마음껏 솎아 가세요."

여인은 회색 바지에 황토색 소매 긴 셔츠를 입었다. 얼굴이 검게 타고 투박한 손이 힘들여 채소를 가꾼 흔적이 드러났다. 반백이며 눈가에 주름이 져 칠순은 넘긴 것 같다.

"자연은 신을 비춘 거울이라 했던가요?"

나의 해답을 여인이 정정했다.

"자연이 곧 신이지요. 심은 대로 거두리라. 그건 복의 언약이며 신이 인간에게 베푼 배려 아닐까요."

첫 만남인데도 나는 여인이 타인 같진 않았다.

"어머, 뽕나무마다 오디가 열렸네."

"우리 뽕나무에 오를까요?"

나는 여인 따라 뽕나무에 올라 오디를 따 먹었다. 우리는 입술과 손에 오디 물이 들어 아래 계곡으로 가서 흐르는 물에 얼굴과 손을 씻었다.

핸드폰이 울려, 여인이 상대와 대화를 나눴다.

"아들 가족이 귀가해 가봐야 하거든요."

그로부터 일주일 지난 토요일 오후였다. 나는 다시 그 야산에 올라 청하를 만났다.

"꿈속에서도 봉숭아꽃이 손짓하더군요."

나는 여름이면 손톱에 봉숭아 꽃물 들인 걸 즐겨했다.

그때 내가 몸담은 선교회 김광 지도목사의 고백을 떠올렸다. 일곱 살배기 딸이 손톱에 봉숭아 꽃물 들인 걸 보고, 손에 단풍 들었구나 하니 딸이 열 손가락을 무화과 잎처럼 펼치며 예수님 보혈이라 하더란 것이다.

청하와 나는 보혈 마신 선홍빛 꽃잎을 따서 바구니에 담았다. 노랑나비와 호랑나비가 포르르 날고 개미들이 꽃잎과 함께 나의 손아귀에 잡혔다. 봉숭아 가지를 타고 개미들이 까맣게 떼를 지어 기어 다녔다.

"봉숭아가 개미를 잘도 영접하나 봐요. 상추나 깻잎으로 모여들면 여간 성가신 게 아닐 텐데."

청하의 낯빛이 보혈로 젖었다.

일주일 지난 뒤였다. 또다시 나는 그 야산에서 청하를 만났다. 청하가 점심을 대접한다기에 오전 11시로 정했다.

청하가 오두막으로 나를 이끌었다. 전기와 수도도 들어오고 방이 둘이었다. 부엌도 싱크대와 찬장을 갖춘 살만한 보금자리였다. 뜰에는 약수터도 있어, 나는 약수를 들이켰다. 시원하고도 달아 연거푸 갈증을 채웠다.

점심은 쌈밥이었다. 보리밥에 애호박과 부추전, 상추, 깻잎, 고추를 양념장에 찍어먹었다. 근자에 드물게 밥 두 공기를 먹고 숭늉까지 마셨다.

내가 애매하게 웃었다.

"도망쳤어요. 창살 없는 감옥에서."

병원 원무과로 가서 외출증을 발부 받으려 했으나 교통사고 환자는 외출이 금지라고 하여 김새긴 했지만. 그래도 식사 시간을 피해 슬쩍 그 병원을 빠져나오곤 했다. 집으로 가서 밀린 빨래도 세탁기로 돌리고, 반찬도 마련하고, 컴퓨터로 시도 쓰곤 했다. 간호사들이 나의 기행을 눈치 채고도 봐 준 건, 집이 병원과 가깝고 외출해도 괜찮을 건강을 되찾아서였다.

"나도 전과자였죠. 일 년 동안 내내 감옥에서 지냈으니."

입원한 지 달포도 안 돼 어디론지 도망치고 싶어 예까지 왔다. 일 년이라면?

청하가 속마음을 토했다. 대학 시절 남자와 열애에 빠졌다. 그 남자가 다른 여자와 결혼해 살 의욕을 잃었다.

"쥐약 4병, 수면제 20알 먹고……."

"……."

"연탄가스에 중독되면 지능이 바보가 된다지만, 쥐약과 수면제는 지능에 별 악영향을 안 끼쳐 위기를 넘겼지요. 창자가 꼬이고 밥도 못 먹고, 반년 남짓 언어 장애로 말도 못했어요. 일 년을 꼬박 병원에서 지내니 미칠 것만 같아 뛰쳐나오자, 병원에서 퇴원하라더군요."

뻐꾸기가 뻐꾹뻐꾹 울었다. 그에 자극 받았는지 청하의 눈에 이슬이 맺혔다.

"살 의욕을 잃고, 자살 장소를 선택한 게 이곳이었죠."

"……."

"숨질 장소를 찾기 위해 사방을 두리번거렸더니 저 계곡이 눈에 띄었지요."

잔챙이들이 헤엄치는 사이로 다슬기들이 꼼지락거리더군요. 맑은 공기를 마시니 세포가 살아난 것 같더라고요. 병원에선 날마다 내 세포가 소멸된 것 같아 아찔했는데. 한밤중이었어요. 오른손아귀에서 무엇이 잡힌 순간 오묘한 불빛을 보고 소리쳤죠. 반딧불이로구나. 그런 사이 놈들이 공중에서 춤을 추잖아요. 나도 덩달아 춤을 추었지요. 창살 없는 감방에서 억눌렸던 자유에의 갈망이 춤 쟁이로 환생 했는지. 춤에 취해 잠들어 깨어나니 해가 중천에 떴더군요.

청하의 눈빛이 몽롱함에 젖었다.

누웠던 그 옆자리에 알을 깨고 나온 병아리가 눈에 띄지 뭡니까. 병아리가 알에서 깨어 나온 모습이 어찌나 마음에 당겼던지.

그 순간 산고를 겪으며 엄마가 나를 낳던 장면이 선연히 떠오르더군요. 한 생명을 잉태하고 태어나기까지 그 인고의 과정을 허투루 버려선 안 된다는 강한 집념이 자살 유혹을 상쇄한 처방이었지요. 마침내 병아리를 품에 안고 이 오두막으로 와서 주인을 돕는 일손이 되었지요. 오두막 할머니는 닭을 기르며 고아원과 양로원 등에 달걀을 납품하던 분이셨거든요. 6·25 전쟁 당시 사리원에서 내려와 자식도 친인척도 없는 외톨이였지요. 삼 년 동안 지내며 나를 친손녀처럼 보살펴 주셨어요. 그런 와중에 우리는 닭들이 병에 걸려 당국에서 약을 뿌려 몰살시킨 일에 분개하기도 했고요. 그 후유증으로 할머니가 고혈압으로 숨지며 유언하신 거예요. 이곳 야산 문서를 내게 건네시며 선한 일을 하라고.

"횡재 했군요."

"자연이 베푼 은총이랄지."

"나도 가끔 자살 충동이 일곤 했거든요."

원하던 걸 못했을 때 앙앙거리며 일으킨 연쇄반응이었지. 생의 이면, 죽음은 어떤 걸까에 대한 자가당착은 아닌지. 일상의 모험에서 헛디디며 좌절될 때의 당혹감, 그런 복합적인 게 엉켜서 그랬지.

여인의 입가에 미소가 번졌다. 그런 혈기는 나이 타지 않으려던 몸부림이다. 그 내용들을 수용한 속내는 아닐까. 나의 눈동자가 뛰룩거렸다.

"그 다음은?"

"그이가 교통사고로 숨져, 고아인 그이 아들을 거두어 길렀지요."

"아내는?"

"브라질로 떠났대요. 다섯 살배기 아들을 남겨 두고. 그 당시 한창 사탕수수 재배 문제로 한국인들이 브라질로 이민 가곤 했거든요."

이태 쯤 지나 그이 아들이 내게 묻는 거예요. 엄마는 내가 아빠를 닮아 보기 싫다며 도망쳤는데, 아줌마는 어때? 라고요. 내가 고백했지요.

네가 아빠를 빼다 닮았으므로, 나는 너를 사랑하노라고.

오만 평 남짓한 야산 중에서 오두막 근처 일만여 평을 남기고, 그 판 자금으로 아들을 기르고 결혼까지 시켰다며, 청하가 환히 웃었다. 일만여 평 중에서 내가 손수 삼백여 평을 관리하고, 나머진 세를 놓았지요. 한 고랑에 해마다 십만 원씩 선금을 받으니, 연간 수익이 삼천만 원을 웃돌아 수입이 쏠쏠했거든요. 자연은 인간을 배반하지 않아요. 언제나 넉넉한 베풂으로 인간들에게 덕을 쌓는 게 자연의 덕목이기도 하구요.

"어떻게 여태껏 미혼으로 지내셨을까? 세상엔 하고많은 유혹의 손길이 많을 텐데."

"그이를 너무 사랑한 나머지, 일테면 폭풍이 지나간 뒤끝의 허허벌판이랄지."

그런 와중에 그 아들 눈동자에 뜬 나를 보자, 그이도 아이였을 땐 저런 모습일 게야. 그 사실이 무슨 대단한 발견인 양 나의 가슴을 적시지 뭡니까. 아, 그래. 이젠 내가 할 건 허허벌판에 나무를 심는 거야. 그 나무를 가꾸고 기르는 게 나의 책무인 양 다가오더군요. 아들의 눈동자에 뜬 나 자신이 그이를 사랑할 때의 눈빛이었다. 아들 부부가 아들을 낳아 주말이면 가족이 여기에 왔다, 손주도 제 아비를 닮았거든요. 그이도 아기 땐 저런 모습이었을 게다 싶은 게 금과옥조처럼 다가오더라고요. 그들 삼대의 닮은 유전인자가 내게도 유유히 흘러 나의 피와 살이 되니, 새삼 삶의 묘미를 일깨우잖습니까.

6

명희가 퇴원한 뒤, 성란은 일반실로 옮겼다. 6인용 침대가 놓인 곳이라 병실 안이 비좁고 공기도 탁해 숨쉬기도 거북하다.

이튿날 오전이었다. 간호사의 안내로 칠순 여인이 성란의 옆 침대에서 짐을 푼다. 화장실 바닥에 넘어져 무릎 뼈가 갈라지고 허벅지 뼈도 금 갔다고 한다. 백옥 피부에 행동도 조신하고 목소리도 낮아 차분한 인상을 풍긴다. 여인의 남편은 근면 정직해 보인다. 눈썹이 반백이고 머리는 허옇다. 아직 칠순인데도 나이 보다 더 들어 보인 건 얼굴에 검버섯이 많아서일 게다. 얼굴만 봐도 직업을 안다던데, 나는 중학교 교장을 지낸 접장이다는 붓글씨가 얼굴에 써진 것 같다. 성란이 펜글씨가 아니고 붓글씨를 떠올린 건 얼굴에 검버섯이 많이 피고 은퇴한 교장이라서 그럴 것이다.

그들 부부는 병실에 들어오자마자 싱글 침대인데도 서로 껴안고 잠들었다. 노부부의 행동이 어색하지 않은 건 평소에도 그런 모습으로 지내서였다. 간호사가 사모에게 설명했다. 간병인을 두어야 하며 잘못하면 뼈가 갈라져 돌이킬 수 없는 상태가 된다고 했다. 교장은 내 아내를 살려 주지 않으면 나도 따라 죽겠다는 표정으로 간병인을 두는데 동의했다. 옥색 투피스를 입고 나타난 간병인은 숭글숭글한 호인 같은 인상이다. 간병인은 사모가 오른쪽 다리를 바닥에 디딜 수 없어 워커를 사용하자, 길잡이가 되었다. 교장도 사모를 뒤따르며 멋쩍은지 오른손으로 은빛 머리를 쓸어 올렸다.

자정이 되자, 비가 창을 두드린다. 환자들은 거의 잠들었다. 성란은 잠이 오지 않아 몸을 뒤챈다.

"내 이걸 그냥, 일어 나."

교장이 침대 아래로 내려 와 사모를 향해 윽박지른다.

"한밤중이잖아요."

사모가 덤덤히 대꾸한다.

"여기가 어디야?"

교장의 목소리가 더욱 커졌다. 잠자던 환자들도 일어났다. 주위 시선들이 집중되자 교장은 모두에게 굽실거렸다.

"병원 아니에요."

"이게 뭐냐. 해마다 바람나 요 모양이니."

교장은 옆의 간병인을 보고, 이게 누군가, 깊이 생각하더니 다시 사모에게 윽박지른다.

"내가 무슨 바람을 피워. 작년엔 두통으로, 재작년엔 옆구리에 통증이 있어 병원에 입원했지. 오 년 전 위암 수술한 후유증 때문이잖아요. 이런 다리로 어떻게 걸어."

사모 목소리도 차갑다. 푸른 붕대로 오른쪽 다리를 동여매 꿈쩍도 않는다.

"여기가 어딘데 누웠어. 우리 안방은 얻다 두고."

"우리 안방은 잘 계시니 염려 놓으셔요."

사모가 성란에게 속삭인다. 진짜 환자는 저 양반이라고. 교장 관자놀이가 심하게 실룩인다. 간호사가 병실 안으로 들어온다.

"여기서 내 아내를 추방하라구?"

"내일 추방할 테니 지금은 안 돼."

간호사는 숫제 반말이다.

"왜 안 돼. 시침 잘 떼는 능구렁인데. 어서 안 나와?"

간호사가 밖으로 나가고 경비원이 교장 뒤에 선다.

"일어나, 어서."

경비원이 교장의 풀어진 혁대를 바로 매 준다.

"지금 댁에 가시려고요? 자정이 지났는데 비도 오잖습니까. 내일 아침 떠나세요."

경비원이 야단났네, 라며 문을 열고 나간다.

교장이 열린 문으로 가서 문패를 읽는다. 문패엔 입원환자 여섯 명의 이름이 적혔다. 사모 이름을 발견했는지 교장이 고개를 갸웃한다.

간병인이 이끈다.

"아저씨, 나랑 같이 집으로 가, 응?"

교장의 화답이 뒤따른다.

"조오치, 좋아."

빨강 장미 꾸러미가 성란의 침대 옆 탁자 위에 놓였다. 선홍빛 장미다. 늦잠을 잤구나. 대낮이라니. 탄식에 이어 성란의 입에선 가락이 흘러나왔다.

"유니?"

연인 이름을 부른 양 성란의 목소리가 감미롭다. 그들은 일 년에 두어 번, 잊을만하면 만난다. 아니, 반년이 어제인 양 반갑다.

"곤히 주무셔서 깨우지 못했죠."

유니는 기홍과 결혼해 슬하에 딸을 두었다. 서귀포 병원에서 폐를 수술하고 난 뒤 건강을 되찾았다.

안부가 궁금해 아줌마 댁으로 전화했지요. 아저씨께서 아줌마
가 병원에 입원했다나요. 되묻는 유니의 표정이, 육순을 넘겼는
데 또다시 교통사고 당해도 괜찮으냐는 걱정이 엉겼다.

"견딜 만 해. 열흘 전엔 여고동창 모임에도 다녀왔는걸."

교통사고 6주 진단 받은 환자가 일주일 만에 가좌동에서 양재
역까지 다녀온다는 건 무리였다. 성란은 원무과로 가서 관계자에
게 시댁 조카가 이 근처에서 결혼식을 올려 다녀와야 한다며 거
짓 하소연 해 겨우 허락 받았다. 여고동창 모임에 가서 교통사고
를 숨기고 건강한 체 한 짓도 못할 노릇이었지만. 그만한 건강을
확인해 보고픈 갈망도 저어하지 못했다. 나도 너네들처럼 이렇듯
건강하다니까. 폼 재며 느긋하던 순간의 쾌감이라니.

"낭군은 안녕하셔?"

"그럼요. 지난주 은행 지점장으로 발령 받고 보니 아줌마가 기
억나지 뭐예요."

예나 지금이나 서글서글한 행동이 불혹을 앞둔 여인답지 않게
싱싱하다.

"미안해요. 꽃송이가 23송이라서. 아줌마가 그 나이 또래처럼
싱싱하시라고 그랬거든요."

23이란 숫자는 그들 사이에 뜻 깊은 내력이 담겼다.

서귀포 병원에 입원 중일 때였다. 이걸 아줌마에게 드리고 싶
어요. 유니가 꽃다발을 성란의 탁자 위에 놓았다. 더욱 예뻐지고

캠핑 가는 걸 잊지 마. 분홍 리본에 청색 글씨가 쓰였다. 빠른 쾌유를 빕니다. 그런 내용이 아니라서 성란의 시선을 끌었다. 눈으로 헤아리니, 23 송이였다. 누가 선물한 걸 내가 지니면 어떡해. 성란이 머뭇거리자, 유니가 속삭였다. 저의 생일이라고 남자 학우가 가져 왔지만 괜히 기홍에게 미안하잖아요. 유니가 왼손을 성란 코앞에 들이대며 눈에 빛을 품었다. 약혼반지죠. 수술하기 전 꼭 이걸 끼워 주고 싶었다나요. 18K 금반지, 하트 모양에 기홍 이름이 아로새겨졌다. 약혼자에겐 유니 이름을? 성란이 묻자, 출입문에 기대 선 기홍이 왼손을 들고 흔들었다. 같은 모양의 금반지를 낀 채.

그 당시를 기억하며, 성란은 장미 다발을 품에 안는다. 난 아직도 23세인 걸. 만일 65 송이였다면 이걸 팽개쳤을지도 몰라.

7

"에스 레이에선 가갈비뼈가 부붙었다곤 하나, 아아픈 건 여어전하니 어어떡합니까."

승리가 내게 호소했다.

"나도 그런 걸. 아픔은 우리 인간들에게 숨 쉬는 동안 이어진 고난의 행진 아닐까."

참아야지. 그런 설득보다도 나의 권고가 더 가슴 적셨을까. 승리는 구부린 어깨를 폈다.

"지나난 번, 연극 고공연 하할 때땐, 혀 노놀림이 순해 말을 차참 자잘했는데, 다시 혀혀가 오그라드니, 무무서버요."

승리의 눈동자에 공포가 어렸다.

"우리 아가씨가 제일 원하는 게 뭐지?"

"그야 말을 시원하게 잘하는 것."

"것 봐. 꼭 하고자 하면 뜻을 이룬단다. 금방 승리가 한 말이 생수처럼 시원한 대답이었잖아. 항시 주님이 나를 지키신다, 여기면 뜻한 바가 이루어지는 거거든."

평소엔 지능이 열 살 정도인데 어느 순간, 천재처럼 기지를 발휘한다. 금화 여사가 딸의 기행에 희망을 걸곤 했다.

서귀포병원에서 서울 신대방동 대길병원으로 오기까지 머나먼 행진이었다. 금화 여사는 왼쪽 무릎과 어깨에 찰과상을 입었다. 승리는 등허리 갈비뼈 세 개가 부러졌고 언어 장애가 더욱 심했다. 나는 골반을 심하게 다쳐 걷기가 불편했다. 더욱이 갈비뼈 다섯 개가 부러지고 온몸에 찰과상도 입었다. 피에로는 양 다리와 팔을 마음대로 움직일 수 없던 걸 내세워 닷새 동안 입원하더니 퇴원했다. 보험회사 측에서 피에로에게 합의금을 후히 대접한 건, 피에로의 제부가 검찰청 간부라서 그렇다고 했다. 고 회장과 수애가 안전한 건 앞좌석이고 안전벨트를 매서 그렇다던 게 병원 측의 견해였다.

우리 일행이 탄 승합차 뒤쪽을 들이민 트럭 운전사는 30년 무사고 모범 운전자였다.

"트럭 운전자가 그런 사고를 낸 건 비가 억수로 쏟아진 날씨 탓입니다."

우리 일행의 사고 점검을 왔던 보험회사 직원이 트럭 운전사를 두둔했다. 그런 이면엔 앞으로 벌어질 합의금을 얼마나 적게 내야 하느냐에 대한 노련한 기지였다.

"이 양반 참 구제 불능이군. 당신 고집대로 그렇다 칩시다. 그럼 내가 일부러 교통사고를 냈단 말입니까?"

고 회장의 고함이 쩡쩡 울렸다. 앞으로 벌어질 회원 환자들의 후유증과 운전자로서의 양심과 책임감에 대한 공포일 것이다.

"이 봐요. 다른 건 제쳐 두고라도 나의 금쪽같은 딸이 벙어리가 된다면 어쩔래?"

금화 여사도 악을 캉캉 피웠다. 노모의 역성을 듣고 승리가 피울음을 토했다. 죽음을 눈앞에 둔 짐승의 울부짖음처럼. 수애가 승리의 등을 감쌌다.

서귀포에서 제주공항으로, 다시 비행기 타고 김포공항에 내려 대길병원으로 오기까지, 환자들도 환자려니와 고 회장의 고민은 더한층 컸다. 여북했으면 비행기에서 뛰어내리려 했던 심정을 토로했을까. 서귀포병원에서부터 제주공항에 도착할 때까지 승리가 눈물을 펑펑 쏟았다. 제주공항 측에서 호출 나온 의사가 승

리에게 몽환주사를 놓아 잠들게 했다. 그런 사실이 고 회장에겐
더한층 압박감을 안겨주었을 터였다.

우리 일행이 입원한 일반실에 내 또래 여인이 입원했다. 피에
로가 퇴원하고 난 뒤였다. 내 옆 침대를 차지한 여인은 허벅지에
종양이 생겨 그걸 수술하기 위해서라고 했다. 아내를 문병 온 남
편이 나를 향해 목례했다. 나도 엉겁결에 목례 했지만 도무지 누
구인진 기억나지 않았다. 이틀 후, 선엽은 허벅지 종양 수술을 했
더니 피고름이 엄청 나왔다며 얼굴에 화색이 돌았다. 휴가철이라
가족은 피서 중이라며 남편에게 핸드폰을 걸었다.

"강화 교동섬?"

반응은 저쪽보다도 이쪽이 먼저 왔다.

"연산군이 귀양 간 곳이야"

작년 여름 우리 모녀가 피서 갔다 온 곳이라고, 금화 여사가
덧붙였다.

통화를 끝낸 선엽이 입술을 튕겼다.

"그곳에 우리 별장이 있는데 황토집이에요. 30평 짓는데 1억
원 넘게 들었죠. 황토는 화성 것이 최고래요. 화성 황토에 전국을
누비며 모은 수석으로 정원을 꾸미느라 남편 바람이 잠잠해졌지
요. 등산이라면 어깨춤을 추고 밤중에라도 달려가 얼마나 속상했
던지."

"따라 나서면 될 걸."

내 눈동자에 별똥이 튀었다. 남편은 레저 활동이나 여행 가는 걸 원치 않아 나는 그게 불만이었다.

"일이 좀 많습니까."

"무슨 일?"

선엽은 머뭇거리더니 진심을 토했다.

"신길 시장에서 족발을 팔거든요. 30년을 넘겨 그 바닥엔 귀신이지요. 큰아주버님이 책임지고 먹거리를 운반해 줘서 잘 팔아요. 참, 아줌마가 진주 사투리를 사용하시던데?"

"진주가 나의 고향이지요."

"어쩐지, 시댁 어른들의 억양과 닮아 보여서."

선엽은 잘도 재잘거렸다.

80년대까지만 해도 진주시 장대동 창성 정육점이라면 모르는 사람이 없을 정도였답니다. 갓 잡은 싱싱한 소와 돼지가 줄줄이 드나들곤 했대요. 요즈음엔 시숙이 비만과 당뇨로 고생하시지만.

나의 눈에서 튀던 별똥들이 모여 화등잔이 됐다. 그랬구나. 왜 선엽 남편이 내게 목례를 보냈는지. 내가 형이 연모한 소녀였던 걸 눈치 챘나 봐. 키 크고 눈도 큼직하게 잘생긴 석남은 내가 여고 졸업 때까지 3년 동안 줄곧 따라다녔다. 선엽 남편도 미남이었다. 그들 누이도 천하절색이라고 한 시절 진주시가 떠들썩했다. 그 누이는 나의 여고 선배였다. 명 변호사 아들과 열애에 빠졌지만 남자 부모의 반대에 주눅 든 데다 폐결핵으로 숨졌다. 그 변호사 아들은 서울대학교 법대를 졸업한 특등 신랑감으로, 미혼 여성들에게 선망의 대상이었다. 하필이면, 나는 탄식을 발했다. 그 변호사 아들은 숨진 연인의 뼈를 품에 안고 다녔다. 누워 잘 때도 그 뼈를 곁에 두고 잠들었다. 대화 기피증에 걸려 부모와 형제들에게도 묵언으로 맞섰다. 일테면 연인의 영혼과 대화를 나누는 상사병 골수환자였다. 종당엔 아무 것도 먹지 못한 채 숨졌다. 그런 연유는 명 변호사가 가난한 과부의 억울한 청을 들어 주지도 않고 농락했다. 그 과부가 자살해 그 원귀가 아들에게 씌었다는 소문이 떠돌았다. 그 사건 뒤, 명 변호사 가족은 미국으로 이민 갔다. 내가 석남의 구애를 쌀쌀맞게 거절한 건 그 누이의 죽음도 죽음이려니와 백정의 아들이라서 그런 것이다.

상대의 복잡한 머릿속을 모르는 선엽은 수다를 늘어놓았다.

"교동섬엔 저수지가 있어 낚시꾼들이 붐벼요. 붕어 맛이 바다 생선보다 훨씬 맛이 좋아요. 육지에서 배 타고 가면 20분 걸리죠. 안개가 끼면 못 들어가니 어쩌나. 곧장 퇴원할까 봐."

그러더니 티브이에서 자살한 재벌 회장 소식을 전하자, 어이 없어 했다.

"정주영 할아버지가 소 몰고 북한 땅으로 가시던 신선한 모습이 엊그제 같은데 참 안 됐어. 그분 아들이 사옥 옥상에서 떨어져 자살하다니. 이 한 여름, 피서지에서 휴양했다면 자살하진 않았을 텐데."

"별이 떴네요. 새벽 별이."

핸드폰을 통해 들려 온 청하 목소리가 싱싱했다.

"새벽이지만 희소식이라 그냥 지나칠 순 없어서."

"모두 단잠에 빠졌는걸요."

시계를 보니 3시였다.

"조금 전 친선대사를 보냈지요."

친선대사라니. 나도 모르게 창문을 열었다. 갑자기 무엇이 날아와선 내 침대 주위에서 숨바꼭질했다. 반딧불이다! 나의 외침이 목안에서 맴돌았다.

"길손이 인사하는군요. 잘 주무셨느냐고."

나의 얼굴에 다이아몬드가 박혔다 싶은 순간, 눈 깜짝할 사이에 반딧불이 오른손아귀에서 구르더니 창밖으로 날아갔다.

"반딧불이 난다는 건 그래도 쉴만한 해맑은 공기가 있다는 증거 아니겠어요. 반딧불이 나의 품에서 아롱거리자 착희야, 서울 신대방동 대길병원 10층 25호로 날아가 보렴. 속삭였더니, 과연 먼 거리로 원정 갔군요."

"어떻게 그런 일이, 우연인지? 필연인지? 아니면 불가항력?"

"우주를 움직인 힘은 자연과 더불어 숨 쉰 자에게 주어진 특권 아니겠어요."

날마다 거의 반딧불이들과 벗 삼는 게 나의 취미랍니다. 녀석들이 나보다 앞서 가니, 뒤처지지 않으려던 안간힘이 나의 활력소이고요.

"그러고 보니 길손이 내 손바닥에 암호를 새겼네. '사랑'이라며."

나는 청하가 보는 양 오른손을 펴보였다.

8

성란은 중앙선을 타고 능곡역에 내린다. 처음 가본 곳이라 역 주위가 낯설다. 승강기를 타고 아래로 내려가자, 약속 장소인 그 역 광장이 보인다. 꽃샘바람이 매워 성란은 광장 주위를 맴돌며 서성인다. 십 분쯤 지났을까. 그 광장 중간쯤 도로변에서 낯익은 하얀 용달 화물차가 멈춘다.

"뵙기가 민망스러워 연락을 못 드렸습니다."

사내 목소리가 어눌하다.

"박 사장도 참, 얼마나 기다렸는데요."

동신병원에 입원했을 때였다. 성란은 그 용달차 주인 만나기를 바랐지만 연락도 없었다. 한번쯤 면회 올만도 한데. 전연 낌새도 없어 괘씸한 생각이 들었다. 성란이 먼저 만나자고 청했다. 앞으로 보험회사 직원과 면담 하려면 사전에 박 사장을 만나는 게 필수로 다가왔던 것이다.

"그동안 교통경찰들에게 시달림 당하진 않으셨나요?"

성란의 근심어린 표현이다.

"아뇨, 별로."

박 사장의 대답이 석연치 않다. 용달차는 어느 곳을 향해 달린다.

"어디로?"

"좀 가만히 계세요. 점심식사 하기 위해 값싸면서도 먹을 만한 곳으로 모실 테니."

약속 장소를 능곡역 광장으로 정한 것도 박 사장이었다.

"무슨 사업 하십니까?"

"편백 베개를 팔긴 하지만."

하루벌이로 그럭저럭 살아간다던, 그날 박 사장의 고백이 떠오른다. 성란의 뇌리에 난전에서 용달차를 세워두고 도마와 국자, 편백 베개 등을 팔던 난전 상인들의 모습도.

"요즈음 경기가 안 좋아 그 장사가 힘들 텐데."

"아예 경기가 바닥이라 고교생 딸의 학비 마련도 어렵지요."

용달차가 멈춘 건 어느 뷔페 한식점이다. 보리밥, 된장국, 돼지고기 찌개, 조기구이, 고추, 양념장 등이 식탁에 놓였지만, 성란은 입맛이 없어 먹는 척했다.

"그 사건 이후 아줌마는 간증거리가 되겠지만, 난 이게 뭐냐며 하나님을 원망했답니다."

박 사장의 말투가 거칠다.

"잘 대접해 드렸잖아요. 내가 행단보도에서 사고가 났다고. 교통경찰에게 난 아무렇지 않으니 제발 박 사장에게 어떤 피해도 안 가게끔 해 달라 했잖습니까."

식사를 마친 후, 성란은 낮은 목소리로 물었다.

"왜 그리도 쌩하니 달려왔나요?"

그날 가좌동에서 버스 건널목과는 20m쯤 떨어진 곳이었다. 성란이 도로를 건너던 중에 용달차가 쌩하니 달려와 핸드백이 부딪히며 넘어졌다. 왼쪽 건널목의 파란 불빛이 켜져 차들이 멈춘 걸 보고, 성란은 오른쪽을 살피며 걸음을 재촉했던 것이다.

"아니, 이 양반 좀 봐. 뭘 몰라도 한참이나 모르니. 모두들 차가 달려오는 데도 아줌마가 자살하기 위해 뛰어들었다던 게 중론이라고요."

"자살? 중론이라니?"

성란의 입에선 새된 목소리가 튀어나온다.

"그날 도로변을 지나치던 청년도, 빵집 여자들도 그 장면을 목격했거든요. 내가 핸드폰 번호를 수첩에 적어 놓았다구."

거짓말이었다. 청년은 잰걸음으로 지나가고, 그 주변에 빵집은 없었다.

"박 사장, 내가 댁에게 피해 안 주기 위해 얼마나 고심했는데요. 병원 입원도 안 하려고 했잖습니까."

러시아워인데도 박 사장이 용달차를 쌩하게 몰아서 사고 친 걸 교통경찰들이 눈치 챌까 봐, 성란은 적극적으로 그를 변호했던 것이다.

교통사고는 후유증이 무섭다던가. 첫날의 통증은 견딜 만 했지만 이튿날부터 온몸이 옥죄며 통증이 일어 주사 기운과 약으로 겨우 버텼다. 2주일 동안 병원에서 치료받고 자원 퇴원하고서도 통증이 심해 약을 복용했다. 피멍 든 곳엔 한의원에게 침놓기와 부황 뜨기, 정형외과로 가선 물리치료를 몇 차례나 했던가. 양쪽 귀가 거의 안 들리고 멍멍해 안과로 가서 청력 검사도 했다. 오월 중순께 다시 검사 받아야 한다고 해서 이제껏 보험회사와의 합의가 이뤄지지 않았다. 예전에는 소음이 있는 곳에선 상대방의 뜻을 이해 못할 때가 더러 있긴 했다. 이번의 사고로 전철과 버스를 타면 소리가 거의 안 들려서 때때로 멍해졌다.

"밥값은 아줌마가 내세요. 먼저 만나자고 했으니."

사내가 입에 거품을 문다. 박 사장에서 사내로 격하된 순간이다.

"아뇨. 못 먹을 걸 먹었으니 토하고 싶은 걸 어쩌죠?"

"앞으론 연락도 마시고 알아서 처리하시라고요."

사내가 밥값을 치르고는, 용달차를 몰고 휭하니 사라진다.

"몸은 어떠십니까?"

명희 목소리가 밝다.

"그럭저럭 지낼 만 합니다. 남편은?"

"닷새 전 캄보디아로 가서 오늘 밤 귀가해요. 좀 더 병원에 입원해 계셔야지 퇴원하시면 어떡합니까."

"견딜 수 없었어요. 주사 놓을 때 바늘로 살갗을 찌르는 것도, 약을 복용하는 것도."

병원 안 가는 팔자가 상팔자라던가. 성란과 남편, 그들 부부의 공통점은 병원 가는 걸 몹시도 꺼렸다. 국민건강보험공단에서 하는 신체 종합 검진도 사절이었다. 얼핏 보면 교만이 엉긴 사고방식일 테지만. 예나 지금이나 그 버릇은 고쳐지질 않았다. 남편보다도 성란이 더욱 그랬다. 어릴 때 심장병을 자주 앓아 병원 신세를 많이 져서 주사 바늘에 질린 탓이었다.

성란은 핫 커피를 마시고 나서 보험 계약서를 탁자 위에 놓았다. 명희가 근무하는 S보험회사에 매달 일만 원씩 내는 상해보험 계약서다. 그 보험은 인척이 하도 가입하라고 졸라 남편이 성란 이름으로 계약했다. 동신병원에 입원했을 때였다. 보험회사와 합의 보기 전 미리 만나면 도움 주겠다던 배려가 고마워, 성란은 명희를 만났던 것이다.

"이 계약서를 살펴보니 이번 교통사고에서 혜택 받는 건 별로입니다. 귀의 진단이 나와야만 어느 정도 앞 가름 하겠네요."

그렇겠지. 달마다 오 년 동안 일만 원씩 불입했어도 보험금 액수가 적은 거니.

성란도 남편도 보험금 내는 걸 원치 않았다. 그 방면의 상식도 아는 바 없었다.

언젠가 남편이 천안에서 교통사고를 당했다. 사업가 친척이 그곳에 공장 후보지를 둘러본다 하여 동행했다. 그때 승용차끼리 들이받는 사고가 일어났다. 그 충격으로 남편은 등허리 갈비뼈가 9개나 부러진 중상을 입었다. 달포 동안 천안병원에 입원했다. 담당의사가 이번 사고로 갈비뼈들이 부러지면서 서로 엇붙여져 수술이 불가피 하다고 했지만, 남편이 거절했다. 그러던 중에 간호사가 등에 파스를 붙여 준다기에 남편이 등을 앞으로 구부렸다. 간호사가 남편의 위 내의를 벗겼다. 갑자기 남편의 고함이 터졌다. 남편은 포개진 갈비뼈들이 양쪽으로 탁 소리 내며 갈라지더니 다시 제자리에 붙는 감각을 느꼈다. 그러고는 그곳 통증이 없어졌다. 그 순간 남편은 어떤 거인의 손이 그 등뼈를 어루만진 환상을 보았다고 했다.

분명 하나님 손이었어. 초록 성의를 입고, 얼굴은 교과서에서 본 단군 상과 닮았었지.

불신자 남편이 어떻게 하나님을 뵈웠을까. 성란의 의구심을 김광 목사가 풀었다. 형제님의 고백이 틀린 건 아닐 겁니다. 단군이 이스라엘 단 지파 후손이란 설도 있거든요, 라며 용기를 북

돋웠다. 긍정적인 사고로 성도들에게 희망을 심어주는 것이 김광
목사의 강점이었다. 그에 감동 받아 남편이 그리스도를 영접한
계기가 되었다. 다행히 사업가 친척의 승용차가 보험에 들어 손
해 본 건 없었다.

바깥에는 부슬비가 내린다. 곧 여름인데도 성란은 몸이 떨려
옷깃을 여민다.

"귀 진단 나오는 대로 소장님을 다시 뵙도록 하겠습니다."

성란이 밖으로 나오자, 명희가 우산을 건넨다.

9

저희 장남이 사업을 한답시고 겁 없이 뛰어들었지요. 대학을
졸업하고 군대에 다녀 온 뒤, 처음 입사한 곳이 H회사였습니다.
H회사는 제지회사였습니다. 장남은 고교 선배가 그 회사 간부라
이태도 안 돼 출판사와 신문사에 종이를 납품하는 중책을 맡았습
니다. 그 과정에서 장남은 목돈을 챙겨, 생활고에 시달린 우리 가
족은 쾌재를 불렀지요. 그게 복에 겨운지 장남은 뜬금없이 회사
에 사직서를 냈습니다. 일확천금을 거머쥐고 싶어 눈이 벌개 진
거지요. 서울 논현동에 사무실을 차리고 잘나가는 듯하더니, 일
년도 못 돼 암사동의 5층 건물을 구입했다는 거예요. 그 과정에
서 사기꾼에게 당해 5십억 원의 빚을 졌습니다. 알고 보니 그 사

기꾼은 그 건물을 여러 사람들에게 팔아 이익을 챙긴 겁니다. 남편이 대학에서 법을 전공했기에 다행이랄지. 사기꾼들과 맞서, 2억 원의 빚을 책임지는 선에서 그 사건이 마무리 됐습니다. 도리 없이 남편은 우리 가족의 보금자리인 신대방동 아파트를 팔아 그 빚을 거의 갚았습니다. 그런 뒤, 차남과 삼남을 혼인 시켜 분가 시켰더니, 저희 부부가 살집이 없는 거예요. 어렵사리 은행 빚을 안고 경기도 부천시의 변두리 빌라 전셋집으로 이사했습니다. 그런 과정에서 차남과 삼남이 나머지 형의 빚을 갚기도 했지요. 우리 가족은 정신적인 혼란과 재정의 궁핍으로 환란을 겪었습니다. 차남은 공무원이고, 삼남은 모회사 연구원이라 봉급으로 겨우 살림을 꾸려 갔거든요.

저는 기도원으로 가서 회개 눈물을 흘렸습니다. 장남이 고삼 때 크리스천 동아리에 가입하고는 신학대학을 가겠다고 했거든요. 성적이 떨어져 그런 단안을 내린 줄 알고 우리 부부는 수재들이 입학하는 S대학교를 고집해 결국 장남은 낙방했지요. 이듬해 재수해 Y대학교 사학과에 합격하고 졸업했습니다만.

장남은 사기꾼에게 된서리 당한 후, 날이 갈수록 눈빛도 사기꾼의 눈빛과 닮은 듯했습니다. 제가 장남을 겨우 설득해 Y대학교 대학원 신학과에 입학하도록 이끌었지요. 신학을 공부하면 주님이 모든 걸 책임져 주실 거란 믿음이 팽배했습니다. 이미 영혼이 탁해져 장남이 시험을 보지 않을 것 같아, 저도 그 과에 응시했습니다. 사실 저도 신학을 공부하고 싶었거든요. 저는 보기 좋게 떨어졌지만 장남은 그 과에 톱으로 합격했습니다.

"등록금은 어떡하게요?"

며느리의 성가신 반응이 뒤따랐습니다. 이미 두 아들이 초등생인데 생활고에 시달리면서 대학원 진학이 당치나 하느냐는 반응이었습니다.

"이 어미 몸을 담보 잡으면 되잖아."

"무슨 뜻인지요?"

서귀포에서 교통사고 당한 보상금을 받으면 그 문제가 해결될 거라며, 제가 며느리를 설득했지요. 과연 달포도 안 돼 저의 신념이 맞아 떨어졌습니다. 합의금은 정확히 등록금에 합당한 값이었습니다. 그 심한 고통을 겪었으면 원피스 하나라도 살 여윳돈을 안겨 주시든지, 어디 위로 여행 갈 경비라도 마련해 주실 만한데, 하나님은 계산에서도 완벽 하셨던 겁니다. 참 깍쟁이 양반이셔. 저의 입에선 얄미운 반응이 튀어 나왔습니다. 그랬지만 그 반응조차도 믿음에 대한 확증이라 곧 이어 할렐루야, 우리 하나님을 찬양합니다, 란 찬사가 쏟아졌지요.

장남은 대학원 박사 논문도 우수 논문이란 호평을 받고, 그 대학원 연구원으로 2년 동안 봉직했습니다. 장남도 그러려니와 우리 부부도 그 대학 신학과 교수로 발령받기를 간절히 원했습니다. 대학생일 때 고교생들 과외공부 아르바이트를 했고, 학원가에서도 명강의로 웬만큼 이름이 알려진 강사를 역임했거든요. 더욱이 장남의 지도교수가 학생들에게 존경받고 Y대학에서도 입김 센 분이라 그런 걸 기정사실로 여겼지요.

그런 와중에 L교수가 교직 은퇴를 앞두고 교회를 개척했습니다. 우리 가족은 그 교회에 출석하며 헌신했습니다. 남편은 그 교회 미화원을 자청해 교회바닥을 혀로 핥을 정도로 닦고 또 닦곤 했지요. 그리고 돈만 생기면 그 교회 헌금을 내기도 한 열성 성도였습니다. 장남과 우리 부부의 희망 사항과 L교수의 계획이 전연 다르다는 것을 우리 가족은 뒤늦게 알았습니다. 그 개척교회는 L교수의 명성과는 달리 출석 성도가 늘지 않았습니다. 출석 성도 오십 명도 채 안 되었거든요. 그런데다 그 교수 사모가 뜬금없이 개척교회를 마련해 몇 명 성도들을 이끌고 분립했던 것입니다. 이전에도 그 은사가 은혜교회를 개척했지만 사모가 진리교회를 개척해 분가한 내력이 있었거든요. 일테면 그 사모는 결벽증환자라 조금만 눈에 거슬려도 못 봐 넘긴 고단백 환자였습니다. 그러니 L교수도 부인 따라 예향교회로 출석하고, 진리교회는 장남이 시무하게 되었습니다. 여전히 L교수는 진리교회 담임목사로 이름이 등재 되었으며 장남은 공동목회자가 된 게지요. 우리 부부가 반대했지만 어쩔 수 없는 상황이었지요. 우리 부부도 진리교회 성도들도 예향교회와 합칠 거란 희망을 안고 견뎠지만 사모의 반대로 그러지 못했습니다. 일 년도 못 돼 그 사모마저 폐암으로 숨졌지요. 사모가 숨겨도 두 교회가 합쳐지지 못했던 건, L교수 조카가 목회자라 예향교회를 인수받기 위해 반대했거든요.

장남은 월급도 받지 못한 채, 무려 4년 동안 무보수였지요. 제가 남편과 장남 몰래 L교수에게 하소연 해 겨우 1년 동안 월급을 받긴 했지만. 장남은 목사직을 감수하면서도 생활고에 시달려 부산까지 가서 학원 강사를 했습니다. 그런 와중에 또다시 역사학을 더 배우려고 박사 과정을 공부하는 대학원생이 되었습니다. 강남의 엘리트로 자라 초등교에서 중·고교를 거치면서 반장을 역임했습니다. 그 학우들이 사회에서 내노라 하는 직장에 근무하는데, 자신은 은사의 개척교회에 보잘 것 없는 목회자로 헌신한다는 게 성에 차지 않은 듯 했지요. 그리하여 날로 술에 젖는 생활의 연속이었습니다. 저도 장남이 목사보다도 교수직에 더 자질이 있는 걸 알고, 역사학과 신학을 아우른 명교수로 거듭나기를 하나님께 기도드렸습니다. 그렇긴 해도 목사 어버이로 남편도 저도 전도에 정성을 쏟았지만 쉽게 되는 게 아니었습니다. 개척교회 목사가 생활고에 시달려 자살했다던 내용이 신문을 장식했지요.

장남은 생계 문제로 며느리와 다툼이 잦아 가정도 평탄치 못했습니다.

하루는 장남이 진리교회 안에서 소주잔을 들이킨 걸 보고, 저의 화가 폭발했습니다.

"이 어미 목숨 값으로 너를 신학대학원에 진학시켰다. 맡은 일에 최선을 다해야지."

제가 서귀포에서 교통사고 당한 보상금을 들추며 울부짖었습니다.

"사는 게 너무 힘들고, 목회 사역도 저의 적성에 안 맞는 걸요."

"그러면 그 직을 사임하고 다른 길을 찾아야지. 적성에 맞지 않은 걸 어정버정 거린 것도 하나님에게 죄를 짓는 거란다."

"은사님의 뜻을 져버릴 수도 없잖습니까."

"겉으론 교회를 몇 개 개척한 전직 신학대학장이란 존함이 무슨 지대한 벼슬이라도 된대? 너의 앞날은 네가 책임지는 거야, 네가 원하는 길로 가도록 해라. 무엇보다도 술을 끊지 않으면 하나님도 너를 외면하신다."

저의 피눈물 부르짖음이 진리교회 천장을 쾅쾅 울릴 정도였습니다.

장남은 다음 가을 학기부터 K대학 국사학 강사로 출강하게끔 길이 트였습니다. 머잖아 그 대학 교수로 발령 받을 걸 고대하며, 술을 끊기로 하나님께 맹세했습니다.

저의 귀도 때때로 교통사고 후유증으로 이명이 일고 잘 안 들리긴 하지만 견딜만합니다. S 보험회사 측에서 보청기 한 대와 귀 검진 비용 일백만 원을 주는 조건으로 마무리 됐습니다. 다섯 달이 걸려 다섯 차례나 귀 검진을 받고 난 뒤였지요. 교통사고는 저의 병원 입원비만도 삼백여 만원이 들어, 용달차 운전자가 보험 든, B 보험회사 측에게 미안했습니다. 제가 조심 했다면 피해를 안 끼쳤으리라 싶기도 했지요. 보상금도 일백만 원이 저의 통장으로 입금 돼 얼마나 송구스러웠던지. 저희 삼남 친구가 그 보험회사에 근무했으며, 명희 소장의 입김도 유효한 탓입니다. 보험회사 직원들은 서로 안면지기여서 돕기 때문일 겁니다. 저를 미친 여자로 눙친 그 운전사는 지레 겁먹고 제게 악을 피운 거라, 그냥 넘어가기로 했습니다. 옳고 그름을 사사건건 따지다 보면 진실을 외면당하기 쉽거든요.

주님은 '내가 너를 내 손바닥에 새겼고' 라고 말씀 하셨습니다.

인체 중에서 손이란 무언지요? 가장 눈에 먼저 띈 게 손 아닌지요. 발은 땅을 정복하기 위한 징검다리라면, 손은 삶의 모든 걸 수용한 연결고리일 겁니다. 따라서 우리 크리스천들은 주님의 손에 새겨진 손금들입니다. 그러고 보면 순간순간마다 보이지 않은 주님의 손길이 우리 가족을 지킨다는 걸 감지하곤 했습니다. 꼭 만나야 될 사람을 뜻밖의 장소에서 만난다든지, 식당의 가스 불을 켠 채로 외출했는데, 삼남이 귀가해서 집이 불바다가 될 걸 미리 방지한 사례도, 다함없는 주님의 은총일 겁니다.

이젠 진리교회는 더 이상 운영할 수 없습니다. 재정도 바닥나고 월세 든 주인이 나가라고 하여 쫓겨날 형국이었거든요. 이제까지 5년 동안 버틴 건 진리교회 성도님들의 협조와 배려에 힘입어서입니다. 다행히 진리교회 성도님들이 예향교회로 가서 그곳 성도님들과 합동으로 예배드릴 수 있어 주님께 감사할 따름입니다.

이상은 『신앙계』에 실린 성란의 간증 내용이다.

10

6월 초순, 성란은 담소의 오두막집을 다시 방문한다. 먼저 온 유니가 그 농장 입구에서 손을 흔든다.

진분홍으로 타오르던 철쭉은 마지막 진액을 토하고 뽕나무 잎과 채소들은 더위 먹고도 청청하다.

"무지개가 뜬다면 좋으련만."

청하가 서쪽 하늘에 노을이 주황빛으로 타오른 걸 쳐다본다. 과연 주황빛이 빨주노초파남보로 변한다.

"귀빈이 하늘을 수놓는군요."

성란의 외침 뒤이어 유니도 달뜬다.

"저 무지갯빛 집을 지어 살고파."

저녁 식사는 비빔밥이다. 멍게와 새싹채소를 곁들여 초고추장과 참기름 친 게 성란의 입맛을 돋운다. 들깨 간 걸 넣어 끓인 미역국도 진미다. 장기간 약을 복용한 뒤였다. 회복기간 중에 위가 쓰리며 아프고 소화도 안 돼 애를 태웠는데.

세 여인은 숲길을 걷는다. 사위는 깜깜하다.

"길손이 우리를 영접하군요."

반딧불이 윙윙거리며 나는 걸 손짓하며 성란이 환영사를 발한다. 길손은 여인들 앞에서 문안인사 올리고는 유니의 품속을 파고들더니 곧 공중을 난다.

"애반딧불이 부부랍니다. 쌀알 크기라 눈에 쉽게 띠진 않지요. 암컷이 수컷보다 크답니다."

오두막 주인의 설명을 듣고 유니가 토를 단다.

"저 암컷이 여왕벌처럼 군림하면 어쩌나."

"연둣빛 좀 보세요. 그들 부부가 혼인 비행하는 중이랍니다. 그 다음 짝 짓기 하죠. 저 신비로움도 반달 남짓 지나면 보지 못합니다. 곧 숨지거든요."

여인들은 청각, 후각, 촉각에 따라 빛의 향연에 사로잡힌다. 청하가 가운데 서자, 양쪽 옆에 성란과 유니가 손에 손을 잡는다. 손에서 손으로 전해진 따스함이 어둠도 물리치고 천지가 밝아온 듯하다.

"밤을 지새우며 천일야화를 엮어 볼까요."

유니의 얼굴이 달아오른다.

그래. 이런 만남이 쉬운 게 아니거든. 성란도 되뇐다.

유니는 딸처럼 정답고 청하는 언니처럼 다사롭다. 살다 보면 딸에게 못다 할 비밀이 있고 언니에게 고백 못할 사연이 있다. 이젠 내게 없던 딸과 언니를 동시에 얻었으니 이게 바로 삶의 매력 아닌가. 만일 교통사고가 아니었다면 난 그 보배들을 못 지녔을 것이다.

성란이 동신병원에서 퇴원하기 전날이었다. 저녁식사는 청하가 트럭에 싣고 왔다. 쌈밥이었다. 보리밥과 애호박, 부추전, 상추, 깻잎, 풋고추, 양념장 등을 그 병원 의사들과 간호사들과 환자들이 배불리 먹었다. 후식도 청하가 트럭에 실어온 수박이었다.

유니는 남편의 은행 지점장 이름이 찍힌 타월 일백 개를 병원 관계자들과 환자들에게 선물하기 위해, 원무과로 가져갔다.

그런 배려는 성란에게 더할 나위 없는 위무를 안겨주었다. 교통사고 후유증이 싹 가신 듯했다.

그들은 계속 숲길을 걷는다.

"고향 뒷동산의 모시골이란 곳에도 계곡과 숲이 있지요. 예전부터 뽕나무를 많이 심어 누에 치고 길쌈 해, 모시골이라 불렀대요."

낮이면 소꿉동무들과 더불어 소똥과 개똥을 그 숲속에 놓아두곤 했거든요. 반딧불이들이 안 달아나게끔 그 똥 속에 숨으라고요. 놈들을 개똥벌레라고 부른 유래를 새김질하며. 밤이면 아버님은 우리 선조들이 반딧불이의 군무에 따라 글을 읽었노라 하시며, 천자문을 제게 가르쳐 주셨지요.

성란이 기억을 되살리자, 유니의 화답이 뒤따른다.

"초등교 졸업식 날, 기홍이 제게 다짐했어요. 인어공주를 너의 품에 안겨 준댔어요. 그믐인데도 기홍은 반딧불이 불빛 따라 바닷가로 가서 낚싯대로 꽃돔을 건져 저의 품에 안겨주며, 인어공주는 바로 너라 하잖습니까."

아무래도 서귀포 명물은 꽃돔일 거예요. 다른 바다에서 건져 올린 참돔과는 엄청 차이 나게 예쁘고 맛이 일품이라 옥돔으로 불리거든요. 갈수록 나를 인어공주라 불러 줄 남친은 이 세상에 기홍 왕자님 밖에 없다 싶더라고요. 그러면서도 이 세상 행복은 죄다 지닌 듯 유니의 목소리가 해맑다.

"우리 지점장은 딸 하나로 만족한다지만, 제가 원해 임신 중입니다. 아들이래요. 우리 지점장을 쏙 빼다 닮는다면 금상첨화일 테죠."

"어쩌누. 아들 콧구멍에 털이 많아, 그걸 죄다 뽑아야 한다는 아가씨가 나타난다면?"

성란의 부추김에 유니의 해답이 여유롭다.

"대 환영일 테죠. 우리 아들을 끔찍이 사랑해 줄 테니."

여인들의 함박웃음이 물 흐르는 소리와 화음을 이룬다.

"곧 이곳에 양로원을 짓기로 담소 시청 관계자랑 계약 했지요.

건축 요금은 그곳에서 책임진다고 하니, 시립 양로원이 새워질 겁니다. 아들이 사회사업과 전공이라 그 양로원 원장 직을 맡을 예정이고요."

청하 목소리가 더욱 유쾌하게 들린다.

인간은 행복을 100% 누리기를 원하지만, 인간이 완전할 순 없잖습니까. 다만 자신을 비워 1% 나눈 삶을 기꺼이 포용한다면 99% 행복이 다가오는 법이죠.

작품 해설

『향수병에는 향수가 없다』

작품 해설

『향수병에는 향수가 없다』

이덕화 (문학평론가, 문학수첩 주간)

1. 들어가기

인간은 누구나 자신이 꿈꾸는 이상적인 모습이 있다. 자신의 이상적인 모습을 찾기 위해서, 혹은 표출하기 위해서 작가들은 문학을 하고 작품을 쓴다. 그러나 인간들은 그 이상적인 모습을 현실에서 찾기도 하고 현실 너머의 세계에서 찾기도 한다. 그 이상적인 모습 또한 다양해서 자신의 타고 난 본성을 찾는 것을 목표로 하는가 하면 자신의 자존감을 지키는 것 자체를 이상으로 하는 사람도 있다. 그 도달하는 목표점 역시 천차만별이다.

많은 작가들을 연구해 오면서 느낀 것은 작가의 현실 직시와 자신에 대한 철저한 성찰이 중요하다는 것을 느꼈다. 그 현실이라는 것은 우리가 몸담고 있는 현실이 어떠한 것인가를 통찰하는 것이다. 그 통찰 위에 자기 자신을 제대로 인식해야 한다는 것이다. 그러나 그것은 쉽지 않다. 역사에 대한 통시적인 안목과 공시적인 인식이 동시에 이루어질 때 가능하다. 우리나라 작가 중에 이에 성공한 작가가 박경리이다. 박경리는 역사와 철학적 토대 위에서 불합리한 현실과 자신의 자존감을 지키기 위해 치열하게 싸웠으며, 그 이후 민족의 문제를 성찰하기 시작했고 대『토지』를 성공적인 소설로 완성할 수 있었다.

자신의 인생을 걸고 작품을 쓰는 작가라면 작품 쓰는 것에 한 번쯤은 매진하고 싶을 것이다. 그러나 우리는 누구나 박경리가 될 순 없다. 하지만 철저한 자신의 자존감, 역사에 대한 올바른 인식, 자신에 대한 성찰이 이루지 않은 작품을 읽는 것은 설익은 작품을 읽는 것 같이 어설퍼 감동이 떨어짐은 어쩔 수 없다.

성지혜 작가는 다행히 과거 옛것에 대한 탐구를 통해 역사와 자신을 성찰한다. 그동안 쓴 많은 작품들 「옛뜰」, 「은가락지를 찾아서」 등의 작품에서 보여주는 골동품 등 옛것에 대한 애착이나, 자신의 어린 시절의 반추는 이런 노력들을 보여준 작품들이다.

이번 작품집 『향수병에는 향수가 없다』에서 「향수병에는 향수가 없다」, 「청백리의 숨결」 또한 이런 노력들을 잇고 있다. 「나를 이겨라」와 「신의 손」은 자신의 성찰을 바탕으로 소설가가 되기까지의 자신의 삶을 추적하면서, 또 「신의 손」에서는 자신의 현실을 새롭게 인식하기 위한 노력들을 보여주는 작품이다.

　2. 「향수병에는 향수가 없다」, 「청백리의 숨결」 ―과거에서 미래를 통찰하다

　「향수병에는 향수가 없다」 이 작품은 표제작으로 문학적 성취가 가장 높은 작품이다. 소설은 어떤 한 에피소드를 소개하는 이야기가 아니라 인과 관계에 의한 긴장을 유발하는 서사라는 것을 작가들조차 많이 잊어버리는 경우가 왕왕 있다.

　이 작품은 향수가 아닌 향수병을 좋아한 새미라는 화자의 취향에 대한 궁금증을 불러일으킴으로써 긴장을 유발하고 독자는 서사에 몰입하게 된다. 서사를 진행하기 위한 필수적인 에피소드, 향수가 없는 병만을 수집하는 연유, 향수가 만들어진 유래부터 세계의 유명한 향수 등으로 치밀하게 계획된 에피소드를, 씨줄과 날줄의 이야기가 서로 상생하며 서사를 진행한다.

　서너 달 지나자, 새미의 경대 위엔 향수병들로 가득 찼다. 화장품들은 서랍 속으로 들어가고 향수병들이 주인을 쫓아낸 형국이었다. 옛 향수병은 향수가 없고 빈병인데도 여인들의 애장품이라 인기 품목에 속했다. ①

하필이면 엄마의 치욕 중인 치욕을 내 딸내미가 들추다니. 여름이면 그 냄새에 신경이 곤두서 민소매 옷도 못 입고 남 앞에 바로 서지도 못한 엄마의 고충을 넌 모를 거야. 새미는 침을 튀기며 고함 쳤다. ②

위의 인용문의 ②의 연유로 ①의 취미를 가지게 된 화자의 향수병에 몰입하게 된 에피소드가 이 작품의 서사 진행의 중요 이슈이다. 집안 대대로 내려오는 겨드랑이의 암내로 인해 화자는 향내에 민감하다.

항조는 그동안 참았던 진정성을 고백했다.
"인간은 누구든지 자신만의 향기를 지녔잖아. 냄새가 싫다고 자신을 스스로 고립 시키면 사람 사귐도 순조롭지 못하고 외톨이로 살아가기 마련이거든."
그건 사실이었다. 새미는 냄새 때문에 대인 기피증에 걸려 친인척의 방문도 꺼렸다. 그들을 접대한 지도 꽤나 오래 되었다.

위의 인용문에 나타나 있는 대로, 새미의 남편은 해외 출장이 잦아 부재시간이 많다. 바람기마저 지닌 남자이다. 남편의 부재와 바람기는 새미로 하여금 무엇에 몰입하지 않으면 견딜 수 없게 하는 요인이 된다. 또 하나의 계기가 대대로 내려오는 집안의 암내에 의한 것이다. 그러나 새미는 자신의 집안에서 대대로 내려오는 암내로 인해 새로운 삶의 전기를 마련한다.

토리가 그 댁 마님의 환영을 받은 건 남다른 이유가 있어서였다. 마님이 강변을 산책 할 때였다. 그곳 풀밭에 드러누운 토리에게 마님의 애완견이 다가가서 엎드려 꿈쩍도 안하더란 것이다. 바로 곁에서 눈망울을 굴리던 개가 사랑스러워 토리가 린드버그를 껴안고 볼을 비볐다.

위의 인용문은 새미의 딸 토리의 암내를 맡고 이웃에 사는 프랑스 소르본느 대학에서 유학한 부인의 애완견이 토리에게서 붙어 떨어지지 않는 에피소드를 그린 서술이다. 그 계기로 새미는 향수에 관심 많은 이웃에 사는 프랑스 남자랑 결혼했던 여자까지 사귀게 된다. 그 여자를 통해 향수병이라든가, 향수를 모으는 호사 취미가 다른 사람들과 함께 나눈 삶으로 나아가는 계기를 마련한다.

향수를 모으다 보니 이웃에게 향기를 끼쳐야겠다던 강한 의욕이 일더라고요. 루이와 머리를 맞대도 별다른 뾰족한 수가 없었어요. 연말이면 우리가 저축한 얼마를 떼어 혼혈아 미아들을 돕는 자선단체에 기부하곤 했지요.

위의 인용문을 통해 새미의 심리적 공허함, 알맹이 없는 향수 병을 모으는 취향이 이웃 여자를 만남으로써 명실공이 향수와 병이 합일된 충일된 삶으로 채워진다. 그것은 이웃에 향기를 끼치는 삶으로 나아간다.

「청백리의 숨결」은 조선시대 광해군과 인조 시대에 걸쳐 영의정을 지냈지만 너무 청렴하여 몇 칸의 초가집에 살면서 떨어진 갓과 베옷을 입고 쓸쓸히 지낸 오리 이원익의 청렴상을 서사화한 소설이다. 또 그의 문하생 중에 미수 허목의 비범함을 알아보고 손녀사위로 삼았다. 이 두 에피소드를 기초로 두 사람과의 관계와 두 집안을 소개하는 서사이다.

서술 형식은 골동품 애호가이면서 고고미술사 대학원을 졸업한 류담이 경기도 광명시에서 개최되는 오리 문화제에 주제 발표 〈조선의 청백리 오리와 미수〉의 사회를 맡으면서 오리와 미수의 관계, 오리 집안의 종부댁과 대담을 중심으로 두 집안에서 일어난 에피소드를 중심으로 서사화 하고 있다.

이런 작품은 자료 수집에 공이 많이 들어가지만 서사화에 실패하기 쉽다. 그런데 적절한 구성을 통한 서사 진행으로 서사화 하는데 성공하고 있다.

3. 「나를 이겨라」, 「신의 손」 −일탈의 꿈

이 작품은 박경리와의 인연을 큰 줄기로 작가가 되기까지의 다른 작가들과의 인연, 그리고 작가가 되기까지의 고통을 섬세한 문장으로 그리고 있다.

성지혜 작가는 내가 토지학회 발표를 갈 때나 자주 원주 토지문학관에서 만난 적이 있다. 그럴 때마다 소설에 대한 열망에 감탄하곤 했다. 『토지』 전공자로서 박경리에 열광하고 그 작가를 흠모함으로써 소설가의 자리를 굳혔다는 고백은 감동적이기까지 하다.

이 작품의 구조는 고등학생 때부터 같은 여고 선배 동문으로서 박경리를 존경하고 그에 대한 열망에서 세부적으로 작가가 되기까지의 여정을 그리고 있다. 그리고 박경리 선생님이 말씀하신 '나를 이겨라' 라는 화두를 계속 마음속으로 새기며 작가의 길을 걷고 있음을 고백하고 있다.

진주에서 태어 난 작가인 화자는 아버지가 경영하는 한약방에 몰려든 다양한 시인, 동화작가, 소설가 등을 만나며 어릴 때부터 문학의 꿈이 잉태된 문학소녀였다. 고등학생으로 박경리가 진주에 왔다는 그 소식을 신문 보도에서 접하고 박경리를 만난다. 마치 요즘 아이돌 BTS에 열광하는 20대처럼. 마지막 헤어지는 장면에서 소설가가 되기를 결심하는 부분의 장면은 작가로서의 포부를 보여 준다.

대선배님이 복도를 지나 현관에 이르러 허리를 구부렸어요. 기운 햇빛이 저의 운동화를 바로 돌려놓은 선배님의 목덜미와 양손에도 비춰, 그 빛이 저를 눈부시게 했지요. 아, 나도 소설가가 되어 후배에게 저런 아름다움을 심어 주어야지, 중얼거리며 일어선 대선배님의 양손을 잡았지요. 그러고선 이 세상에 태어나서 처음인 양 고운 목소리를 내었습니다.

"저도 선생님처럼 소설가가 되고 싶어요."

하아!, 사진기자의 탄성이 울렸다.

이런 문학에 대한 열망은 김동리를 만나 필명까지 받는 영광까지 얻었다. 그러나 여러 가지 개인 사정으로 인한 우울증으로 슬럼프에 빠져 작가로서의 꿈은 요원했다. 그런 슬럼프를 기독인인 작가는 기독교적 성령의 힘에 매달림으로써 극복될 수 있었다.

일 년 지나도 나의 질병은 치유 되지 않았다. 기도원으로 가서 금식하며 주님께 매달렸다. 시들병은 글을 못 쓰게 되어 생긴 병이란 걸 터득한 뒤였다. 이젠 글을 쓰고 싶으니 주님께서 저의 영안이 열리게 하옵소서. 기도 드렸다. 성경의 잠언 4장 7절이 나의 뇌리에 박혔다. '지혜가 제일이니 지혜를 얻으라. 그를 높이라. 그가 영화로운 면류관을 네게 주리라.' 란 내용이었다. 이튿날 하산해 내가 다니는 교회에 들렀다. 수요예배 시간이었다. 마침 당회장 목사의 설교도 그 대목이었다. 강대상 벽에 붙은 대형 십자가가 불덩어리로 변하며 잉걸불처럼 타오르더니 '지혜'란 두 글자가 가슴에 안긴 환각으로 나의 몸이 나비처럼 훨훨 날 듯했다. '지혜'를 필명으로 사용하자 막혔던 글이 술술 풀려 작가의 길로 들어섰다.

　이런 작가의 고뇌가 사소한 것으로 치부 할 수 없는 것은 작가의 작품에 매달리는 남다른 열정이다. 이런 치열한 과정을 거쳐 발표된 작가의 작품 한편 한편이 얼마나 소중하게 느껴지겠는가. 소설을 쓰면서 소설을 하찮게 여기는 작가들보다 얼마나 아름답고 치열한 작가 정신인가를 보여준 작품들인가. 작가가 되기까지의 치열한 고뇌의 과정을 통해서 이룬 작품이 소중한 보물처럼 자신의 가슴 속에 빛으로 반짝일 것이다.

　「신의 손」은 작가인 화자가 두 번 씩이나 당한 교통사고, 그리고 그로 인한 후유증, 병원에서 알게 된 새로운 관계 등을 서사화 하고 있다. 그러나 이 글의 핵심은 가족의 경제적 어려움을 호소한다. 남편과 아들이 당한 사기로 서울의 집을 팔고 경기도 변두리로 거처를 옮겼으며, 아들은 다시 신학대학원을 거쳐 목회의 길로 들어선다. 그 또한 지도교수이면서 목회자의 맹목적인 추종으로 결국 아들은 어려움에 처하게 된다. 그런 어려움 중에서도 사랑을 나눈 자매들과의 따뜻한 관계를 통해서 신으로 이르는 자연과의 합일을 꿈꾸며 미래를 설계한다.

그 학우들이 사회에서 내노라 하는 직장에 근무하는데, 자신은 은사의 개척교회에 보잘 것 없는 목회자로 헌신한다는 게 성에 차지 않은 듯 했지요. 그리하여 날로 술에 젖는 생활의 연속이었습니다. 저도 장남이 목사보다도 교수직에 더 자질이 있는 걸 알고, 역사학과 신학을 아우른 명교수로 거듭나기를 하나님께 기도드렸습니다.

작가의 진솔한 고백과 같은 서사는 지속되는 고통으로 더욱 안타까운 정서를 불러일으킨다. 그 가운데서도 새로운 꿈에 대한 도전과 끝없이 꿈꾸는 일탈이 삶 자체를 열정으로 이끈다. 이러한 삶에 대한 태도는 순간순간을 살아있는 생명으로 불타오르게 한다.

4. 「결을 향한 단상」 −일탈이 일상으로

성지혜 작가의 작품을 읽다보면 화자들에게 일탈은 일상이다. 어떤 화자는 골동품에, 향수병에, 또 새로운 동화와 같은 연애에 몰입한다. 이런 일탈은 일상에서의 숨쉬기라고 할 수 없다. 이 숨

쉬기를 통해 새로운 에너지를 공급 받고 새 삶을 기획하는 기회에의 발돋움이 된다. 우리가 살아있는 한 추구해야 할 영원한 과제이기도 하다. 그래서 그런지 성지혜 작가의 나이에 비하면 작품이 철없어 보이기도 하고 생뚱맞게 활력에 넘친다.

「결을 향한 단상」의 작품에 대한 유성호 교수의 평은 에세이 풍의 '결에 대한 사유'를 보여준다는 것이다.

이 작품은 에세이 풍의 단정한 문장을 통해, 우리가 삶에서 만날 수 있는 많은 '결'에 대한 작가의 사유를 풀어놓는다. '숨결'에서는 한 아이가 태어나는 순간을, '바람결'에서는 그 아이 '다솔'이 자라서 집을 떠날 때 어머니가 배냇저고리를 가슴에 품게 하는 장면을 다루고 있다. 그리고 열다섯 살의 소년 다솔은 집을 떠난다.

— 《한국 소설》, 2020년 3월 작품 평에서

유성호 교수는 소설 전공이 아니고 시 전공 교수이다. 시 전공 교수와 소설 전공을 하고 있는 필자와는 의견이 다를 수 있다. 최근 수필이 대세가 되면서 소설의 서사는 사라지고 수필류의 자신의 사유에 자신 주위에 일어나는 잡기를 첨가해서 소설화하는 작가들이 많다. 특히 젊은 작가들 경우 일본의 사私소설과 같은 신변잡기 등이 버젓이 소설로 등장하는 것을 드물지 않게 볼 수 있다. 그러나 서사의 본령은 어디까지나 인과 관계를 통한 긴장의 해소이다. 그렇다면 「결을 향한 단상」을 어떻게 평가할 것인가.

서사는 수필이나 시에 비해 인내를 가지고 읽어야만 하는 작품이다. 그렇기 때문에 작가는 독자의 시선을 끌어당겨 독자를 매료시키는 힘이 있어야 한다. 거기에서 긴장이 유발되고 긴장이 해소 되었을 때 소설의 특징 중에 하나인 카타르시스를 느끼게 된다.

이 작품을 처음 읽었을 때 서사를 어떻게 진행할 것인가가 관심의 대상이었다. 고전 영웅 소설의 모델로 서사를 진행할 것인가. 즉 가출-모험-고난-영웅의 과정을 거쳐서 누구와 비교할 수 없는 출중한 영웅으로 성장시키는 성장 소설 같은 것인가 생각이 들기도 했다. 그러나 이 작품에서 모험은 제주도, 앙코르와트, 이집트, 갈릴리 호수 등 세계의 유명한 관광지 탐색이다. 이 관광지 탐색은 거기에 있는 돌이나 조각상, 피라미드, 호수, 등을 통해 실존적인 탐색으로 이어진다.

다솔이 두 번째 순례 길을 떠난 곳은 앙코르 와트였다. 그곳의 조각상들이 어떻게 밀림 속에서 수천 년 동안 비바람에 부대끼며 무늬를 낳았을까. 더불어 곰팡이꽃도 피었는지 경이로움에 젖었다. 수많은 조각상들은 저마다 다른 모양새의 무늬를 낳고 곰팡이꽃을 피우며 세월을 물레질 했던 것이다. 그러고 보면 인간들이

돌을 가루로 내어도 돌은 원초의 본능을 독야청청 누린다는 걸.

위의 인용문에서 볼 수 있는 것처럼 사물을 통해 존재 탐색의 마지막에는 언제나 피안의 세계에 대한 관심이 드러난다. '원초의 본능'은 사물이 생기기 이전의 본질의 세계, 작가의 관점에서 보자면 하나님이 준 본성이다. 이 작품의 작중 화자인 다솔의 방랑도 결국 원초적 본능을 찾기 위한 존재의 탐색이라 생각할 수 있다. 결국 존재의 탐색을 거쳐 도달한 지점이 지리산이다. 목적은 자연의 합일을 통해 원초적 본능을 유지한 삶을 살아가는 것이다. 그 원초적 본능은 성적인 것도 포함된다. 결국 성적인 교감을 나누었던 첫사랑과 결혼, 사랑하는 여인과 지리산의 자연을 함께 누리는 것으로 존재를 위한 탐색 여행은 끝이 난다.

만물은 결을 지녔습니다. 세월의 흐름에 따라 그만한 결이 생기게 마련이고, 그만의 무늬가 아로새겨져 격을 이루지요. 우리는 만물의 영장인 인간입니다. 세상의 모든 결을 다스릴 능력을 지녔지요. 우리는 인간답게 사는 게 생의 목표 아니겠습니까. 가장 인간다운 삶이란 내가 네가 되고, 네가 내가 되는, 남녀가 동심 일체에서 일군 화평한 가정을 뜻합니다. 그게 바로 인간이 누려야 할 복락이고 생의 가르침입니다.

인용문의 '인간답게 사는 게 생의 목표이고, 가장 인간다운 삶이란 내가 네가 되고, 네가 내가 되어 일심동체에서 일군 화평한 가정을 뜻합니다.'에서 평생 방랑을 통해 이룬 존재의 탐색이 '일심동체에서 일군 화평한 가정'을 이룬다는 결론이 약간 상식적이지만, 또 그것이 삶에서 제일 중요한 지점이기도 하다.

이 작품은 일종의 여행기이다. 작가가 여행 수필이 아닌 이야기 형식을 빌어서 소설을 쓴 것은 여행을 통한 자기 탐색을 하기 위한 것이다. 그러기에 서사 진행 과정에 필연성이 부족하고 서사로서 분석하기에는 부적절하지만, 존재 탐색이 여행을 통해서 이루어질 수 있다는 소중한 경험을 독자에게 준다.

이런 비슷한 류의 작품, 「그대와 나, 어디서 별이 되어 만나리」, 「미우새의 날개는 어디로 갔을까」, 「그 남자가 마냥 귀여워」 같은 작품에서는 존재의 탐색보다는 인간의 순수 세계를 그리고 있다. 실제 현실과는 먼 또 다른 세계에 살고 있는 인간들의 세계를 작가만의 색채로 유니크하게 그리고 있다. 이것은 작가 의식의 반영으로 현실의 복잡다단한 삶의 갈등 관계를 떠나 아담과 이브 시대의 순수시대의 삶을 그리고 싶었을지도 모른다. 아니면 어릴 때의 노스탈쟈의 시대로 돌아가고 싶을지도 모르겠다. 작품에 자주 등장하는 단어인 현실의 싫증에서 오는 '시들병'으로 현실에서 일탈의 꿈을 꾸기도, 어릴 때의 노스탈쟈의 세계로 돌아감으로써 현실을 활발하게 살아갈 새로운 활기를 찾고 싶은 작가의 소망이 드러난 순수 세계이다.

성지혜 작가가 가지는 미덕은 어려운 환경에서도 끝까지 문학의 끈을 놓치지 않는다는 것이다. 한두 편 작품으로 우쭐대며 그것으로 대단한 일을 한 것처럼 거만하게 구는 작가들이 많다. 성지혜 작가는 적어도 일 년에 책 한 권씩 출간하는 작가이다. 그것자체도 훌륭한데 골동품에 관련된 작품이나 옛것을 소재로 한 작품에서는 그것에 대한 해박한 지식과 유려한 문체는 어떤 누구도넘볼 수 없는 작가임을 보여준다. 성지혜 작가의 열정과 성실성에 고개 숙인다.

향수병에는 향수가 없다

초판 1쇄 인쇄일 • 2021년 7월 20일
초판 1쇄 발행일 • 2021년 7월 30일

지은이 • 성지혜
펴낸이 • 임성규
펴낸곳 • 문이당

등록 • 1988. 11. 5. 제 1-832호
주소 • 서울시 성북구 동소문로 65-2 삼송빌딩 5층
전화 • 928-8741~3(영) 927-4990~2(편)
팩스 • 925-5406

ⓒ 성지혜, 2021

전자우편 munidang88@naver.com

ISBN 978-89-7456-537-4 03810